Du même auteur

Les Sirènes d'Alexandrie, Actes Sud, 2008
Le Chagrin des cordes, Delpierre, 2015

Graphisme de couverture : Odile Chambaut
Image de couverture : © Éric Danhier

www.lerouergue.com

FRANÇOIS WEERTS

LES MORTS DE BEAURAING

roman

ROUERGUE
noir

*« Épée, épée, tu porteras remède à tout.
Je t'avertis, ô Italie, je t'avertis, ô Rome,
que le Christ seul peut vous sauver !
Le temps d'envoyer le Saint-Esprit n'est pas arrivé,
mais ce temps viendra,
et alors, ô Seigneur, tu seras loué éternellement. »*

Girolamo Savonarola

Avant l'oraison

Dernier étage d'un parking bruxellois. Sur le toit du bâtiment. Une berline de fabrication récente stationne, moteur coupé. L'intérieur sent le neuf mais cette odeur synthétique est supplantée par une autre. Écœurante. Celle du sang. Le tissu du fauteuil du conducteur en est imbibé. Tous les garagistes l'admettront, aucun nettoyage n'en viendra à bout. Il faudra se résigner à jeter le siège. L'accoudoir aussi. Et le tapis en fausse laine. Le volant, on devrait pouvoir le récupérer à condition de ne pas lésiner sur le détergent. Quant aux trous ronds, percés dans la malle arrière par deux projectiles au diamètre de 5,7 mm, ils ne devraient pas poser de problème. Un peu de mastic et un jet de peinture suffiront à rendre son aspect originel à la carrosserie.

Il fait beau. Encore plus beau qu'au cours de ces quinze derniers jours de sang et de fureur. La position de la berline, capot tourné vers la flèche de l'hôtel de ville, pourrait donner à l'individu tassé dans l'habitacle une vue imprenable sur les pignons en escalier des immeubles voisins. Certains ont été érigés juste après le bombardement français de 1695.

D'autres, factices, les plus nombreux, ont été plaqués sur des façades sans grâce, montées à la va-vite lors de la rénovation urbaine des années 1990. Ce poste surélevé lui permettrait également d'apercevoir les toits des bâtiments reconstruits après l'incendie de l'Innovation, le grand magasin ravagé par des flammes homicides en 1967. Mais il ne regarde rien, les yeux fermés par un pli amer. Sans doute à cause de la douleur qui lui tord le bras. Peut-être aussi parce que ses rêves fracassés vrillent son crâne d'une sarabande désespérée.

Aveugle au panorama, l'homme n'en est pas sourd pour autant. Les élancements cruels qui le tiraillent dans la région du biceps ne l'empêchent pas d'entendre l'agitation du quartier en contrebas. En dépit des deuils récents dont la Belgique a été frappée, ce matin même encore, les chalands ont réinvesti les rues commerçantes du centre, cédant à une fièvre consumériste bridée depuis près de deux semaines. Des crieurs de journaux hurlent les gros titres d'éditions spéciales fabriquées en urgence par des rédactions survoltées. Cette effervescence extraordinaire embrase les entrailles du blessé. Car ce qu'il entend, c'est le soulagement bruyant de la paix civile retrouvée après des événements dramatiques. Quand la catastrophe a foudroyé une ville et que la ville, finalement, se rétablit, heureuse de se découvrir toujours vivante. Heureuse aussi d'avoir enduré l'épreuve sans changer sa nature profonde.

Dans l'habitacle de cette voiture immobile, dont la prochaine destination sera très certainement l'atelier de la police scientifique, un vieil air de rock, lourdement imprégné de blues, résonne dans les haut-parleurs, volume assez fort. Une musique étrange, décalée pour un homme habillé avec élégance en clergyman. La guitare est graillonneuse, la voix stridente, le titre de circonstance. *In my time of dying*. Cette heure-là semble bien approcher pour le sexagénaire dont la carrure athlétique jure avec le costume religieux.

L'effort fourni pour conduire la Peugeot au sommet du parking l'a épuisé. Il parvient néanmoins à sortir de sa poche un petit enregistreur numérique. Il tâtonne, trouve le bouton qui commande le micro. Appuie. Le geste lui envoie une onde de souffrance.

1

Déchirées d'éclairs rouge sang, les photos de l'attentat s'étalaient dans les quotidiens sur plusieurs pages, tout au long des suppléments spéciaux concoctés tard dans la nuit. La veille, le dimanche 15 août, un commando avait décimé un rassemblement de fidèles à Beauraing, siège d'un pèlerinage marial célèbre en Belgique. Un petit Lourdes où la Vierge serait apparue à quelques enfants dans les années 1930. Maniant l'horreur avec des pincettes hypocrites, les rédacteurs en chef s'étaient abstenus d'exhiber les bras arrachés, les entrailles déversées, les têtes fracassées par les balles, les crânes scalpés par les grenades. Les scènes frôlaient cependant l'insoutenable et ce tutoiement avec les lisières de la décence était orchestré avec science pour donner le maximum à voir, et à émouvoir, sans risquer le procès en sensationnalisme. Des vêtements réduits à l'état de charpie après avoir été cisaillés par les services de secours pour dégager les plaies. Une chaussure orpheline de son pied, écrasée comme par un blindé lourd. Une jambe nue dépassant d'un linceul de fortune, intacte mais d'une pâleur morbide. Une famille, père, mère, deux enfants, le regard hébété, recroquevillés sous une couverture de survie, dans une étreinte de fin du monde. Et partout, la même photo, dont un journal s'était servi pour en tapisser sa une, celle d'un ourson en peluche. Sa couleur devait être beige, brune, sable peut-être. Il était désormais détrempé d'une substance poisseuse dont la teinte rappelait très précisément la garance des pantalons des soldats français de 1914.

D'autres clichés montraient des vues d'ensemble désolantes. Des rangées de chaises étaient éparpillées, leur ordonnancement dévasté par un sauve-qui-peut cyclonique. Un crucifix de belle taille, d'une hauteur d'environ cinq mètres, gisait face contre terre, un bras de la croix disloqué. Une emblématique statue de Marie était demeurée dans son alcôve. Mais son visage était martelé, pilonné par un burin frénétique. Outre l'abondance des victimes, jeunes et moins jeunes, cette furie sacrilège enflammait les journalistes. Les condamnations s'exprimaient dans des titres chocs, confits dans le même chagrin, communiant dans la même révulsion. Seul le registre du vocabulaire employé par les éditorialistes variait entre quotidiens sérieux et feuilles populaires. Les premiers se drapaient dans une émotion indignée teintée d'une saine colère. Les seconds en appelaient à une vengeance expéditive contre les assassins et leurs complices.

— Mon vieux, c'était l'horreur, me dit Yves Demeulemeester, citant l'une des manchettes les moins imaginatives des journaux répandus sur ma table.

Aucun de nous deux n'avait dormi cette nuit. En sa qualité de reporter, il avait crapahuté dans les décombres du sanctuaire. De mon côté, j'étais resté hypnotisé par les émissions de télévision en continu. J'avais multiplié les appels pour tenter de soutirer des informations à mes contacts.

Sans succès notable. Chacun semblait patauger dans un marécage de renseignements contradictoires, dans une boue de tuyaux crevés. Je m'étais alors escrimé à étancher mes larmes amères à coups de chardonnay. À cinq heures du matin, j'avais fini par gerber le chardo. Mais aussi le sang et les tripes des morts, les pleurs des survivants.

— Tu en sais plus ? lui demandai-je.

— On a quelques détails sur le modus operandi des tueurs.

D'après les premières constatations, ils s'étaient engouffrés dans une vaste esplanade perpendiculaire à la rue, bordée par des murs. Un millier de pèlerins s'y recueillaient à l'occasion de l'Assomption, des vieillards, des familles, des enfants. Un piège fatal, une seule entrée, aucune autre issue ne permettait aux malheureuses victimes de fuir. Les terroristes avaient lancé des grenades ou des engins explosifs improvisés dans la foule puis avaient ouvert le feu.

— Avec trois kalachs, précisa Yves. Ils se sont servis de chargeurs de trente balles, joints tête-bêche. Soixante coups à balancer en quelques secondes. D'après mes infos, environ quatre cent cinquante munitions ont été tirées.

— Ça a pris combien de temps ?

— L'opération n'a pas duré plus de dix minutes. Tu aurais dû voir la scène, j'ai toujours envie de chialer.

— Tu veux un café ?

— D'accord, mais arrosé, hein. On a de la gnôle, du cognac ?

— Je te trouve ça.

Je gagnai la cuisine de notre petite agence de presse, fondée par Yves quelques années plus tôt. Sur les recommandations d'un vieil ami de la police judiciaire, il m'avait embauché alors que je traversais une mauvaise passe professionnelle. Sur le papier, notre association s'annonçait prometteuse. Lui alimenterait plusieurs clients, quotidiens et magazines, courant derrière l'actualité, traquant l'exclusivité. À charge pour moi de me consacrer à des investigations de longue haleine afin d'asseoir la notoriété de notre entreprise. En réalité, nous périclitions dans notre bureau, un appartement de trois pièces en enfilade au cœur d'un quartier populaire de Bruxelles. L'érosion des finances des journaux ressemblait à un saut dans le vide, sans parachute. Et nous étions aspirés dans cette dégringolade.

En préparant le café, je regardais la télévision qui continuait ses émissions en direct. Le présentateur communiquait le dernier bilan. Deux blessés n'avaient pas survécu à la nuit. Le décompte s'établissait dès lors à deux cent quarante-deux morts, trois cent soixante-sept blessés graves et cinq cents personnes plus légèrement atteintes ou en détresse morale. Interrogés par une jeune journaliste que le désarroi faisait chevroter, les témoins se succédaient et déversaient leur stupeur, leur angoisse, leur chagrin surtout.

Avec mes deux tasses dans une main, la cafetière dans l'autre et une bouteille d'armagnac sous le bras, je revins dans la pièce principale de notre bureau, l'ancien salon de l'appartement. Yves avait les yeux dans le vague, perdu dans la contemplation d'images détestables, visibles de lui seul. Il sursauta à mon approche.

— Merde, ça m'a vraiment secoué.

Je m'accroupis à côté de lui.

— Merde, répéta-t-il, des larmes dans la voix. Une balle dans la tête ! C'est tout ce que méritent ces charognes !

Il remplit sa tasse d'armagnac, dédaignant le café.

— Tout allait bien, j'encaissais. Tu sais, le syndrome du professionnel. On est témoin, juste témoin, pas impliqué, ça ne nous concerne pas. Et puis je suis tombé sur le gamin au nounours, celui que montrent tous les journaux. J'ai assisté à une autopsie, j'ai vu quelques cadavres, mais là... La moitié du visage lui manquait... Son bras gauche arraché... Le gosse n'avait pas tellement de sang sur lui, tout avait giclé sur sa peluche. Enfin, voilà, je n'ai plus supporté. J'ai foncé dans un coin pour vomir, j'avais l'impression de cracher la muqueuse de mon estomac et tout l'œsophage avec. Sur cette esplanade, encagée dans sa clôture de pierre, l'odeur était terrible. Je n'étais pas le seul à m'être retiré à l'écart. Un vieux pompier sanglotait comme un veuf à côté de moi. Des flics dégueulaient, des durs de l'antiterrorisme de Bruxelles.

Yves, les mains tremblantes, s'envoya l'alcool cul sec. Un frisson. Un soupir. Je me relevai. La crise était passée, les cauchemars, eux, reviendraient. Comment en douter ?

Mon associé reprit des couleurs et alluma son ordinateur. Il téléchargea des fichiers de son téléphone.

— Tiens, regarde.

Les photos défilèrent lentement. Débitées sur le vif. Plus cruelles dans leur réalisme que les images des journaux et de la télévision. Mal à l'aise, je détournai rapidement les yeux.

— Des islamistes, alors ?

— Une cérémonie chrétienne, le symbole est clair. Probablement de jeunes Belges rentrés d'une terre de djihad… Syrie, Libye, Somalie ou Sahel… De toute façon, on les a entendus crier *Allahou akbar*.

— Mais d'ordinaire, ces fanatiques ne sont pas des kamikazes ? Le suicide comme ticket d'entrée au paradis ?

— Ça, ces fumiers n'avaient pas envie de crever. Leur fuite est un modèle du genre. Digne d'un casse de fourgon. Ils ont foutu le feu à un camion et balancé des clous pour bloquer l'arrivée des flics. Après, la nationale les a menés tout droit à l'autoroute des Ardennes. Direction Bruxelles, la France ou l'Allemagne.

Par-delà les torrents d'émotion, la presse se montrait fort critique. Les conjectures, les hypothèses, les questions abondaient. Les tueurs n'avaient pas dû affronter la moindre riposte des forces de l'ordre. Pas le plus petit barrage. Pas même un cyclomoteur de la police rurale pour s'opposer à leur projet barbare.

— Nos as de l'antiterrorisme n'ont rien vu venir. Pourquoi ? Je te garantis que je vais bientôt le découvrir ! Et ces ordures, on va se les payer !

Yves avait retrouvé sa combativité. Toujours le même réflexe, agir pour chasser les démons, ferrailler contre le cafard. Pour ma part, je réfléchissais. Le sujet s'annonçait battu et rebattu. Je ne voyais pas comment nous aurions pu dégotter des angles originaux. Sans parler d'un scoop... D'un autre côté, difficile de négliger l'affaire à cause de son retentissement. Et puis, jusqu'à présent, notre partenariat n'était guère fructueux. Les enquêtes au long cours dont je devais me charger selon notre accord patinaient. Et contribuaient très modestement à faire bouillir notre marmite. Je m'étais cassé les dents sur un dossier de bon augure, une excroissance de la mafia sicilienne opérant dans les quartiers désindustrialisés de Charleroi. Au vu et au su de tout le monde. Mais la loi du silence était mieux appliquée que dans les collines surplombant le village de Corleone. Je m'étais intéressé à un ancien enfant-soldat, un certain Jérémie, évadé d'un camp de rebelles enfoui dans les forêts primaires du Congo et devenu, chez nous, fantassin d'une bande d'apaches, les Black Cobras. Le sujet s'était heurté à l'indifférence générale, le contexte étant trop complexe à saisir, le cas trop particulier. Alors, j'avais vendu un reportage en immersion dans les carrées de Saint-Josse, dernier endroit où officiaient des prostituées d'un âge respectable. Supérieur, même, au mien. Elles n'offraient pas du sexe express mais de la douceur, de l'affection, du réconfort. Dans ces établissements, les clients ne rêvaient pas de culbuter des créatures à la plastique modelée sur celle des starlettes du porno. Ils n'y cherchaient pas la réalisation de fantasmes effarants. Même quand elles donnaient le fouet, ces dames patronnesses mettaient dans leurs gestes une tendresse à faire fondre le plus dégénéré des érotomanes. Bref, j'avais trouvé un environnement d'une humanité désarmante. Un producteur de documentaires audiovisuels m'avait approché mais le contrat tardait à se finaliser.

En attendant d'autres coups fumants, je m'occupais des articles d'Yves dont l'écriture pâtissait de l'instantanéité imposée aux scribouillards du Net. Après un passage par le journalisme puis une longue parenthèse dans la publicité, je n'avais jamais cessé d'écrire, de pratiquer l'art d'assembler des mots. Souvent pour ne rien dire, sauf si l'on croit que vanter les mérites d'un canapé en cuir, c'est dire quelque chose. J'utilisais donc toute mon expérience pour peaufiner les phrases de mon associé. J'aimais voir le texte renaître de ses blessures, plus fort, plus percutant, reconstruit autour de ses faiblesses, sans les gommer mais en capitalisant sur elles. Comme un nœud dans une planche qui la fragilise et qui, convenablement poncé, rappelle que ce bout de bois était un être vivant.

— D'accord avec toi, dis-je à Yves. Par quoi on commence ?

Une voix tonitruante provenant du téléviseur l'empêcha de me répondre. Bruxelles avait l'insigne honneur d'accueillir un nouvel évêque auxiliaire, Mgr Dubois. La nouvelle de l'attentat l'avait cueilli le jour de son intronisation et le prélat en profitait pour y aller de son antienne devant les caméras.

— Dieu ne laissera pas impuni le massacre des saints Innocents. Je vois dans cette tragédie un avertissement. Cessons de nous complaire dans une existence dont nous avons banni Jésus-Christ. Convertissons-nous tant qu'il est temps. Retrouvons le chemin que nous indique Notre Seigneur.

Yves ricana.

— Et voilà, brandissons l'étendard de la vraie foi pour faire pièce aux adorateurs des fausses idoles !

2

J'eus le plus grand mal à me faufiler dans la foule qui s'était amassée devant l'ancienne Bourse. J'avais vu à la télévision quelques images de ce rassemblement spontané et j'avais quitté Yves pour m'en faire une idée. Peut-être aussi pour apporter mon obole à l'émotion qui saisissait tout le pays à la gorge. Autour de moi, pas de badauds, des citoyens convaincus d'agir, de se lever contre la barbarie, de se battre pour la démocratie dans un élan enthousiasmant. En m'approchant du vieux temple de la finance, je vis un amoncellement d'objets hétéroclites sur les marches. Des bouquets de fleurs dans leur emballage en cellophane, des cartes, des mots griffonnés, des dessins d'enfant plaqués sur les colonnes, des peluches, des photos qui devaient être celles de quelques-unes des victimes... Et des bougies dans une quantité que je n'avais plus vue depuis mes reportages à Prague, lors de la révolution de velours en décembre 1989.

L'ensemble avait quelque chose d'une cérémonie civique. Les bruits étaient atténués, le respect forçait les participants à parler posément. On entendait des pleurs, mais contenus, pas de crises de larmes démonstratives. Ces chuchotements produisaient une vague sonore apaisante, une mélopée que l'on aurait dite articulée à l'unisson. Dans un coin, quelques scouts s'étaient regroupés, garçons et filles, et avaient entonné des chansons douces, des cantiques, même si les paroles me paraissaient profanes, tirées sans doute de quelque hit-parade. Ils avaient accueilli de jeunes musulmans et musulmanes qui portaient fièrement des tee-shirts frappés d'un slogan sans équivoque : « Pas en mon nom ». D'autres discutaient entre eux, la mine grave, j'aurais parié qu'ils ne se connaissaient pas avant l'événement. Les tragédies, comme les victoires dans les grandes épreuves sportives, ont cette faculté de réunir de parfaits étrangers au point de les pousser à livrer leur part la plus intime. Quelques familles avaient fait le déplacement, les enfants figés par le chagrin dévastateur des adultes dont ils ne comprenaient pas tous les tenants. Il y en avait d'ailleurs quelques-uns qui avaient décidé de s'affranchir de l'abattement généralisé et se lançaient dans des courses-poursuites débridées. Même pendant les messes de funérailles, il y a toujours un nourrisson qui braille ou des ados qui ne peuvent retenir des fous rires benêts.

J'en oubliais de prendre des notes, il me paraissait incongru d'essayer de saisir la ferveur collective par des mots qui auraient eu forcément des accents pompiers. La foi du charbonnier devient ridicule quand on s'abstrait du moment où elle s'exprime. Je fus tiré de mes réflexions par une voix de femme qui me murmurait à l'oreille :

— Ce bel angélisme ne va pas durer, n'en doutez pas.

Je me retournai pour voir qui osait prononcer ce commentaire iconoclaste. Et je reconnus Ingrid Mertens. La mère adoptive de Jérémie, cet ancien enfant-soldat auquel j'avais consacré un article invendable.

— Vous alors, faut croire que vous êtes de celles qui n'aiment pas les enterrements !

— Désolée d'avoir gâché votre méditation.

— Y a pas de mal, je m'interrogeais justement sur le sens de tout ça. Mais quelle coïncidence de vous croiser ici...

— Le hasard n'y est pour rien, je vous ai suivi depuis votre bureau. Je voulais vous parler, vous pourriez me rendre un service. Il s'agit de mon fils.

Son fils... Ingrid Mertens, militaire d'active, sergente spécialisée dans les armes légères, avait fait sa connaissance au Congo au cours d'une mission de formation de l'armée nationale. Touchée par son sort, faisant preuve d'un entêtement remarquable, elle avait réussi à le ramener en Belgique où elle l'avait adopté six ou sept ans plus tôt. Je savais qu'outre son obstination, une histoire familiale tragique l'avait aidée dans ses démarches avec sa hiérarchie. Son père, officier parachutiste, faisait partie de la dizaine de soldats belges tués au Rwanda lors du déclenchement du génocide. Elle portait d'ailleurs, tatouée sur la nuque, une série de chiffres : 07041994. La date du début de la catastrophe rwandaise. Et celle de l'assassinat de son géniteur. Elle-même n'avait pas dix ans à l'époque.

— Comment va-t-il, votre protégé ?

— Venez, éloignons-nous, nous pourrons parler plus tranquillement, me dit-elle.

Elle m'entraîna sur le boulevard, en direction de la place de Brouckère. Jolie, même si elle ne répondait pas à tous les canons en la matière. Les cheveux coupés très court, sa silhouette était presque trop athlétique. Elle avait jeté une veste en cuir sur son épaule. Son sweat-shirt moulait de saisissants biceps, au galbe peu commun pour une femme. Elle se coulait dans la masse sans toucher les gens, son pas était rapide, décidé, ferme, une vraie militaire en opération. Je me demandai si elle avait jamais vu le feu, sa fonction d'armurière devait la maintenir plutôt à l'arrière.

Nous marchâmes quelques minutes, la foule se fit plus clairsemée et nous atteignîmes la place de Brouckère. Nous

nous assîmes sur la margelle d'une vasque en béton censée contenir une végétation propre à embellir la cité. Rien d'autre qu'une malingre tige n'avait réussi à pousser, porteuse de rares feuilles et d'un bouton qui jamais n'éclorait. L'été n'avait pourtant pas manqué d'eau.

— Jérémie, donc… Il a encore fait des siennes ?

Car, des siennes, il ne s'était pas contenté d'en faire dans les jungles congolaises. Il s'était aussi encanaillé sérieusement sur notre territoire, malgré les soins vigilants d'Ingrid Mertens. C'est justement à cause de ses frasques que nous les avions rencontrés, lui et sa mère. À l'époque, Yves et moi nous étions mis en tête de réaliser un reportage sur les Black Cobras, l'une de ces bandes urbaines qui empoisonnent certains quartiers de la ville. Nous avions contacté un éducateur de rue, dévoué mais dépassé, qui nous l'avait présenté. Tout juste majeur, il évoluait à la marge du groupe, guetteur dans les mauvais coups, coursier louche, spécialiste de l'entubage des petites vieilles, vaguement dealer à ses heures. Étranger aux codes bruxellois, il avait peu de chance de se hisser aux premiers rangs de son clan. Mais notre article ? Une victime des seigneurs de la guerre africains devenue voyou de bas étage à Bruxelles… Pas de quoi soulever l'enthousiasme des rédac-chefs. C'était l'une des raisons qui avaient conduit notre reportage au naufrage.

Quoi qu'il en fût, à l'instigation de sa mère, Jérémie avait accepté de se plier à nos demandes. Il nous avait abondamment tuyautés sur la sociologie de la meute, ses leaders, ses chefaillons, ses gros bras, ses soldats anonymes. Sans jouer les indics, s'était-il récrié. Un jour, il avait frappé à la porte de notre agence. Pour une sombre histoire de deal foireux, l'une des brutes du gang l'avait pris en grippe, menaces de mort à la clé. Sa peau ne tenait qu'à un fil. Sa seule issue ? Se résoudre à balancer le bonhomme qu'il savait mêlé au braquage d'une bijouterie. J'avais passé l'info à un flic de ma connaissance. Total, le balèze avait été mis hors d'état de nuire. Et Jérémie nous avait remerciés en nous envoyant quelques grammes de coke. Que j'avais jetés dans la cuvette des toilettes. Sa mère adoptive, elle, nous avait expédié une bouteille de *single malt* avec un petit mot gentil.

Cette anecdote me poussa à poser une question plus précise.

— Son tourmenteur est sorti de taule ?

— C'est peut-être pire en un sens. Jérémie fréquente pour le moment une drôle de chapelle. Des cathos ultras. Ça ressemble à une secte.

— Il ne fraie plus avec les Black Cobras ?

— Non, c'était comme une révélation, une conversion. Il se rend à la messe tous les jours. Complètement rangé, plus de dope, plus d'alcool... Et même, il travaille, un boulot à l'abattoir...

— Où est le problème ? Un peu de méditation ne peut lui faire de tort...

Je m'en voulus aussitôt de ma légèreté. L'anxiété de mon interlocutrice ne méritait pas cette tentative d'humour maladroite.

— S'ils se contentaient d'ânonner des *Ave Maria*... La semaine dernière, j'ai retrouvé du sang sur ses vêtements, je m'occupe de son linge... Je l'ai interrogé. Jérémie a fini par me l'avouer, ils avaient cogné sur des manifestants. Des militants de la cause LGBT...

— Comment s'appelle son groupe ?

— Les croisés. Ça en dit beaucoup non ? Ces fanatiques se considèrent comme des soldats du Christ.

— Ah, encore de petits malins qui jouent à la guerre sainte, soupirai-je.

— Le problème, c'est que Jérémie a disparu. Pas un signe de vie depuis cinq jours. Son téléphone est coupé. Je suis repassée à son appartement, il avait été fouillé sans ménagement.

— Vous avez pensé à une retraite, un monastère, que sais-je ?

— J'ai surtout peur qu'il soit embringué dans un délire beaucoup plus grave. Cette expédition punitive contre des gays n'annonce rien de bon. Et s'ils s'étaient mis en tête de venger les morts de Beauraing ? De se lancer dans des ratonnades ?

— Écoutez, ce n'est plus dans les habitudes de l'Église de sortir l'épée du fourreau...

Ingrid Mertens se releva. Elle se retourna vers moi.

— Vous devez être très occupé par l'attentat. Vous pourriez malgré tout vous renseigner sur cette secte, vérifier s'ils sont vraiment dangereux. Peut-être même essayer de retrouver la trace de mon fils...

— Vous me prêtez bien des pouvoirs... D'accord, je vais poser quelques questions. Si ces types sont nuisibles, cela devrait se savoir. Par ailleurs, je connais un bon flic, Martial Chaidron. Appelez-le de ma part, il pourra vous aider.

Ingrid me remercia, me serra la main d'une poigne toute militaire et s'en fut, se fondant rapidement dans la foule. Sur le chemin du retour, je réfléchis à ce qu'elle m'avait dit. Des croisés du talion, je n'y croyais pas beaucoup. Mais nous avions promis à Jérémie de le dépanner en cas de pépin. Au pire, me dis-je, nous avions un angle, Yves et moi. Le massacre risquait de susciter des vocations chez les larbins du fascisme ordinaire. C'était entendu, j'allais procéder à quelques recherches sur ce groupe religieux. S'agissant de Jérémie, je n'avais pas peur pour sa sécurité. Enfant-soldat dans les maquis congolais, demi-sel de la délinquance bruxelloise, il devait posséder toutes les qualités nécessaires pour survivre aux assauts du goupillon.

Plongé dans mes pensées, je m'étais engagé sans m'en rendre compte dans une petite rue barrée par un dispositif policier impressionnant. Une autopompe en gardait l'accès, des flics s'étageaient sur trois rangs de part et d'autre, matraque en main, visière de leur casque baissée, bouclier fermement agrippé. Un officier m'arrêta et exigea ma carte d'identité. Il la prit et la tendit à un sbire installé, porte grande ouverte, dans un véhicule blindé bourré d'électronique. Quelques manipulations plus tard, je récupérai mon bien et me faufilai dans un espace étroit aménagé dans le barrage. De l'autre côté, trois cents mètres plus loin, j'aperçus un groupe de jeunes blancs, musclés, habillés pour la castagne, baskets aux pieds, jeans sombres, tee-shirts noirs ajustés sur des poitrails d'aficionados des salles de gymnastique. Ils s'étaient agglutinés autour d'une fontaine et semblaient attendre. Je me demandai si c'était d'eux que les flics voulaient se protéger. Ou s'ils les protégeaient... Au fond, leur attente était de celles qui précèdent la bataille. Ils faisaient de petits mouvements d'échauffement, ouvraient et fermaient les poings, boxaient dans le vide. Ils me dévisagèrent avec insistance, étais-je une proie pour eux ? J'accélérai le pas, tournai le coin et ils disparurent de mon champ de vision. Restait un sentiment amer. J'eus nettement l'impression qu'Ingrid avait vu juste. Le bel angélisme de ceux qui se recueillaient devant la Bourse n'allait pas durer.

Oraison 1

Plusieurs jours après que l'homme habillé en clergyman a garé sa Peugeot au dernier étage d'un parking bruxellois, plusieurs jours après la conclusion dramatique des événements qui se sont abattus sur la Belgique, un discret inspecteur affecté à la surveillance politique du pays s'astreindra à retranscrire l'enregistrement. Son procès-verbal, il le sait, ne sera jamais rendu public, voué à rester enfermé dans quelque coffre-fort secret du royaume, au moins jusqu'à l'acquisition de la prescription complète. Pendant son travail, il n'aura aucun mal à saisir le sens du sermon craché sur fond d'un vieux morceau de Led Zeppelin, *In my time of dying*. La voix est engourdie, essoufflée comme après une course précipitée, mais le français est correct, sans trace d'accent bruxellois ni plus généralement belge. Signe d'une éducation soignée.

Le policier s'attelle à sa tâche sans un soupir. D'abord, donner un nom au fichier. « Dillens ». Trop transparent. « Le chanoine ». Rejeté pour la même raison. « Savonarole » ? Voilà plus elliptique. Et qui colle parfaitement au personnage. Il lance l'enregistrement pour consigner méticuleusement les moindres paroles recueillies par l'appareil. « Toux rapide. Début du discours après huit secondes de silence », commence-t-il par écrire.

— Belgique, je te hais ! Terre misérable qui te prend pour une nation, avec des frontières, un drapeau, une histoire singulière, une culture bien à toi. Mensonges ! Tu n'es pas une nation, pas même un pays. Un pur fantasme géopolitique. Un tampon créé entre la France et la Prusse. Un État croupion chargé de protéger la puissance navale britannique en empêchant ton port, Anvers, de tomber dans des mains hostiles.

Une profonde inspiration, comme pour se donner de l'élan.

— J'accuse une brochette d'intellectuels vénaux et de politiciens corrompus d'avoir échafaudé, dès ta création en 1830, une identité nationale à partir de rien. À partir du néant dans lequel l'histoire européenne a maintenu ce territoire et ses occupants. Incapables de s'assumer seuls. Ravis de se soumettre au joug de puissances étrangères.

Nouvelle quinte de toux.

— Étrangères, encore un mensonge ! Cet adjectif suppose l'existence d'une collectivité distincte, consciente d'appartenir à une entité clairement délimitée. Au-delà de laquelle, précisément, commence l'étranger. Or, ce néant n'était la propriété de personne, pas même de ses habitants. Terrains vagues tout juste bons à ramasser au gré des traités, des héritages ou des victoires militaires. Comme un tas de fumier qu'on se refile avec une moue dégoûtée mais qu'on accepte puisqu'au moins, il servira à fertiliser un champ. Et à coups de légendes, de reconstructions farfelues, de délires patriotiques, des historiens stipendiés se sont évertués à légitimer le discours politique instituant la glorieuse nation belge.

Vous en voulez une, de perle ? *Horum omnium fortissimi sunt Belgae*. La belle imposture ! César aurait pu aussi bien parler des Lutéciens pour décrire ces peuples sans contours définis à l'époque, nébuleuse informe de tribus vivotant dans une zone qui s'étendait de l'Allemagne actuelle à l'Île-de-France. Citation mythique destinée à établir une identité martiale, reconnue par l'un des plus grands chefs de guerre et propre à faire bander les petits garçons. Laissez-moi rire ! Les seuls faits de bravoure des annales militaires belges se résument à quelques mitraillades pendant la Première Guerre, à de rapides escarmouches pendant la Deuxième et à l'assassinat massif d'indigènes congolais, tout juste armés de sagaies. Belles prouesses d'une peuplade caractérisée par un pacifisme bêlant. D'une lâcheté sans borne. Jamais capable de s'opposer aux envahisseurs qui se sont succédé pendant deux millénaires pour venir taxer ses récoltes, égorger son bétail, incendier ses villes, violer ses mères. Et toute cette logorrhée sur la patrie chérie, vous voyez où ça mène ? Dans un stade de foot, à regarder onze andouilles surpayées cavaler derrière un ballon pendant qu'au pays, une populace abrutie crie à l'exploit, resserre les rangs, se grime de noir, jaune, rouge, communie autour du drapeau. Et se prend, l'espace de quatre-vingt-dix minutes, pour une nation.

Déjà lassé, le dactylographe arrête l'enregistrement. Un café et une cigarette plus tard, consommés sur l'étroit balcon de son bureau, il retourne à son ouvrage de moine copiste.

— Cette fiction nationale aurait peut-être pu fonctionner. Mais nos pères fondateurs ont persévéré dans l'imposture en s'imaginant que seules des populations parlant la langue de Voltaire vivaient sur cette terre ingrate. Ah, le français, noble langue, langue des nobles ! Aucune autre n'était digne d'asseoir la grandeur du peuple belge ! Péché d'orgueil ! Au lieu d'intégrer la société flamande dans la fragile communauté émergée des bas-fonds de l'histoire, ces tartuffes présomptueux ont pratiqué l'humiliation permanente. Interdiction de cracher en néerlandais ! Pas d'enseignement supérieur dans ce patois infâme ! La constitution se lit en français exclusivement. Pareil pour le code pénal. Ou n'importe quelle autre loi.

Le policier perd le fil. Il aimerait sortir avaler une bière pour se laver la tête de ce verbiage dont la finalité ne lui apparaît pas clairement.

— Brimés, oppressés par le despote fransquillon, les Flamands ont fini par trouver leur identité. Une identité forgée sous les insultes. Bâtie dans la fange des tranchées de l'Yser. Cimentée dans les buanderies où le maître francophone pénétrait debout ses servantes limbourgeoises. Une identité venue de nulle part, issue des mêmes marécages dans lesquels stagnaient leurs nouveaux compatriotes, mais qui a prospéré sur le fumier de la vexation, sur le terreau fertile de l'humiliation.

Le marmonnement d'une courte prière se fait entendre dans l'enregistreur. Incapable de la retranscrire mot à mot, l'inspecteur se décourage au point d'envisager d'arrêter sa besogne quand l'ecclésiastique reprend.

— Et partout, les curés dans les campagnes, les aumôniers dans les usines, les pasteurs dans les collégiales entretenaient ce feu identitaire sur l'autel de la Foi. Une rage chrétienne, saine, couvait dans tout le pays flamand. Flandre, peuple martyr ! Flandre, fille aînée de l'Église ! Loin devant l'usurpatrice France. À l'exception de quelques socialistes et d'une poignée de francs-maçons égarés, les élites politiques locales pliaient la tête quand s'avançait la Sainte Hostie. Le prêtre était le pivot de la communauté. Unanimement vénérée, l'offrande suprême du Fils de Dieu illuminait les consciences de ce peuple simple. Dans les bourgs, les processions rassemblaient les villageois en une communion admirable. On se signait aussi naturellement qu'on se tendait la main. Et jamais, le dimanche, une église n'était vide. Mais au lieu d'empoigner le flambeau missionnaire, ces renégats se sont précipités dans un repli autarcique. Avides de mettre à bas la puissance industrielle francophone, dévorés par la fièvre de la revanche, ils ont trahi Notre Seigneur pour sacrifier au culte du veau d'or. Aujourd'hui, la Flandre se vautre dans le fric, thésaurise les richesses, écrase de sa domination des Wallons faillis. Avec son matérialisme insensé, aveuglée par sa course effrénée vers le bonheur temporel, elle a cru recréer le paradis sur ses terres. Étendues pitoyables, à peine fertiles. Battues par les vents et les pluies. Et désormais rançonnées par les multinationales. Écumées par le capitalisme financier. Livrées à la rapacité des fonds de pension américains.

La voix enfle brusquement, presque un cri.

— Misérables hérétiques ! Vous voilà condamnés à courber l'échine sous les diktats de l'idole scélérate de l'argent, insatiable, jamais repue, exigeant toujours plus d'efforts, de vaines corvées, de preuves de fidélité à sa gloire. Misérables crédules à qui échappent les félicités de l'adoration du Christ. Brûlez dans l'enfer de votre territoire ingrat.

Comme l'inspecteur le précise dans son rapport, le ton se durcit encore.

— Maudits soyez-vous, impies, traîtres à notre religion, vous qui auriez pu nous montrer la voie du salut si vous aviez persévéré dans le service de Dieu ! Car notre salut, celui de ce territoire, celui de l'Europe tout entière, repose sur la Sainte Croix. À l'heure de paraître devant mon Créateur, c'est ma conviction, ma profession de foi la plus sincère.

Coup d'œil à l'horloge de l'ordinateur. Déjà perdu trop de temps à reproduire les anathèmes de l'homme d'Église. Le fonctionnaire a envie d'éteindre sa bécane, de ranger la carte mémoire du dictaphone dans son étui spécial et de l'enfermer dans le petit coffre-fort du bureau. Le désir de se distraire de ce fatras d'âneries devient pressant. Mais il n'y a rien à lire dans la pièce, tous les documents sont sous clé, sécurité oblige. Rien à lire sauf un canard tout froissé, daté du lendemain du carnage de Beauraing. Celui qui affiche en pleine page la photo de l'ourson gorgé de sang. Parlez d'une lecture ! En maugréant, le flic se résout à relancer l'enregistrement.

3

Ils étaient quatorze dans la salle du poste de commandement du ministère de l'Intérieur, aménagé au rez-de-chaussée d'un hôtel particulier néoclassique, face au parc de Bruxelles. Sur le mur du fond, des moniteurs alignés en mosaïque renvoyaient les images des caméras de surveillance dispersées dans la ville. S'y affichaient aussi à volonté les vues prises par les drones et les hélicoptères de la police fédérale, de même que les cartes tactiques des forces en action. En regard de chaque siège, des écrans plats donnaient accès aux réseaux sécurisés de l'État. Et, dans un coin, une console radio garantissait une liaison confidentielle avec toutes les branches de l'appareil policier du pays. Mais dans cet environnement technologique, le parquet grinçait sous les pas, craquements à peine étouffés par des tapis dont la trame apparaissait par places. Sous le haut plafond lézardé, le papier peint se décollait. Et si les vitres qui donnaient de plain-pied sur le trottoir étaient blindées et protégées contre les interceptions électromagnétiques, les rideaux cramoisis, tirés pour dissimuler les occupants de la pièce aux passants, s'alourdissaient de crasse et de nicotine, longtemps consommée à doses massives en ces lieux.

Insensibles à ce décor délabré, laissé en jachère pour cause de restrictions budgétaires, les quatorze fonctionnaires patientaient. À une exception près, tous avaient enfilé la vareuse bleu foncé réglementaire, pantalon assorti et cravate noire, casquette posée sur la table, deux ou trois couronnes ocre sur la poche de poitrine pour signaler leur grade supérieur. Contrairement à l'étiquette, ils avaient conservé leur pistolet Smith & Wesson de service. Un policier se distinguait en portant une arme tapageuse, étincelante, un revolver Ruger SP 101, chambré en 9 mm. L'atmosphère était tendue, comme si, dehors, l'incendie allait éclater d'une minute à l'autre. Les radios personnelles étaient toutes allumées, émettant d'incessants bips électroniques, de constants grésillements. Les appels que l'on devinait urgents s'attiraient des réponses laconiques formulées sur un ton impérieux.

Deux femmes seulement assistaient à la réunion, la directrice générale de la police fédérale et Isabelle Van Kessel. Cette dernière cumulait l'inconvénient d'être l'unique civile de la bande, en mission commandée pour la bourgmestre de Saint-Josse, minuscule commune bruxelloise. Les vapeurs de testostérone qui émanaient de tous ces quadragénaires commençaient à l'incommoder. On ne discernait pas clairement si cette virilité conquérante s'alimentait d'une envie pressante d'en découdre ou si elle puisait son carburant dans les rondeurs de son décolleté. En tout cas, s'avouait Isabelle avec un malin plaisir, son tailleur noir, cintré sur une silhouette irréprochable, sa jupe courte dévoilant des bas fumés et ses longs cheveux blonds noués en un chignon strict ne concouraient pas à apaiser les ardeurs des mâles environnants.

— Visez-les, murmura son voisin, un commissaire de la direction des opérations de la police administrative. On dirait des gamins. Pour une fois, ils ne pensent plus à leur carrière. Les voilà maréchaux, manœuvrant leurs troupes de choc sur un vrai champ de bataille.

La cheffe de la police leur envoya à tous deux un regard courroucé : le ministre de l'Intérieur faisait son entrée au pas de charge, suivi par trois adjoints et un haut magistrat du parquet fédéral. Imitée par ses subordonnés, elle se leva prestement.

— Asseyez-vous, lança froidement l'excellence.

Les officiers se réinstallèrent sur leur siège, habitués aux manières viriles de leur patron. Il était l'un des rares hommes politiques nommés à ce poste qui se soit réellement senti dans la peau de premier flic du royaume.

— Le drame de Beauraing a conduit le pays au bord du gouffre, nous sommes là pour l'empêcher d'y tomber. Nos analystes sont formels : nous devons prévoir de nouvelles attaques. Certains prêcheurs salafistes tentent déjà d'agiter les jeunes des quartiers. Je ne tolérerai aucun débordement. Le plus petit incident sera réprimé avec une extrême sévérité.

Murmures approbateurs dans l'assistance. Et toujours, nota Isabelle, cette attente excitée, cette impatience de jeter les légions à l'assaut d'émeutiers furieux.

— Nous avons rédigé un document qui détaille les mesures à prendre séance tenante, continua le ministre. Le gouvernement prépare des arrêtés royaux pour assouplir vos règles d'engagement. Mais d'ores et déjà, en cas d'agression, vous avez le devoir de déclencher une riposte vigoureuse.

Comme les autres participants à la réunion, Isabelle parcourut les deux feuillets que venait de lui tendre un préposé. Deux feuillets estampillés « Très secret », « Zeer geheim », en gras et en rouge. Le langage était télégraphique et échappait à l'habituel jargon bureaucratique ampoulé. Les conseillers du ministre avaient conçu un programme sécuritaire d'envergure : surveillance des mosquées, vagues d'arrestations dans les quartiers à forte densité immigrée, internement de certains prédicateurs, visites domiciliaires aux formalités allégées, barrages routiers... Les services de l'antiterrorisme étaient impliqués, comme l'armée qui mettait sa logistique à la disposition de la police. À la lecture de ces instructions, le voisin d'Isabelle poussa un juron.

— Merde ! Ces dingues n'y vont pas de main morte !

Le procureur fédéral, une force de la nature, flamand mais parlant un français raffiné, se leva alors que le ministre allumait une cigarette. Même si certains des officiers étaient fumeurs, aucun n'osa l'imiter.

— Nous avons publié sur le serveur *Intel/Intern* la liste des lieux de culte qui seront soumis à un contrôle accru. Postez des hommes en tenue renforcée, armes visibles, devant les entrées. Raison officielle : la protection des fidèles. Pour info, nous avons mobilisé des équipes d'observation. Cette partie du dispositif reste confidentielle. Prévenez vos troupes, nous ne voulons pas de bavure. Enfin, nous bénéficions d'informateurs qui assisteront aux offices dans les mosquées sensibles. Nous aurons donc tous les renseignements nécessaires pour intervenir en cas de besoin.

— Pas question de menacer la liberté religieuse, commenta le ministre en écrasant son mégot dans une soucoupe. Nous sommes là pour protéger tous les croyants, y compris contre eux-mêmes.

Cette mise au point laissa les flics de marbre. Un membre du cabinet de l'Intérieur, un type rondouillard, prit la parole.

— Les premières listes des suspects à appréhender sont disponibles sur le serveur du ministère. Nous avons prévu un vaste coup de filet demain matin. Je sais, le préavis est court mais toute la logistique est prête. Les unités spéciales s'occuperont de ceux qui présentent un danger particulier. Les autres, la grande majorité, ne devraient offrir aucune résistance. Comme vous vous en rendrez compte, nous ratissons large. Certaines de nos cibles apparaîtront à vos hommes comme de bons pères de famille. Ne vous laissez pas abuser par leur profil anodin. Il est impératif que tous les individus enregistrés sur vos listes soient capturés. Ceux qui vous échapperaient seront immédiatement signalés à rechercher. Une procédure adéquate a été mise en place pour ces cas-là, vous en retrouverez tous les détails dans la documentation.

La plupart des officiers pianotaient sur le clavier de l'écran posé devant eux pour évaluer leur charge de travail. Moins de vingt-quatre heures pour organiser une telle manœuvre, c'était juste. Une voix s'éleva.

— Quel est le statut légal de l'opération ?

— Vous agirez dans le cadre des dispositions réglementaires concernant la lutte contre le terrorisme, précisa le magistrat. Toutes les références juridiques sont répertoriées. J'ajoute que mon office a marqué son accord plein et entier.

— Ah, si le bon Dieu en personne nous donne son absolution… souffla le voisin d'Isabelle.

— Oui, ça ne me rassure pas plus que ça, lui répondit-elle.

Un autre officier leva le bras et demanda :

— On parle de combien de cibles au total ? Et où allons-nous les parquer ?

Restée silencieuse jusque-là, la patronne de la police fédérale intervint.

— Messieurs, je comprends votre inquiétude devant l'ampleur de la tâche à accomplir. Mais mon état-major a tout prévu. Selon nos premières estimations, environ huit mille personnes sont concernées. Nous avons rouvert deux anciennes casernes de la gendarmerie et le stade Roi-Baudouin hébergera le solde. La Croix-Rouge veillera à l'intendance. Pour le reste, tout est dans le dossier.

Elle se mit debout, donnant le signal de la fin de la réunion.

— J'ai quelques remarques à formuler, lança alors Isabelle.

— Allez-y mais soyez brève, soupira le ministre déjà près de la porte.

— Peut-on vraiment viser des citoyens sur la base de leurs croyances religieuses ? Ne craignez-vous pas que ces mesures ne fassent grimper la tension ?

Silence parmi les officiers qui s'empressaient de rassembler leurs affaires. Le magistrat du parquet ne put contenir un geste d'exaspération.

— Les décisions sont prises au plus haut niveau par le pouvoir exécutif avec l'assentiment du pouvoir judiciaire. Elles s'appliquent à tout le territoire bruxellois, sans aucune exception. Votre bourgmestre devra s'y plier. De bonne grâce ou non.

— Elle le fera naturellement, recula Isabelle. Mais tout de même, avez-vous prévu des dispositions pour éviter les violences contre la population d'origine immigrée ? Selon nos premiers rapports, certains Belges, outrés par l'attentat, agressent des citoyens dont le seul tort est de porter une barbe, une djellaba ou un voile.

— Et alors, ces adeptes d'une religion assassine l'ont bien cherché, vous ne croyez pas ?

Le commissaire qui venait d'intervenir affichait deux couronnes seulement sur son uniforme. Un long type tout maigre. Sa casquette avait laissé une raie dans ses cheveux filasse, plus courts que nécessaire. Son revolver en inox brillant lançait des reflets menaçants sous les néons de la pièce.

— Monsieur le ministre, j'en appelle à votre sens des responsabilités, s'éleva Isabelle. C'est précisément contre ce genre de dérapages que je voulais vous mettre en garde.

— Tranquillisez votre bourgmestre, tempéra l'homme politique. Cet aspect des choses ne nous paraît guère préoccupant pour le moment, mais nous tiendrons la situation à l'œil. Allons, gardons tous notre sang-froid et bonne chasse, messieurs !

En sortant de la salle, l'officier va-t-en-guerre s'approcha d'Isabelle. Spontanément, elle lui tendit la main, l'autre la refusa et se contenta d'un signe de tête sec.

— Vous êtes bien naïve, madame. Nos ennemis sont puissants et entreprenants. Je vous l'affirme : les tièdes devront être considérés comme des lâches et les lâches comme des traîtres.

— Vous y allez fort... C'est une menace ?

— Dans le Coran, il est dit : Tuez les infidèles où qu'ils se trouvent ! Et vous voudriez qu'on s'attaque à ces gens-là en prenant des gants ?

Le commissaire tourna les talons et plia sa grande carcasse au passage de la porte avant de disparaître.

— Comment s'appelle cet olibrius qui cite le Coran à tort et à travers ? demanda-t-elle au policier qui était assis à ses côtés tout à l'heure.

— Robert Athlan, il travaille à la direction de la sécurité publique, les troupes chargées du maintien de l'ordre. Un détail, il ne serre jamais la main des femmes, ce cul béni.

4

— Alors, Bart, t'en penses quoi ?

— Un membre des Black Cobras, ça schlingue le règlement de comptes crapuleux. Le fiston, ils l'ont planqué sous dix centimètres de béton, quelque part dans une cave de leur cité.

— Pas sûr, Bart, pas sûr.

Martial Chaidron regardait par la fenêtre de son bureau flambant neuf, encore plus impersonnel que tous ceux qu'il avait occupés dans sa carrière. Triple vitrage, ventilation contrôlée. Les cloisons étaient si bien isolées qu'aucun bruit ne filtrait entre les pièces. On aurait pu, sans déranger son voisin, infliger la torture du mur du son. Celle dont les Américains s'étaient fait une spécialité dans les prisons irakiennes en envoyant à fond d'ampli du Black Sabbath dans les oreilles des terroristes ou supposés tels. Torture, soit dit en passant, vouée à l'échec si l'on s'était ingénié à l'appliquer à son adjoint. Bart Vandekasteel était obsédé par cette musique, et même, par des cacophonies plus brutales. Son tee-shirt à la gloire de sataniques prêtres de Judas ne se privait pas d'en témoigner.

— Ça pue la vendetta à l'africaine, insista Bart. Un coup de machette pour se la jouer comme là-bas. Ou un mélange corsé dans les veines et hop, au paradis des dealers !

Depuis un an, le duo de péjistes avait rejoint une cellule de la police fédérale chargée de rechercher les adultes signalés disparus. Une punition pour ces deux anciens enquêteurs de la criminelle après un micmac dans lequel ils s'étaient imprudemment avancés. En cause, la maîtresse d'un ministre régional tailladée vicieusement. Elle respirait à peine quand police-secours était arrivé. L'ennui, c'était que le ministre était lui-même sur les lieux, couvert du sang de son amante. Profitant de cet état de flagrance, Chaidron et Vandekasteel avaient interrogé l'excellence sans ménagement, convaincus qu'à tout le moins, il leur devait une explication. L'affaire s'était envenimée, l'homme politique était parfaitement innocent et en avait gardé un chien de sa chienne contre les deux compères. La presse s'était déchaînée, à l'exception de Léo, l'ami de Martial, le seul à avoir pris sa défense. Le résultat du scandale était inéluctable : ils avaient été mutés illico à la cellule disparitions.

Leurs dossiers se résolvaient dorénavant sous la pluie, en bordure d'un canal, à attendre qu'une grue remonte une voiture dans laquelle barbotait le cadavre d'un désespéré. Il leur arrivait trop souvent de battre les fourrés d'un parc public à la recherche d'un vieillard égaré dans les ténèbres d'une maladie neurodégénérative. Parfois, l'issue était moins tragique, le fugitif voulait échapper à ses créanciers ou se soustraire à une famille devenue étouffante. Bref, les occasions de tomber sur un cas palpitant étaient exceptionnelles. D'où l'entêtement de Bart à chercher l'arsenic dans les sédiments du désespoir, la balle derrière la plaie du mal-être, le couteau sous le lit de la libido contrariée. Un homicide eût pu les remettre en selle, leur rouvrir le chemin de l'enquête criminelle, la vraie. Et les exonérer de l'épluchage de vies insipides, de comptes bancaires plongeant dans des gouffres vertigineux ou de situations professionnelles d'une médiocrité terminale.

— Je veux bien t'accorder ceci, dit Martial. Notre plaignante semble avoir la tête sur les épaules, pas de paranoïa dépressive à redouter. Et l'appartement de son fils adoptif a été mis à sac. Mais on n'y a trouvé aucune trace de lutte, pas la moindre gouttelette de sang.

Pour parvenir à cette constatation, l'inspecteur principal avait dû multiplier les gueulantes avant de réussir à dégotter un collègue de la scientifique fichu de jeter un œil au domicile de Jérémie Mertens. Une mission quasi impossible : l'attentat de Beauraing monopolisait toutes les forces policières. Le rapport venait de lui arriver par courriel. Négatif. Aucun fluide corporel suspect. Pas d'indice de bagarre. Le foutoir ressemblait à celui d'une perquisition brutale. Ni crime ni délit apparents. À part l'effraction.

Martial commençait à craindre d'avoir mobilisé un peu rapidement les pauvres ressources de l'État. Il devait se l'avouer, la durée de l'absence n'était pas encore préoccupante. On restait loin en deçà du délai prescrit pour enclencher des recherches en bonne et due forme. Mais Bart lui mettait la pression. Une enquête ! Une véritable enquête, même sur les bases les plus ténues, pour gommer la monotonie de leur affectation. Il le savait frustré également d'être écarté du capharnaüm de l'attentat de Beauraing. Malgré l'isolation impeccable des pièces, on sentait le bâtiment frémir de l'agitation des grands jours. Des portes claquaient, bruits secs qui s'insinuaient comme étouffés dans leur retraite. Des réunions houleuses s'organisaient à tous les étages et expédiaient des ondes nerveuses dans les couloirs. Des voix excitées s'interpellaient. Sur l'écran des ordinateurs, des messages flash crépitaient. Les téléphones portables émettaient des sons lancinants. Mais rien qui leur soit destiné. Pas le moindre devoir ne leur avait été confié. Pas même une fouille paresseuse dans une quelconque banque de données. Aucun coup de fil ne leur était adressé. Et nul courrier électronique urgent ne leur parvenait. Le vide. Comme s'ils avaient disparu dans les mêmes limbes que leurs clients habituels.

— Vous ne croyez pas à l'homicide. C'est quoi, alors ? Une fugue ?

Bart se passa la main sur le crâne qu'il avait complètement rasé, lui donnant l'apparence d'un Bruce Willis dans *Pulp Fiction*. Quand son supérieur le lui faisait remarquer, il rosissait de plaisir. Puis, il ajoutait une protestation faussement candide.

— Vous exagérez, chef. D'abord, je ne roule pas en Harley. Avec le traitement que m'offre généreusement l'État, pensez... Et ma femme me suffit. Pas besoin d'une hystérique comme Maria de Medeiros, merci bien !

Lui-même divorcé, Martial n'avait jamais rencontré cette fameuse épouse et ignorait à quoi elle ressemblait. Il l'imaginait comme une brave Flamande, travailleuse infatigable, bâtisseuse non pas de royaumes séculiers mais d'empires de propreté, jusque sous les tapis. Il la voyait abîmée par les tâches ménagères et par l'entretien de sa marmaille, alourdie par les pommes de terre, les côtelettes de porc et l'ennui lié à sa condition de maîtresse du logis. Bart étant d'une discrétion proverbiale sur le sujet, il en était réduit aux spéculations les plus oiseuses. Pour ce qu'il en savait, elle pouvait tout aussi bien porter le tailleur d'une fière banquière conquérante, ou la tenue sémillante de la secrétaire d'un grand patron. Il se résolut à revenir à Ingrid Mertens.

— Tu t'es renseigné à l'armée, chez son employeur ?

— Rien à signaler. La quarantaine à l'horizon. Une sergente bien notée par ses supérieurs. Elle bosse à l'armurerie et excelle dans la mécanique des armes légères. Quand je dis légères… Son domaine d'expertise s'étend aux mitrailleuses de gros calibre. Bref, la bidasse connaît sur le bout des doigts le catalogue de la FN de Herstal et de quelques autres manufactures du même acabit.

— Pas de problème disciplinaire ? Alcool ? Jeu ?

— Une bonne femme, chef ! Elle va pas s'encanailler chez les putes non plus !

— Et du côté de ton cousin de la Sûreté de l'État ?

Martial faisait référence à la parentèle élargie de son adjoint, originaire d'un petit coin champêtre du Brabant flamand, le Payottenland, où Bart vivait toujours. Ces fils et petits-fils de maraîchers semblaient s'être détournés des laitues, des carottes et des asperges pour investir en masse les forces de sécurité du royaume. Population laborieuse judicieusement placée dont Bart utilisait l'expertise pour étoffer leurs enquêtes.

— Il m'a pratiquement raccroché au nez. Avec cette histoire de Beauraing, le malheureux n'a plus une seconde à lui. De toute façon, notre sergente Mertens serait plutôt soumise à la curiosité de la Sûreté militaire. Et comme vous le savez, les deux services se regardent en chiens de faïence. Les troufions méprisent les civils.

— C'est juste. Bon, l'homicide, mettons-le entre parenthèses pour le moment. Reste le saccage de l'appartement. C'était de la rage pure ou on cherchait quelque chose ?

— Les deux hypothèses sont tout aussi inquiétantes, répondit Bart.

Martial s'agaçait de ne parvenir à aucune conclusion probante. Fugue ? Meurtre ? Intervention de tiers ? Mais pourquoi ? Le mieux était d'attendre, de retracer la toile des relations du jeune homme, d'interroger ses amis. Il se leva et jeta un œil par la fenêtre. Leur bureau donnait sur la rue Royale. Cette longue artère avait été dessinée par le roi Léopold II pour relier confortablement son palais résidentiel à Laeken, à la sortie de la ville, au siège de son pouvoir, dans le centre historique. Justement, son arrière-arrière-petit-neveu remontait l'avenue à toute vitesse dans un convoi surprotégé. Sa Mercedes était encadrée par six motards. Deux Range Rover aux vitres ouvertes d'où pointaient les canons de fusils d'assaut et un blindé léger complétaient l'escorte.

— Tu as des infos sur la secte dont Ingrid Mertens nous a parlé ?

— Les croisés ? Une couverture, chef. Je n'y crois pas au tableau du délinquant sur la voie de la rédemption par la grâce de l'eau bénite. Il a dû se mettre au vert chez ces types pour continuer ses trafics. Qui lui auront finalement coûté la peau.

— Les conversions, ça s'est déjà vu, mon vieux. À notre place, j'irais tout de même vadrouiller du côté de ces bons chrétiens.

5

Le chauffeur de taxi, un Polonais bougon, chapelet en pendentif au rétro à la place du traditionnel sapin odorant, augmenta le volume de sa radio.

— Nous avons perdu nos repères chrétiens, clamait le nouvel évêque de Bruxelles. Au djihad, nous devons répondre par le vrai combat, celui qu'anime notre foi en Jésus-Christ. Laissons-nous inspirer par Lui dans notre sainte croisade. Et que son glaive triomphant guide nos vaillants policiers dans leur traque des assassins de Beauraing.

Celle-là, je l'avais déjà entendue ce matin. Mgr Dubois se répandait copieusement sur les ondes pour marquer son intention de lutter contre nos ennemis. Non pas en vantant les vertus de l'œcuménisme mais au contraire, en brandissant l'oriflamme de la religion. L'autre. L'authentique, la seule, selon lui.

— Ras-le-bol des imams, balança le taximan. On ne va pas s'écraser devant leurs règles débiles. Les piscines communales avec leurs horaires réservés aux femmes !

La viande halal dans les cantines scolaires ! Le niqab en rue ! Et pourquoi pas trancher le poignet aux voleurs ? Merde à ces bigots !

— Je vous donne raison sur ce dernier point...

— Quoi, les voleurs ?

Mon chauffeur réfléchit.

— Ouais, vous avez pas tort... D'ailleurs, leur couper le bras, je ne suis pas sûr que ça suffirait. La tête serait peut-être mieux, non ? Et les délinquants sexuels, on la leur sectionnerait ? Vous en pensez quoi ?

— Et si on les crucifiait carrément ? À l'ancienne ? Avec des clous et tout le saint tremblement ? Ou une bonne vieille roue ? Et l'écartèlement, faudrait pas l'oublier...

— C'est parce que je suis Polonais que vous me parlez comme ça ?

Sa nationalité, ses clients ne pouvaient l'ignorer : il avait installé sur son tableau de bord une sorte d'autel aux jumeaux Kaczyński, avec leur photo, un drapeau du pays et un crucifix phosphorescent du meilleur goût. Et au-dessus de la boîte à gants trônait une effigie de Jean-Paul II, dans un encadrement en plastique rose Barbie.

Je ne répondis pas. J'en avais ma claque des proclamations militantes et des déclarations belliqueuses. Je venais de subir celles du ministre de l'Intérieur lors de sa conférence de presse solennelle d'après-attentat. Aucune information intéressante à glaner, comme je m'en doutais, à part la révélation d'une revendication par un groupe d'islamistes illuminés et sahéliens. Il avait dressé un catalogue de mesures musclées contre le terrorisme, elles m'avaient salement impressionné. J'avais pressenti que des dispositions plus contraignantes devaient se dissimuler derrière le discours, pourtant déjà fort brutal, du ministre. Là résidait une possibilité de reportage. Mais dans ce climat empoisonné, accepterait-on d'entendre une voix discordante ?

Après avoir réglé mon chauffeur, furibard d'avoir compris que je l'avais chambré, je pénétrai dans le stand de tir où se défoulait Martial Chaidron, inspecteur principal de la PJ fédérale et l'un de mes plus vieux amis. Nous nous étions liés dans les années 1980 quand je me débattais dans les affres de la chronique judiciaire pour un quotidien populaire bruxellois. Nous partagions alors la même détestation envers ses collègues trop arrivistes pour rester honnêtes et les miens, parfois trop fayots pour se préoccuper de la vérité, fût-elle relative. Nous ne nous étions jamais perdus de vue, même quand j'avais quitté le journalisme pour entrer dans une agence de publicité à Bruxelles. J'y avais passé une vingtaine d'années avec enthousiasme, le plaisir du jeu des mots compensait largement des causes pas nécessairement défendables. Puis un jour, une multinationale américaine avait racheté l'entreprise. À l'approche de la soixantaine, j'avais été jugé trop vieux, dépassé, bon à jeter. C'est Martial qui m'avait remis en selle en m'introduisant auprès d'Yves, fait-diversier qu'il côtoyait dans les couloirs du parquet et qu'il appréciait.

Martial, je l'avais appelé hier soir pour lui soutirer des infos sur la secte dans laquelle Jérémie semblait s'engluer. Il m'avait expliqué qu'Ingrid Mertens avait déposé plainte entre ses mains, qu'il s'intéressait à ce groupement religieux, quoique vaguement, et qu'après tout, nous pourrions toujours échanger nos cogitations sur le sujet. Justement, l'un de ses collègues connaissait bien ces croisés. Abonné lui aussi au stand de tir, il pourrait me le présenter aujourd'hui entre deux séances de défouraillage.

C'est au mess que je trouvai mon ami, attablé devant un demi, récompense des plus indiquées après ses exercices de pistolero. Il m'accueillit par l'une de ses plaisanteries habituelles.

— Salut, l'ancêtre. Je vois que tu as laissé ton déambulateur au garage ?

— Et toi, John Wayne, content de ton score malgré ta vue qui baisse et ta main qui tremble ?

— Rien à la marque. Un simple entraînement au tir instinctif sur des silhouettes en mouvement...

— Un peu puéril, non ?

— Mais passionnant. Tu sais, l'histoire zen, faire corps avec sa cible et toutes ces choses-là. Et toi, ça va ? Tu bosses sur l'attentat, j'imagine ?

Je lui relatai brièvement la désolation de mes dernières quarante-huit heures qui devait beaucoup ressembler à celle endurée par la plupart de nos compatriotes.

— Yves s'est rendu sur place ? Il tient le coup ?

— Plus ou moins, il est fort secoué.

— On le serait à moins.

Je bus une gorgée de bière.

— De ton côté, tu as des nouvelles de ton informateur ?

— Je lui ai parlé de toi, il accepte de te raconter son expérience. Mais confidentiellement, hein !

— Promis.

— Bon, le voilà.

Un homme d'une quarantaine d'années, jean et blouson en cuir sur un polo bleu ciel, baskets et chaussettes blanches, s'approchait de notre table. La mine austère malgré sa tenue décontractée. Martial lui tendit la main.

— Philippe, tu prends une chope ? Tiens, je te présente Léopold Verbist, dit Léo, journaliste de son état. Il s'intéresse aux croisés comme je te l'ai dit. Tu les as fréquentés à une époque, non ?

— Je ne prétendrai pas le contraire.

Le flic s'assit sur sa chaise après avoir hoché de la tête dans ma direction, un salut distant qui me mit mal à l'aise. Il me détailla et pinça les lèvres, comme s'il pressentait en moi une source d'ennuis. Par l'entrebâillement de sa chemise, j'aperçus une discrète croix argentée en pendentif.

— Tu pourrais lui en dire davantage ?

— À condition de ne pas être cité dans un canard quelconque. Je tiens à ma vie privée. Et puis, nos chefs ne voient pas d'un bon œil qu'on cause aux pisse-copie...

— Je garantis l'anonymat de mes informateurs, lui dis-je. Tout ce que vous m'apprendrez sera *off*.

Il haussa les épaules puis but une minuscule gorgée de bière.

— Que voulez-vous savoir ?

— Rien de compliqué, comment êtes-vous entré en contact avec les croisés ?

— Je suis catholique pratiquant. Ne souriez pas, nous sommes encore quelques-uns dans ce pays. Et à ce titre, je suis toujours à la recherche de nouvelles expériences spirituelles.

Je me gardai bien d'ironiser, mais j'avais du mal à concevoir ce policier athlétique absorbé dans une dévotion contemplative. Menottes à la ceinture, 9 mm dans son holster et, pourquoi pas, une médaille de la Vierge de Beauraing dans sa poche revolver...

— Donc, un prêtre m'a recommandé ce groupe en me vantant sa ferveur. J'ai assisté à plusieurs de leurs célébrations. Mais j'ai déchanté. Ces types sont des extrémistes de la prière, des jusqu'au-boutistes de la génuflexion. Ils pratiquent une ascèse stricte, jeûnes, privations, pauvreté. J'ai constaté chez certains d'entre eux l'utilisation de certaines méthodes de mortification perverses. Le port du cilice, par exemple.

— On m'en a parlé comme d'une secte, c'est le cas ? dis-je.

— Je suis assez d'accord, même s'ils semblent bien en cour dans l'Église officielle. Les voies du Seigneur...

— Quelqu'un m'a cité des exemples d'actes de violence de leur part.

— Je ne peux pas vous le confirmer, ils sont assez cloisonnés. Moi, j'y allais pour me ressourcer, pas pour enquêter.

Mais c'est vrai, j'ai cru comprendre que les plus remontés s'organisaient pour aller faire le coup de poing dans les manifs en faveur de l'avortement ou du droit à la PMA pour les homosexuels.

J'échangeai avec Martial un regard inquiet. Ingrid Mertens avait raison : son fils était plongé dans une galère de belle facture.

— Vous êtes resté longtemps avec eux ?

— Quelques mois. Ils savaient que je travaille à la PJ. Un jour, le chanoine Dillens, c'est le leader spirituel du groupe, m'a approché pour me demander un service. Il voulait que j'encadre la surveillance d'un imam présenté comme radical. Le genre à envoyer des gamins se faire exploser aux quatre coins de la planète. Sur le principe, je n'étais pas contre, même si je ne pigeais pas pourquoi une communauté de prière devait s'occuper d'une telle opération.

— Quel était votre rôle ?

— Oh, la routine, donner des cours de filature, organiser les roulements, trouver des planques.

— Vous avez accepté ?

— Attention, je n'ai rien commis d'illégal ! Au départ, c'était très innocent. Je ne leur ai rien appris d'autre que ce qu'on peut lire dans un roman d'espionnage standard. En fait, leurs intentions réelles m'ont paru très vite suspectes. Je l'ai découvert par hasard, les gars que j'entraînais ne sortaient jamais sans un certain équipement.

— C'est-à-dire ?

— Bombes incapacitantes, battes de base-ball et même, un *taser*, un pistolet électrique si vous préférez.

— Bon sang ! intervint Martial. Une vraie milice armée, tes mecs...

— Je ne te le fais pas dire. À mon avis, la collecte de renseignements n'était pas leur seul objectif. Ils préparaient sans doute une action plus brutale. Un tabassage en règle ?

Une intimidation musclée ? Je n'en sais rien. Pour ma part, j'ai refusé de continuer. J'ai fichu le camp et j'ai rédigé un rapport pour ma hiérarchie.

— On a ouvert une enquête contre eux ?

— Pas exactement. J'ai reçu un coup de fil intempestif de la part d'un officier de la direction de la sécurité publique. Ordre m'a été donné de fermer ma gueule et d'oublier toute cette histoire.

— Son nom ?

— Le commissaire Athlan.

— J'en ai entendu parler, mais je ne le connais pas personnellement, dit Martial.

— Un dernier détail, conclut le flic en tripotant sa croix. Les croisés organisent des prières publiques tous les jours à 18 heures dans leur local. À deux pas d'ici. L'entrée est libre. Si vous voulez vous faire une idée plus concrète, je vous engage à vous y rendre. À moins que vous n'ayez peur d'une petite demi-heure de méditation...

6

L'ancien collègue de Martial n'avait pas menti. Les croisés avaient installé leur base à deux pas du stand de tir, dans une fabrique antédiluvienne. Les lieux, dont l'activité originelle demeurait imprécise, avaient été rafraîchis dans les années 1990. À cette époque, on rachetait à tour de bras les usines désaffectées pour les transformer en lofts à la new-yorkaise, colonnes en fonte soigneusement laquées, murs en briques récurés à l'acide. Malgré les efforts de quelques promoteurs dynamiques, le quartier n'avait pas réussi sa résurrection. Son passé industriel laissait d'accablantes traces de dénuement. Trop de cicatrices urbaines, trop de misère bigarrée.

À l'entrée, je fus accueilli poliment. On me susurra du « frère » long comme le bras avant de m'indiquer le chemin de la salle de prière. Je pénétrai dans ce qui devait être autrefois le hall de production, plongé dans une pénombre de chapelle. De hautes fenêtres donnaient sur le canal, occultées par des rideaux gris. Des cierges disséminés au hasard invitaient à la méditation. Pas de chaises, des tapis en laine écrue recouvraient le sol, garnis de coussins et d'objets en bois que j'identifiai comme des tabourets de prière. Une bougie dont la flamme oscillait dans un vase rouge signalait la présence d'une hostie consacrée, abritée dans un tabernacle. L'écrin était ouvert, offrant aux croyants la vision de son contenu sacré. À ses côtés, une icône orthodoxe représentait une crucifixion empreinte de sérénité. Un drapeau de vaste dimension pendait au mur, une croix de Jérusalem écarlate sur fond blanc. Plongés dans un profond silence, une quarantaine de fidèles se recueillaient. Habillés simplement, le costume de la rue, jean, baskets, tee-shirt ou sweat-shirt, ils étaient jeunes, les muscles vifs, très concentrés. Certains se prosternaient, étendus de tout leur long comme les prêtres au moment de leur ordination. D'autres se tenaient à genoux. Les visages étaient graves, les corps immobiles. Nul ne s'agitait pour trouver une position plus confortable ou soulager une articulation distendue. Les lèvres de certains dévots s'animaient doucement et récitaient un mantra sans fin.

Assis en tailleur contre le mur du fond, je trépignais déjà au bout de quelques minutes. Si la méditation ne flanquait pas la trouille à l'athée que je suis, elle me donnait des fourmis dans les jambes. Je me résolus à patienter un quart d'heure encore dans cet environnement si placide. Enfin, une vague de distraction troubla les ouailles. Ceux qui s'étaient prosternés s'agenouillaient maintenant. Les autres redressaient le buste et tous les yeux convergèrent vers une petite porte à gauche du tabernacle. Un homme un peu plus âgé que moi, la soixantaine bien emmanchée, s'avança, pantalon de toile foncé et pull à col roulé en fine maille. Une croix en argent poli montée en sautoir renvoyait les reflets des bougies. Athlétique, souple dans sa façon de bouger, il remplissait l'espace autour de lui comme s'il était constamment sur ses gardes. En garde plutôt, songeai-je, ce type devait avoir pratiqué un sport de combat dans sa jeunesse.

— Qui est-ce ? demandai-je à l'un de mes voisins qui ne semblaient pas faire partie du premier cercle des disciples.

— Le chanoine Dillens, chuchota mon interlocuteur. Le guide spirituel de notre groupe.

Resté debout, le prêtre leva les bras en offrande.

— Frères et sœurs, prions, dit-il avec douceur.

Puis après un bref instant de recueillement, sa voix claqua avec une vigueur saisissante, puissante comme celle d'un populiste des années 1930.

— Prions pour le massacre des saints Innocents dont nous venons de connaître une tragique répétition. Souvenez-vous, Hérode a exterminé à Bethléem tous les garçons de moins de deux ans pour empêcher l'avènement du Messie. Souvenez-vous, Dieu a autorisé cette tragédie pour faire de ces martyrs le prélude de notre rédemption par le Christ. Symboles de la pureté, ils sont les symboles du sacrifice nécessaire pour accéder au trône de Dieu. En vérité, je vous le dis, nos enfants assassinés dimanche dernier dans le temple de la Vierge ne sont pas morts en vain. Leur sacrifice est le signe divin que nous devons transformer notre monde, ce monde païen d'où Jésus est exclu.

— Sainte est la parole de Dieu, ponctua l'assistance.

— Pour le transformer, ce monde, nous devons nous engager dans la voie du sacrifice. Comme les saints Innocents. Comme les martyrs de Beauraing. Ce monde, nous le transformerons en portant le glaive contre une civilisation damnée par l'adoration du veau d'or, la vénération de l'individualisme pervers, le culte de la chair turpide. Ce monde, nous le transformerons encore en luttant contre l'obscurantisme d'une religion irréconciliable avec la nôtre. Ces hérétiques qui se déguisent en dévots, nous devons les traquer, les châtier, les détruire.

Un silence.

— Mes frères et sœurs, reprit le prêtre, réjouissons-nous. Réjouissons-nous, car il est venu le temps de la guerre qui ressuscitera le sens de l'idéal et du divin. Maintenant, recueillons-nous dans la vraie Foi, prions Dieu et remercions-Le de nous avoir confiés à notre nouvel évêque.

Le chanoine s'agenouilla et s'abîma dans une méditation extatique devant la flamme du tabernacle. Un peu abasourdi par cette apologie du sacrifice, je reconnus, dans la dernière invocation du prêtre, une citation d'un général français qui fleurait bon son patriotisme revanchard de 1914. Envahi par l'écœurement, j'opérai une retraite stratégique.

En me glissant vers la sortie, j'aperçus avec surprise Ingrid Mertens qui s'apprêtait à entrer dans la salle. Je n'eus pas le temps de me demander ce qu'elle faisait là : quatre jeunes types surgirent derrière elle. Appartenant visiblement à une sorte de service d'ordre, ils étaient revêtus d'un uniforme, jean propre, bottines militaires et polo noir avec une croix de Jérusalem sérigraphiée en rouge. Les costauds l'empoignèrent sans ménagement.

Leur victime se débattit. Soudainement, elle sembla se démultiplier, présente ici et juste en face dans le même instant, comme dans une séquence d'arts martiaux d'un film sud-coréen. Il était impossible de discerner les détails de ses mouvements, tant la succession de gestes était rapide, si fluides qu'ils paraissaient ne plus en faire qu'un. Un agresseur valdingua contre un mur, l'autre atterrit sur une dévote d'un certain âge. Mais trois gros bras accoururent en renfort et réussirent à immobiliser la rebelle. C'est en ahanant et en soufflant qu'ils la trimbalèrent à l'extérieur du bâtiment. Au passage, l'une des armoires à glace me jeta un regard sombre et me bouscula, je le repoussai d'une bourrade agacée. Intrigué par la scène, alarmé aussi par le sort de la malheureuse, je me précipitai sur le trottoir. Dans mon dos, la porte, tout à l'heure si accueillante, se referma avec un claquement revêche.

— Ils n'y vont pas de main morte, lui dis-je. Qu'est-ce que vous leur avez fait ? Vous avez craché sur la Vierge Marie ? Où vous leur avez balancé une sourate à la gueule ?

Elle se releva en se brossant les vêtements, une grimace sur les lèvres.

— Même pas, je voulais simplement parler au chanoine.

— Allez, je vous offre un verre pour vous remettre de vos émotions. Et oublier ces drôles de zigues avec leurs incantations à leur dieu vengeur.

7

J'entraînai la mère de Jérémie vers le café le plus proche de la salle de prière des croisés, café qui servait jadis de quartier général aux maquignons. Une fois par mois, la place accueillait un marché en plein air pour les amateurs de chevaux réformés. Parmi les fournisseurs de barbaque sur pied, on comptait l'ancienne gendarmerie qui y écoulait ses vieilles carnes, usées par les parades, les prunelles brûlées par les gaz lacrymogènes, les jarrets parfois tailladés par les manifestants. Arrivés dans cette dernière station avant l'enfer, les animaux n'étaient pas au bout de leurs peines. Les marchands de bétail en blouse grise étaient prompts à manier le bâton ferré pour presser les troupeaux dans les camions qui les livraient à l'abattoir. Alors que la traction hippomobile avait disparu depuis longtemps, je n'avais jamais compris d'où provenaient tous ces canassons. Les jours de marché, l'esplanade était noire de monde et de bêtes. Et le cheptel de la gendarmerie ne suffisait certainement pas à la remplir.

D'un pas languissant, le garçon vint s'enquérir de notre commande. L'air aussi déglingué que son établissement.

Depuis la fermeture de la foire aux bestiaux, l'endroit périclitait, au même titre que les boucheries chevalines.

— Deux chopes, réclamai-je sans me soucier de l'avis de ma camarade. Deux chopes, pas des trappistes. Je veux de la bière bien païenne, séculière, brassée par des ouvriers en bleu, et pas en bure, nom de Dieu !

— Affirmatif, j'en ai soupé des sermons, approuva Ingrid Mertens.

Je l'observai attentivement, saisi une fois encore par l'alliance de féminité et de force brute qui la caractérisait. Son décolleté dévoilait tout juste la naissance de sa poitrine, engoncée dans un soutien-gorge de sport. Elle fit jouer machinalement le muscle de son bras droit, animant un tatouage, une faucille et un marteau écrasés sous la patte d'un lion rigolard.

— Qu'est-ce que vous regardez ? Mon fétiche ? C'est un souvenir des volontaires belges de la guerre de Corée.

Je fronçai les sourcils.

— Votre grand-père a fait partie du corps expéditionnaire ?

— Même pas. C'est la mascotte de mon unité.

Ingrid Mertens but une gorgée du verre que venait d'apporter le garçon. Il repartit vers son comptoir sans plus traîner la patte, comme si, heurté dans ses convictions pacifistes, il fuyait le voisinage d'une digne représentante de l'armée belge. Je lui faisais un mauvais procès, en réalité il s'était précipité pour allumer la télévision et prendre au vol une chaîne d'informations en continu. Les visages de quelques petites victimes des tueurs défilaient avec leur nom. Une religieuse pleurait dans son voile sur fond d'images vues et revues. Notre serveur si flegmatique essuya une larme.

— Bon, votre protégé... Vous avez des nouvelles ? Vous aviez l'air à cran, là-bas, dis-je en indiquant la direction générale du couvent des sbires du chanoine.

— Il m'a téléphoné il y a deux heures.

— Que voulait-il ?

— Je n'en sais rien, il n'a pas eu le temps de me parler. Il a crié quelque chose, un appel au secours, je pense, puis la communication a été coupée. J'ai alors couru chez les croisés...

Un frisson secoua l'armurière qui me paraissait aussi difficile à émouvoir qu'un maréchal des logis prêt à sabrer du manifestant du haut de sa monture.

— Nous sommes très proches l'un de l'autre. Son engagement dans cette secte m'a surprise, mais vous connaissez son parcours chaotique.

— Oui, cela m'a toujours étonné, le pupille d'une militaire qui entre dans un gang comme celui des Black Cobras...

— Je ne m'en suis peut-être pas occupée comme il l'aurait fallu. Pourtant, je l'aide beaucoup. Nous nous voyons tous les deux ou trois jours. Je prends soin de son ménage, je fais ses courses.

— Vous m'en avez parlé, c'est dans ces circonstances que vous avez retrouvé du sang sur un vêtement.

— S'il n'y avait que le sang ! Je suis tombée sur autre chose aussi dans la poche d'un pantalon. J'hésitais à vous l'avouer pour ne pas lui faire du tort.

— Une boulette de crack ? Un pacson d'héroïne ?

Je devais reconnaître que ses investigations ancillaires ne me passionnaient pas plus que ça.

— De la drogue ? Il a tout arrêté depuis qu'il a entendu l'appel de ces bigots. En fait, c'est plus grave. Ce que j'ai découvert, c'est une munition aux dimensions très révélatrices, 7,62 mm sur 39.

— Dites, je ne fréquente pas les armureries, moi !

— C'est ce que crache l'AK-47, la kalachnikov si vous préférez.

— Pas banal. Mais c'était peut-être une fausse ? Un gadget décoratif ?

— Une fausse, non, faites-moi confiance. Je lui en ai parlé mais il s'est refermé. Le lendemain, quand je suis rentrée chez moi après le boulot, on avait fracturé ma porte. Tout avait été fouillé mais on ne m'avait rien volé. À part cette balle qui avait disparu...

— Vous pensez qu'on vous a cambriolée uniquement pour la récupérer ?

— Cela me paraît évident. J'ai foncé chez lui le soir même, il n'était pas là quand j'ai débarqué. Comme je vous l'ai déjà dit, le désordre était indescriptible. On aurait pu croire qu'un troupeau d'éléphants s'était défoulé dans son appartement. Depuis, à part son appel de tout à l'heure, son portable est coupé. Muet !

— Vous avez prévenu Martial Chaidron ?

— Pas encore, il ne me semble pas très motivé...

— Ne vous montez pas la tête, les flics, il leur faut plusieurs jours avant de démarrer une vraie enquête. Sauf s'ils soupçonnent qu'un événement inquiétant se soit produit.

— Son coup de téléphone en est peut-être l'indice... Mais j'ai surtout peur qu'il ne soit poussé à commettre des actes dangereux pour lui et pour les autres.

Ingrid Mertens resta pensive pendant quelques minutes.

— Ce chanoine est tout de même étrange, reprit-elle.

— Je ne vous donne pas tort. Son homélie me laisse pantois.

— Vous savez qu'il a été nommé secrétaire particulier du nouvel évêque de Bruxelles, Mgr Dubois ? Nous n'avons pas affaire au gourou d'une secte confidentielle, ce bonhomme remplit des fonctions en vue dans l'Église officielle.

Cette nouvelle me surprit. Sans me bouleverser, réflexion faite. Les positions des deux prêcheurs me paraissaient évoluer dans une même continuité idéologique. Avec des nuances dans leur discours, l'un et l'autre s'étaient emparés de l'attentat pour en appeler à un exercice de musculation spirituelle de la société. Des sermons agressifs, certes, mais leurs exhortations entraient en résonance avec l'émotion provoquée par les morts de Beauraing.

— Tiens, voilà le saint homme qui vient s'encanailler, m'amusai-je en observant le chanoine pénétrer dans le café.

Trois costauds de son service d'ordre le suivaient, ceux-là mêmes qui avaient expulsé mon interlocutrice de la salle de prière.

— Madame, je suis profondément désolé de l'incident de tout à l'heure, dit le prêtre en s'asseyant à notre table. Acceptez toutes mes excuses. Vous demeurez bien entendu la bienvenue parmi nous. Vous l'avez entendu, notre communauté œuvre pour le salut de notre peuple. Et toutes les bonnes volontés sont précieuses dans ce combat.

Ça y est, nous avons droit aux tentatives d'embrigadement, songeai-je.

— Nous n'avons pas été présentés, continua-t-il en s'adressant à moi d'un ton aimable.

— Léo Verbist, j'ai également assisté à votre prêche.

— Ah, vous aurais-je convaincu de la justesse de notre cause ?

— Pas vraiment. Disons que je réfléchis encore.

— Réfléchir est bien, agir est mieux. Vous changerez peut-être d'avis. Pensez à nous dans ce cas.

Ses accompagnateurs étaient restés en retrait, l'œil aux aguets, une chope déjà entamée devant eux. Preuve qu'ils n'avaient pas fait vœu d'abstinence. Tous les trois étaient baraqués, paluches de lutteurs de foire, biceps de culturistes. Leur attitude n'était pas particulièrement menaçante, mais leur gabarit n'évoquait en rien les contemplatifs pacifiques, les douces brebis promptes à servir leur prochain. Par-dessus leur polo estampillé de la croix de Jérusalem, ils avaient enfilé un blouson en tissu vert foncé, une sorte de *bomber* souple et pratique. Pour la castagne, pas pour les oraisons mariales.

— Je vous réitère donc mes excuses. Vous le comprendrez, dans le climat actuel, nous devons nous entourer de certaines précautions. Vous n'avez pas été blessée, j'espère ?

— Si vos hommes de main avaient été moins nombreux, c'est à eux que vous auriez dû poser la question. Et je vous garantis que la réponse ne vous aurait pas plu.

Un silence. Le chanoine se plongea un court instant dans une pieuse introspection. Puis il reprit sur un ton qui se voulait empathique.

— Souhaitez-vous avoir des nouvelles rassurantes de Jérémie ?

— Dites toujours.

— Il se recueille dans un monastère. Nous suivons un programme très strict de retraites spirituelles. Chaque membre de notre confrérie doit s'y soumettre à intervalles réguliers.

— Parfait, mais j'ai besoin de le voir de toute urgence, dit Ingrid Mertens.

— Impossible, je ne l'autoriserai pas.

Sa voix était devenue tranchante. Puis il eut un geste rond du poignet, comme pour chasser la désagréable impression qu'aurait pu donner son intransigeance. Un geste presque féminin.

— Ne vous méprenez pas, ces moments de méditation fortifient la foi de ces hommes et de ces femmes qui ont souvent perdu le sens des vraies valeurs avant de nous rejoindre. Leur isolement est indispensable pour les aider à communier dans l'adoration de Notre Seigneur.

Je décidai alors de mettre mon grain de sel dans cette conversation trop mielleuse à mon goût.

— Et c'est pour endurcir leur foi que vous les entraînez à tirer au fusil d'assaut ?

— Le faux témoin ne sera pas tenu pour innocent, et celui qui profère des mensonges périra, répondit le chanoine, une lueur mauvaise dans les yeux.

— Vous m'accusez de mentir ? Pourtant, mon amie ici présente a découvert une drôle de balle dans un vêtement de son fils adoptif.

— Une munition non percutée, pur produit soviétique destiné à alimenter une AK-47, précisa Ingrid.

Le prêtre parut soucieux tout d'un coup.

— Nos fidèles n'ont pas toujours un parcours exempt de reproche. C'est le cas de Jérémie, non ? Sans doute a-t-il conservé cet objet maléfique en témoignage d'un passé révolu. Une sorte de talisman pour lui rappeler dans quels errements diaboliques il risquerait de retomber sans notre soutien fraternel.

L'un de ses acolytes se rapprocha de notre table. Vue de plus près, une poche de son blouson semblait déformée par un bidule assez lourd. Un coup-de-poing américain ? Une matraque ? Ou l'un de ces objets maléfiques que venait d'évoquer son patron ?

— Donnez-nous cette balle, nous la lui rendrons nous-mêmes, dit-il, nous dominant de toute sa masse, une main dans cette poche aux contours peu engageants.

— Elle n'est plus en ma possession. Si je l'avais encore, je la remettrais à la police. À ce propos, la PJ est avertie et s'occupe déjà de la disparition de Jérémie.

— La police, était-ce nécessaire ? susurra l'ecclésiastique. L'intervention des forces de l'ordre lui causerait beaucoup de tort. Son pedigree risque de le rattraper. Ne pourriez-vous retirer votre plainte ? Pour son salut ? Et par respect pour le travail que nous accomplissons en faveur de ces âmes dévoyées ?

— Je n'ai pas le pouvoir d'empêcher une enquête judiciaire, répondit Ingrid. Et quand bien même, je ne le ferais pas.

Dillens se raidit.

— Je vais vous donner un bon conseil : Laissez Jérémie en paix. Cela vaudra mieux pour lui. Pour vous aussi. Nous comptons des sympathisants dans de nombreux milieux. Y compris parmi vos supérieurs, sergente.

Brusquement, d'un revers du bras, le croisé qui nous surplombait fit valser nos chopes. Ingrid et moi nous mîmes debout, prêts à en découdre. Le serveur sortit de sa torpeur et se précipita dans sa réserve, sans doute pour entretenir son chagrin à l'abri des éclats de voix.

— Obéissez au père ou je vous brise comme ces verres !

— Ça va comme ça ! Retenez vos chiens, dis-je au chanoine.

L'homme d'Église leva la main, comme s'il voulait interrompre un cycle de violences déclenchées bien malgré lui. Puis il prit la parole.

— Quand on sème dans les sillons de l'injustice, on court le risque de la moissonner au septuple.

Ayant dit, une lueur brûlante dans les yeux, il nous tourna le dos et quitta les lieux. Ses enfants de chœur fermaient la marche, leurs chaussures militaires sonnant bruyamment sur le carrelage. J'avais suivi l'échange avec un étonnement croissant à cause de l'inquiétude que j'avais cru percevoir sous les rodomontades de ces nervis de Dieu. Quelle menace Ingrid et Jérémie représentaient-ils pour eux ?

8

Il était midi pile quand Yves et moi entrâmes dans le restaurant pour y rencontrer Martial. Nous avions rendez-vous avec lui pour parler de son enquête sur la disparition de Jérémie. Enquête dont il s'occupait de façon peu diligente, si je devais croire ce qu'Ingrid m'avait dit hier. Banquettes en bois sombre et skaï vert, nappes épaisses en coton, couverts en argent griffés par des générations de dîneurs : le décor de cette taverne du centre de Bruxelles paraissait inchangé depuis les années 1950. Des serveurs en costume noir trimbalaient de lourdes cartes reliées en cuir et abordaient leurs clients avec une prévenance usée. Seule entorse à l'étiquette, ils avaient tous accroché à leur veston un ruban blanc, couleur de la pureté mariale. En hommage aux victimes de l'attentat.

En nous apercevant, Martial se leva pour nous accueillir, un franc sourire aux lèvres.

— M. Demeulemeester, je suis ravi de vous revoir. Je n'avais pas eu l'occasion de vous remercier.

— Appelez-moi Yves tout de même. Me remercier, mais de quoi ?

— De ne pas vous être joint à la meute après cette affaire de ministre censément assassin et de sa malheureuse maîtresse étripée. Vos confrères ont eu la plume vacharde dans leurs articles. Vous savez où tout cela m'a conduit, au service des âmes perdues…

— Avouez que vous n'y étiez pas allé de main morte, rigola Yves. Menotter le ministre, le flanquer par terre, le nez dans le sang de son amante, y avait de quoi déclencher une crise nerveuse dans la presse.

— Surtout, ne me salue pas, dis-je pour couper court. Je voulais empêcher mon associé de trop appuyer sur la plaie de mon ami flicard.

— Pardon, cher Léo. Mais trêve de salamalecs, asseyez-vous. Avant d'en venir au cœur du sujet, je nous ai commandé des anguilles au vert. Avec un chablis. À te voir, tu en as bien besoin…

Commentaire qui m'était adressé directement. Je ne pus que confirmer mon humeur maussade tout en le remerciant de sa délicatesse. Je raffolais de ce plat typiquement belge, des anguilles coupées en tronçons et cuites au faitout dans une sauce mêlant toutes sortes d'herbes selon l'inspiration du cuisinier. Les plus audacieux y ajoutaient même de la menthe, de la pimprenelle ou de la marjolaine.

— Tu te souviens de cette photo de la peluche ensanglantée ? dis-je pour apporter un éclairage sur l'état nauséeux dans lequel j'étais plongé.

— Bien sûr, comment aurions-nous pu y échapper ?

— Yves est parvenu à retrouver l'oncle de son propriétaire. Ça n'a pas été coton, le malheureux se planquait pour fuir les pisse-copie dans mon genre. Toute la petite famille, le père, la mère et les deux enfants ont été tués pendant l'attentat.

— Vous connaissez la chanson, dit mon associé, quand j'ai fait la tournée des rédac-chefs pour vendre notre salade, les enchères ont grimpé. Et je savais qu'avec son expérience, Léo n'aurait aucun mal à le faire parler.

— Tu as réussi ? me demanda Martial tout en surveillant l'ouverture de la bouteille de vin.

— Au-delà de toutes mes espérances, soupirai-je. Il s'est effondré sous mes yeux. Franchement, ça m'a rappelé pourquoi j'avais choisi la pub…

D'amers souvenirs de mes premières années de journalisme me revinrent. J'avais été envoyé à plusieurs reprises pour ausculter le chagrin de proches éprouvés par un quelconque fait divers. Un drame familial dans une campagne aux portes de Bruxelles m'avait laissé une marque brûlante, bilieuse. Un forcené, avide de vengeance pour de sombres motifs, s'en était pris à plusieurs membres de sa famille. Sept en tout étaient tombés sous ses chevrotines. Sept. J'avais déambulé dans le petit village tétanisé par la tragédie. J'avais écumé les fermes pour recueillir, performance navrante, les propos de malheureux qui pleuraient une tante, une grand-mère ou un voisin. Et sans vergogne, j'avais noté de grandes phrases extorquées à coups de fausse compassion. Le pire, c'est que personne ne m'avait cassé la gueule comme je le méritais.

— L'âge n'apporte qu'une seule consolation, dis-je. On perd le cynisme insolent de la jeunesse et on récupère un peu d'humanité. L'inconvénient, c'est qu'on encaisse toute la misère du monde dans les tripes.

Martial me serra l'épaule d'une main bourrue.

— Allez, te frappe pas, ton article aura sans doute fait du bien au tonton.

— J'en doute. Et j'ai honte d'avoir emmerdé ce pauvre bougre.

— Alors, vous avez rencontré notre frétillante sergente ? lança Yves pour détendre l'atmosphère. Pour changer de sujet aussi, il n'appréciait pas beaucoup ma pusillanimité si peu professionnelle.

— Oui, répondit l'inspecteur principal. Elle est venue déposer plainte sur votre recommandation. Mais nous avons très peu d'éléments pour qualifier cette disparition d'inquiétante.

— Ces croisés me paraissent étranges, dis-je. Tu as pu récolter des tuyaux sur eux ?

— Pas beaucoup... Mon adjoint, Bart Vandekasteel a un cousin à la Sûreté de l'État. Malgré la tempête provoquée par Beauraing, il a fini par lui donner quelques renseignements. Ces gens sont fichés par nos barbouzes mais le dossier est verrouillé. La surveillance des sectes est très sensible. La moindre info qui sort, et la Sûreté se retrouve aux prises avec des hordes de défenseurs des libertés religieuses.

— Et Dillens ?

— Ce fumeux chanoine est inconnu au bataillon.

Je me resservis d'anguilles, tout comme Martial. Yves, lui, déclina.

— Hier, en fin d'après-midi, je suis tombé sur notre militaire, repris-je. Entre parenthèses, elle s'est fait agresser par quelques-uns de ces croisés et j'ai pu m'apercevoir qu'elle ne manque pas de répondant. Dillens est venu nous rejoindre un peu plus tard dans un café. Plutôt menaçant, le bonhomme.

— Dans quel genre ?

— Les banalités d'usage, quittez la ville avant qu'il ne vous arrive malheur. Enfin, c'était le sens de son intervention. Il nous a aussi prétendu que Jérémie participait à une retraite spirituelle.

— Tu vois, nous n'avons pas de raisons de nous inquiéter. Il doit pratiquer l'art de l'oraison dans quelque couvent...

— Un point, tout de même. Mertens a reçu un coup de fil de lui.

— Ça confirme qu'il n'a pas disparu...

— Attends, cela ressemblait fort à un appel au secours.

— Tu en es sûr ?

— En fait, la communication a été coupée très vite, elle ne peut pas être catégorique.

Yves ne put s'empêcher de mettre son grain de sel.

— Léo, l'affection la conduit peut-être à grossir le trait. Je comprends son angoisse, mais est-ce vraiment le rôle de nos valeureux serviteurs de l'État de s'en occuper ?

Je me montrai beau joueur, non sans essayer une dernière carte.

— Vous devez avoir raison tous les deux, elle est probablement aveuglée par son inquiétude... Reste un détail : notre experte en flingues a découvert une balle de kalachnikov dans une poche de son fils.

Martial, emporté par sa passion pour la poudre à fusil, se révéla particulièrement intéressé.

— Tiens, elle ne m'en a pas parlé en déposant sa plainte. J'aimerais voir cette munition. Une analyse balistique nous donnerait peut-être la clé de ce mystère que tu as l'air de trouver aussi insondable que la transsubstantiation. Sait-on jamais.

Je décidai d'ignorer ce trait d'humour frisant le blasphème.

— Là, nous avons un problème, son appartement a reçu une visite indésirable. La balle s'est volatilisée.

— Ah, les ténèbres ne s'estompent guère. Mais je vous fais confiance à tous les deux... Votre incroyable sagacité de journalistes aidera la PJ à y voir plus clair dans les prochains jours...

Je me rembrunis sous les doutes de Martial. Je tentai une dernière sortie.

— Une secte de cathos intégristes, une munition de fusil automatique, des prêches revanchards, des incidents qui sont déjà signalés çà et là... Tu n'entends pas le grand refrain des ratonnades ?

— Il y a maldonne, mon vieux, s'emporta mon ami. Je ne vais pas lancer les troupes du ministère de l'Intérieur à l'assaut de ces zozos. Jusqu'à preuve du contraire, ils passent leurs journées à méditer, non ? Et puis, cette militaire me paraît de taille à se charger elle-même de quelques grenouilles de bénitier. Ce sont des hommes d'Église après tout.

— Je ne sais pas si cela doit nous rassurer, rétorqua Yves. Quand on cause de croyants aujourd'hui, voyez Beauraing...

— Oh, ne confondez pas des dingues, des illuminés, avec des curés bien de chez nous. Onction, componction et tout et tout.

Martial campait sur ses positions, peu convaincu du caractère préoccupant de la situation.

— Une dernière chose. Martial, tu t'es renseigné sur le commissaire Athlan ?

— Athlan ? Que vient-il faire ici ? s'étonna Yves à qui j'avais négligé de parler de ce type.

— L'un de mes collègues a frayé avec les croisés avant de s'en éloigner, précisa Martial. Léo et moi l'avons rencontré. On lui proposait des opérations pas très... catholiques. Il a rédigé une note d'information et Athlan l'a appelé pour lui ordonner de la boucler. Mais Léo, pour répondre à ta question, je n'ai rien appris de sensationnel sur cet officier. À part qu'il est croyant, un peu illuminé sur les bords.

— Je le connais, dit Yves. A priori, le gaillard est un vrai janséniste. Droit comme un premier communiant.

Martial me regarda, l'œil coquin, comme si les anguilles avaient balayé ses scrupules.

— Buvons à la santé de tous ces bons chrétiens, s'exclama-t-il en commandant derechef une bouteille de chablis.

— Amen, conclus-je.

9

Après une heure d'exercices musculaires, suivis d'une douche réglementaire, Ingrid Mertens terminait d'enfiler son battle-dress aux couleurs d'automne tirant sur le beige, censé la dissimuler dans les forêts ardennaises comme dans les sables moyen-orientaux. Là, dans le vestiaire des femmes de sa caserne, basée près de Louvain, cet accoutrement lui parut singulièrement inapproprié. L'endroit conservait tous les attributs fonctionnels de l'équipement militaire, sueur masculine en moins, mais un adjudant-chef imaginatif s'était ingénié à apporter une touche féminine à la pièce. Il n'avait pas osé peindre les armoires gris métal en rose, tout de même, mais avait parsemé les murs de posters représentant sa vision idéalisée de la femme. Une jeune fille courant dans un champ de coquelicots, une dirigeante d'entreprise en tailleur strict, chignon et lunettes, semblant se précipiter vers un avion à attraper, un groupe de copines riant aux éclats, sans oublier un couple aussi, main dans la main, regard de l'épouse tourné vers un avenir radieux. Il y avait même une photo plus grande que nature d'un poupon rigolard. L'improvisé décorateur avait disposé des vases censés accueillir des fleurs, vases restés vides, aucun budget n'avait pu être dégagé pour lancer une commande publique auprès d'un fleuriste.

Sans chercher à percer les mystères de cette conception de l'autre moitié de l'humanité, conception bien peu martiale, Ingrid s'assit face à une sorte de coiffeuse, autre don de l'adjudant-chef. Une simple table aux pieds en fer, au plateau en formica sur lequel était posé un miroir lumineux. Ce meuble faisait bien rire les autres filles et elles décrivaient la pièce comme leur boudoir et quand une Flamande prononçait ce mot français, elle prenait une moue gourmande, on eût dit une marquise du XVIIIe siècle.

Ingrid entreprit de rectifier sa mise. Pas question de maquillage aguichant, l'armée pratique l'art de se fondre dans le décor. Un peu de fard à joues, léger, léger, un trait de rouge grenat, juste pour souligner les lèvres, et basta. Elle se pencha pour lacer ses bottines et sortit dans le couloir. Sans omettre de les saluer, elle croisa des officiers portant leur pistolet d'ordonnance à la hanche. Ce matin, elle les avait vus défiler devant son guichet pour récupérer leur FN Five-seveN de service en vertu d'un ordre du haut commandement. L'attentat de Beauraing réclamait de tous la plus grande vigilance, il fallait être prêt à réagir à une attaque éventuelle. Les forces spéciales, dont la caserne abritait le quartier général, étaient mobilisées pour en assurer la protection extérieure. Aux abords des bâtiments et sur les parkings, ils avaient installé des sacs de sable et monté quelques mitrailleuses légères, des Minimi de 5,56 mm. Ces matamores, on en rencontrait aussi au détour d'un couloir, ils vous dévisageaient sous leur cagoule comme si vous étiez un taliban ou un insurgé irakien.

Ingrid se demanda si la même ambiance faite de chagrin et de colère régnait lors de l'annonce de la mort de son père et de ses frères d'armes là-bas, dans les collines rwandaises. En réalité, d'après ce qu'on lui avait dit, s'y ajoutait une bonne dose de dégoût face aux lâchetés de l'état-major de l'armée et aux atermoiements de l'ONU. Et elle, quel était son sentiment, maintenant, trois jours après le massacre de Beauraing ? La colère, oui. La peur, non. Le dégoût, ça viendrait plus tard. L'inquiétude encore, à cause de la disparition de Jérémie. Hier, les paroles faussement apaisantes du chanoine ne l'avaient pas rassurée. Elle accéléra le pas, elle devait d'abord sacrifier à ses obligations professionnelles avant de pouvoir continuer ses recherches pour retrouver son fils. Le premier sergent-chef, tous les grades ne sont pas féminisés, en tout cas pas dans le langage courant, avait donné rendez-vous au mess à ses hommes pour préparer l'inspection-surprise qui leur pendait au nez. Il allait y avoir du boulot pour vérifier que toutes les armes étaient en parfait état. Réunir son peloton, donc. L'armée avait adopté le vocabulaire managérial, on parlait aujourd'hui d'équipe, de team. On se serait cru dans un séminaire de motivation de L'Oréal. Ingrid préférait le terme de peloton, avec une élision du *e* qui contractait le mot. Ça se terminait comme un verbe à la première personne du pluriel, ça sentait la cohésion, l'ordre, la discipline et la hiérarchie.

Après avoir franchi un ultime poste de garde, toujours ces yeux méfiants derrière leur masque d'autant plus inutile qu'Ingrid les connaissait tous, elle entra dans le mess réservé aux soldats et aux sous-officiers. Sous l'insistance des permanents syndicaux, l'armée avait consenti quelques dépenses pour rendre le réfectoire moins inhospitalier, à l'instar du vestiaire des femmes. Au lieu d'être alignées comme à la parade, les tables étaient dispersées dans l'espoir de favoriser les échanges. Les affiches ici restaient martiales, tirées des campagnes de recrutement, blindés légers fonçant dans le désert, guerriers outrageusement maquillés crapahutant dans une fondrière ardennaise, militaires en tenue sportive pratiquant le rappel dans les falaises de la Meuse… Le silence frappa Ingrid, un silence coupé seulement par les sanglots d'un des soldats de son peloton. Un jeune gars de la région de Liège. Quand il l'aperçut, un autre de ses subordonnés se précipita vers elle.

— Il a perdu sa grand-mère à Beauraing, les flics ont mis du temps à l'identifier, elle était en morceaux… Chef, il ne va pas bien du tout, il faut que vous fassiez quelque chose…

— Va prévenir l'assistante sociale, qu'elle rapplique immédiatement. Je vais voir si je peux l'aider.

Ingrid s'approcha du soldat, effondré sur la table, la tête sur ses bras croisés. Son calot était par terre et l'une de ses jambes tressaillait irrépressiblement.

— Calme-toi, lui dit-elle, se reprochant aussitôt le formalisme de son entrée en matière.

Elle eut alors un geste fort peu militaire. Elle s'accroupit près de lui et l'entoura de ses bras en serrant fort. Elle eut presque envie de l'embrasser. Elle se mit à utiliser des mots de grande sœur, de mère, ces mots-pansements que les femmes disent aux petits d'homme depuis des millénaires pour les consoler de la brutalité du monde.

Le brave soldat en fut touché, ses soubresauts s'apaisèrent, sa jambe se fixa sur le sol. Il releva la tête, son visage ravagé par le deuil et les larmes. Lui aussi se mit à parler, à voix basse, inconscient de tous les regards braqués sur le couple inconvenant qu'il formait avec sa commandante. Il lui raconta sa mère victime d'un cancer trop jeune, son père débordé, sa vie d'orphelin recueilli par son aïeule, son enfance passée à ses côtés, les gaufres qu'elle lui préparait après l'école, son amour qui se manifestait par mille gestes de tendresse, sa mort à elle enfin, mitraillée, grenadée, assassinée par qui, pour quoi… Ingrid l'écoutait en silence, et ce silence était un bandage ouaté sur la brûlure du soldat. Sachant l'apaisement précaire, elle espérait l'arrivée rapide de l'assistante sociale.

À la place, ce fut un para baraqué qui intervint. Un vrai bizuteur de l'armée russe. Il affichait son insigne de saut comme un permis de tuer.

— C'est pas en jouant les femmelettes que tu vas résoudre le problème.

Ingrid connaissait ce type un peu borné, il venait parfois à l'armurerie faire entretenir ses flingues. Un mec bien noté, il était allé au Mali, en Afghanistan, on chuchotait même qu'il avait cassé clandestinement du djihadiste en Syrie.

Elle préféra laisser passer l'orage, son soldat avait à nouveau enfoui son visage dans ses coudes, sa jambe était reprise d'un tressaillement nerveux et elle sentit ses larmes lui mouiller l'avant-bras.

La brute ne s'en tint pas là.

— Je vous le dis, les Arabes, faut frapper un grand coup. Y a que ça qu'ils comprennent. Si on me filait une de tes Minimi, ce serait vite réglé, j'irais dans les quartiers nettoyer tous ces prêcheurs et les terros qui s'y planquent.

— Fous-nous la paix, répondit Ingrid.

— Dégage ! Avec moi, il va retrouver ses couleurs, ton bidasse. Allez, mon garçon, quelques pompes, trois tours de la cour d'honneur au pas de course, et ça ira mieux.

Le para commit alors l'erreur de saisir Ingrid par le bras pour la tirer en arrière. Elle se libéra d'un geste ferme.

— Avec tes conneries racistes, tu déshonores l'uniforme que portait mon père.

— Ton père ! Si au moins ils avaient eu le courage de se défendre au lieu de rendre leurs armes ! Bon sang, du bougnoule, ils auraient dû en casser à la pelle !

Ingrid se leva. Elle avait oublié son soldat qui séchait ses larmes en la regardant avec angoisse. Elle se mit en garde, le bras gauche éloigné du visage, assez bas sur la poitrine, le bras droit détendu, prêt à frapper.

— C'est toi que je vais casser, gros lard, dit-elle froidement.

Une petite cour se rassembla autour du para.

— Te laisse pas faire, fous-lui une branlée, ces bonnes femmes, ça sait même pas se battre !

— Je vous le demande, qu'est-ce qu'elles fabriquent dans l'armée ?

— Vous croyez pas qu'on va permettre à ces salauds de massacrer nos mères et nos filles sans réagir ? On va leur rentrer dedans !

Le combat fut très bref. Sûr de sa supériorité, le fort en gueule s'avança et se découvrit imprudemment. Ingrid lui envoya un direct du poing au foie, elle doubla par un crochet au menton, pivota sur sa jambe d'appui et lança l'autre en râteau dans les guiboles de son opposant. Il perdit l'équilibre et s'écrasa sur une table qui s'effondra sous lui. Il resta là, gémissant, ne sachant pas s'il devait tenir son nez qui pissait le sang ou son poignet gauche qui présentait une teinte violette inquiétante.

— Garde à vous ! Qu'est-ce que c'est que ce bordel ?

Un capitaine des services logistiques apparut, probablement appelé à la rescousse par l'un des témoins de la bagarre, moins vindicatif que les autres. Déjà, le peloton d'Ingrid s'était rassemblé autour d'elle, pas tellement pour l'empêcher de s'acharner sur son adversaire, elle manifestait une maîtrise d'elle-même qui excluait tout dérapage, mais pour la protéger. Les potes du para avaient entamé un mouvement en tenaille, incapables d'accepter la victoire d'une simple préposée à l'armurerie, rond-de-cuir qui manipulait des flingues à longueur de journée.

— Garde à vous ! s'égosilla l'officier avant de recevoir le renfort de deux policiers militaires plus habitués à mater les rébellions.

Le calme revint rapidement. Les camarades du para abîmé lui prodiguèrent les premiers soins. Plus tard, on constaterait que le bonhomme s'était pété le nez et le poignet, récoltant au moins trois semaines de congé maladie. La paire de MP emmena illico Ingrid Mertens chez son supérieur qui l'accueillit fraîchement non sans l'avoir fait attendre une demi-heure, debout dans le couloir, encadrée par les deux flics dont le béret rouge lui faisait mal aux yeux.

— Rectifiez votre position ! Vous avez perdu la tête, sergent Mertens ?

Ingrid savait que la question était toute théorique, rien à répondre, se taire, la discipline l'exigeait.

— Un bon soldat, nom de Dieu... Vous croyez qu'on n'en aura pas besoin dans les jours qui viennent ?

— Pourquoi, mon capitaine ?

— Nous ne sommes pas chez les boy-scouts. Si le gouvernement me demande d'envoyer mes hommes dans la rue, j'obéirai. Avec plaisir, soyez-en sûre !

— Vous prenez aussi les musulmans pour nos ennemis, mon capitaine ?

— Foutez-moi la paix, Mertens. D'ailleurs, je vous mets en congé d'office. Pour les sanctions, on verra avec la commission de discipline. Rompez !

Ingrid fit un salut impeccable, se tourna raide comme une Prussienne pour gagner la porte et s'en fut, atterrée par le climat qui semblait se développer dans le pays. Jusque dans ses casernes.

10

Ce matin, Isabelle Van Kessel manquait singulièrement d'entrain. Tout au long de la nuit, son téléphone n'avait cessé de sonner. L'officier de permanence l'avait informée scrupuleusement, avec peut-être un certain sadisme, des accès de fièvre sur le territoire de la commune. Des incidents isolés, sans grandes conséquences. Quelques pétards avaient dérangé des voisins vers la place Madou. Des graffitis pochés à la sauvette claironnaient des messages haineux. Six bagarres à proximité de cafés ouverts tard. Huit voitures incendiées. Et une dizaine de devantures de magasins pulvérisées par des pavés malveillants.

Éreintée par ce sommeil haché, elle ne pouvait puiser aucun regain d'énergie dans le décor de son bureau de l'administration de Saint-Josse. Un parquet grisâtre recouvrait le sol et des lambris traversés de craquelures finissaient d'enchâsser la pièce dans une gangue de vieux chêne. De lourds rideaux étouffaient l'atmosphère, témoignages d'un passé révolu mais considérés par le responsable de l'économat comme de précieuses reliques patrimoniales. Donc, quand Isabelle avait voulu s'en débarrasser, elle s'était heurtée à son veto. Un ultimatum adressé en suivant la voie hiérarchique lui avait cependant permis de bazarder un buffet d'un style approximatif. Et sans rien demander à personne, elle avait accroché au-dessus des lambris interdits de toute dégradation une grande photo de la mer du Nord.

La fonctionnaire commença par consulter à l'écran les rapports d'incidents les plus récents. Première constatation : l'obstination de l'officier à la réveiller n'apparaissait plus si malintentionnée. Les événements étaient trop nombreux pour une nuit ordinaire. Le décompte frisait la trentaine. Rien que pour sa minuscule commune, la plus petite du pays. Dans le reste de la zone de police, qui s'étendait à deux communes limitrophes, le total dépassait les trois cents faits recensés. C'était trop, beaucoup trop. Isabelle s'en aperçut aussi, ces comptes rendus laissaient deviner l'émergence de tensions entre les communautés. Les seules vitrines à s'être répandues sur le trottoir appartenaient à des commerçants aux noms turcs ou marocains. Quant aux rixes, elles lui faisaient envisager un autre phénomène que la simple action de la bière sur la psyché de pochards agressifs. Ces établissements, elle les connaissait par cœur. Ils abritaient l'oisiveté et les trafics des ados du quartier, dont les patronymes ne sonnaient ni flamand ni francophone. La lecture attentive des rapports soulevait une hypothèse déplaisante : ces jeunes auraient pu avoir été victimes d'attaques délibérées, ciblées. Débordés par l'effervescence nocturne, les patrouilleurs n'avaient pas fait le lien. Mais le scénario semblait s'être répété avec une constance suspecte. Une voiture pilait devant un café. Trois ou quatre types en sortaient, matraque en main. Les coups pleuvaient au hasard. Quelques minutes plus tard, la voiture disparaissait pour réapparaître en face du bistrot suivant. Comme un schéma prémédité. Indice d'une tentative de racket ? D'un règlement de comptes entre dealers ? Possible, mais dans le contexte actuel, Isabelle subodorait autre chose. Ses soupçons se confirmèrent en ouvrant les photos des tags prises par un agent consciencieux. Les slogans étaient sans équivoque : « L'islam tue », « Brûlez les foulards », « Pas de mosquée chez nous ». Décidément, l'attentat de Beauraing excitait les esprits.

En buvant un premier café, Isabelle se résolut enfin à attaquer sérieusement sa journée de travail. La corbeille de courrier à traiter débordait. À voir l'amoncellement de messages électroniques, les prochaines heures allaient l'assommer sous une montagne de corvées. Et déjà, le téléphone sonnait.

— Commissaire Legrand, se présenta son interlocuteur. Nous avons un incident sur les bras. Une centaine de jeunes se sont regroupés place Saint-Josse. Rien de méchant jusqu'à présent, mais ces enquiquineurs bloquent la circulation.

— Vous avez une idée de leurs intentions ?

— Ce n'est pas très clair. Ils semblent protester contre le durcissement des contrôles.

— Le rassemblement est organisé ?

— Plutôt spontané, je dirais. J'ai alerté la police fédérale. Un peloton est dépêché sur les lieux.

— C'était vraiment nécessaire ?

— Je n'ai pas eu le choix, les dernières circulaires ministérielles m'y contraignent...

— Je vois. Où êtes-vous exactement ?

L'officier lui renseigna sa position et Isabelle raccrocha. Une dizaine de minutes plus tard, elle débouchait par une rue détournée sur la place Saint-Josse. Comme l'avait promis le ministre de l'Intérieur, les gros moyens avaient été mobilisés sans retard. Avec le renfort de trois drones, un hélicoptère patrouillait dans le ciel, dessinant un cercle parfait au-dessus de la commune. Les caméras à haute définition tournaient à plein régime et envoyaient les images au PC sécurisé de la police fédérale. Une autopompe attendait, moteur en marche, tuyaux sous pression. Un escadron de cavaliers s'était divisé en deux groupes, chacun fermant les rues qui descendaient du boulevard de la petite ceinture vers la place, interdisant l'accès au centre historique de Bruxelles et aux bâtiments gouvernementaux. Devant les chevaux, trois rangs de policiers faisaient le pied de grue, harnachés comme pour un combat moyenâgeux, casques, carapaces ventrales et dorsales en plastique, bouclier en plexi et matraque. En les observant à une vingtaine de mètres, Isabelle perçut leur impatience sous leur dehors impassible. La même impatience exaltée qui prévalait l'autre jour au ministère de l'Intérieur parmi les pontes de la police.

Elle s'approcha de la première ligne du dispositif, quelques camionnettes garées à la diable, avec des flics sans protection particulière. Leur rôle se limitait à jouer les vigies. Si la situation devait déraper, ils se replieraient rapidement pour laisser la place à leurs collègues mieux équipés. Elle adressa un signe de tête au commissaire Legrand assis dans une voiture banalisée. En face, deux ou trois cents jeunes gens étaient attroupés. Ce petit monde se saluait, rigolait. Un air goguenard flottait sur les lèvres. Il y avait comme une fierté d'être ensemble, celle de braver une autorité devenue encore plus chicanière à leur égard ces derniers jours.

Isabelle rejoignit deux agents en tenue ordinaire.

— Alors, ça remue beaucoup ?

— C'est plutôt calme, répondirent-ils après l'avoir reconnue. Mais ces gamins fichent un sacré chambard dans la circulation, on signale déjà des embouteillages jusqu'à la place Meiser.

Soudain, la radio qu'elle avait prise avec elle cracha un code, un simple mot, sec comme un ordre urgent, répété à plusieurs reprises.

— Atlas ! Atlas ! Atlas !

Les deux flics la laissèrent plantée là et foncèrent vers leur camionnette. Leurs collègues restés un peu en retrait grimpèrent dans leur véhicule dont l'avant était tourné dans la direction inverse du rassemblement. Une précaution dont Isabelle prit conscience seulement à cet instant. En quelques secondes, ils avaient vidé les lieux, suivis par l'officier dans sa voiture banalisée. Des pas lourds martelèrent alors le bitume, rapidement étouffés par le claquement des fers des chevaux et par le vrombissement de l'autopompe. Le cordon posté en haut de la place entamait sa descente.

Dans les rangs adverses, l'ambiance changea aussitôt. Entendant le tumulte de la troupe en marche, apercevant les premiers casques et la tête des canassons osciller en tous sens, les jeunes se resserrèrent. Une trentaine de secondes plus tard, les premiers projectiles volaient. Des cailloux, des canettes, des briques pillées dans un chantier voisin, de gros boulons même, on pouvait distinguer leurs courbes gracieuses dans l'air. Le front de l'escouade sur pied de guerre s'arrêta brutalement, les boucliers levés pour protéger les crânes. Cette immobilisation provoqua un flottement parmi les manifestants, indécis. Le moment était-il venu de détaler pour échapper à l'inévitable assaut ? Fallait-il, au contraire, lancer des attaques de harcèlement par les petites artères adjacentes ? Une bande d'une quinzaine d'individus prit son parti et s'enfonça en courant dans la rue où s'était reculée Isabelle. Elle fut vite entourée, l'un des jeunes la reconnut.

— Eh, c'est la bouffonne de la bourgmestre, elle bosse pour les keufs, hurla-t-il.

Ses camarades confirmèrent facilement cette identification malencontreuse : l'une de ses missions était d'organiser dans les écoles des réunions de prévention tous azimuts. Contre les drogues, l'alcool au volant ou la propagande des prêcheurs du djihad.

— On va lui montrer, putain, on va lui défoncer la gueule.

L'agression restait verbale, la meute hésitait à passer à l'action. Les flics casqués n'étaient pas loin et une prudence instinctive dictait de s'assurer que la proie était bien isolée avant de sonner l'hallali.

C'est à ce moment-là que je fis la connaissance d'Isabelle. Alerté par la mobilisation des forces de l'ordre et par le tumulte encore joyeux de la foule, je m'étais accoudé à la fenêtre de notre bureau. De cette position surélevée, j'aperçus le groupe d'excités s'attaquer à cette jeune femme élancée, sportive dans sa veste en daim qu'elle portait avec aisance. Sans réfléchir, je descendis les marches quatre à quatre, ouvris la porte à la volée, empoignai la victime potentielle par le bras et la tirai à l'intérieur.

— Merci, je crois que la situation tournait mal sans votre intervention, dit-elle, un peu blanche, les narines pincées, la respiration courte.

— Léo Verbist, me présentai-je dans le couloir de l'immeuble, je suis journaliste indépendant. Bienvenue dans les locaux de mon agence.

— Isabelle Van Kessel. Je travaille pour la bourgmestre. En charge des questions de sécurité. Ironique, non ?

Je pris la carte de visite qu'elle me tendait et l'observai plus attentivement. Une trentaine d'années. Un sourire lumineux. À peine assombri par l'embarras de s'être trouvée en si fâcheuse posture. Ses longs cheveux blonds cascadaient sur ses épaules. Elle eut un geste gracieux pour en rectifier l'ordonnancement.

— Vous voulez un café pour vous remettre de vos émotions ?

Je lui indiquai le chemin de mon bureau. Elle passa devant moi et grimpa les premières marches. Cela ne me ressemblait pas mais je la laissai faire, profitant de l'opportunité pour admirer le galbe de ses hanches. Arrivé au premier étage, j'eus un instant de gêne en repensant à mes regards licencieux pendant cette montée. Elle ne sembla pas remarquer mon trouble.

— Débarrassez-vous, lui dis-je. J'en ai pour cinq minutes.

J'entrai dans la kitchenette et allumai la cafetière. Isabelle poussa un cri.

— Vite, venez voir !

Je m'approchai de la fenêtre. À une quinzaine de mètres, six costauds sortaient de deux Porsche Cayenne, de couleur noire. La tête protégée par un casque intégral, une batte de base-ball en main, ils fondirent sur les protestataires qui menaçaient de s'en prendre à mon invitée dix minutes plus tôt. Les adolescents se laissèrent surprendre. Au lieu de faire front, ils se débandèrent. Les battes moulinaient, trois jeunes tombèrent sur la chaussée sans pouvoir éviter les gourdins. Deux autres encore s'étalèrent et, affalés sur le bitume, reçurent quelques coups de pied supplémentaires. L'échauffourée me parut très courte mais dut sembler interminable aux victimes. Un appel de phares. Les assaillants se regroupèrent avec discipline et remontèrent dans leurs véhicules. Ils disparurent après un démarrage en souplesse.

La radio d'Isabelle crachota un commandement brutal.

— Resserrez les rangs ! Un pas en arrière ! Fixe !

— C'est la voix du commissaire Athlan, dit-elle. Mais pourquoi interdire à ses troupes d'intervenir ? C'est insensé !

Je fus également surpris par cet ordre. Les forces policières auraient pu s'occuper des blessés, prendre en chasse les coupables.

— Mais qui étaient ces types ? insista Isabelle.

— Je crois avoir reconnu l'un des attaquants, je l'ai rencontré dans un café avant-hier.

Et je lui racontai brièvement mes recherches sur les croisés, commanditées par la mère de Jérémie.

— Il conduisait l'une des bagnoles et ne portait pas de casque, lui.

— Des fondamentalistes chrétiens, mais que viennent-ils faire dans ce bordel ?

Je ne répondis pas mais lui indiquai la scène de cet acte de violence. Un tag dessiné rapidement maculait un mur. « Remember Beauraing. »

11

Les membres du commando étaient à peine assis dans leur voiture et déjà, Isabelle Van Kessel et moi dévalions l'escalier, pressés d'apporter un premier secours aux blessés. Sur le trottoir, je hélai des ambulanciers de la Croix-Rouge qui stationnaient dans le coin pour parer aux éventualités de ce genre. Ils ajoutèrent le hurlement de leur sirène au vacarme ambiant. L'hélicoptère tournoyait toujours au-dessus de nos têtes. Les chevaux piaffaient et tapaient de leurs sabots ferrés sur le bitume. Le moteur de l'autopompe ronflait. Mais le dispositif policier ne bougeait pas d'un pouce. Aucun flic ne s'avançait pour procéder aux constatations ou recueillir les plaintes. Panser les éclopés, mettre en sécurité les victimes gravement atteintes, il fallait encore moins y compter.

Nous aidâmes les infirmiers à soigner les corps meurtris. Ils s'activèrent à bander les plaies et à immobiliser les membres touchés avant d'appeler deux autres véhicules de secours. Je fis plusieurs allers et retours dans mon bureau pour chercher de l'eau chaude et des serviettes.

Isabelle réconfortait les plus choqués avec une prévenance inquiète. Dans l'ensemble, le bilan était cependant moins lourd qu'on eût pu le redouter. Des commotions cérébrales légères. Quelques radios à prévoir par acquit de conscience. Des contusions en pagaille et un bras cassé tout de même. En une quinzaine de minutes, tous ceux qui devaient l'être avaient été évacués.

Isabelle partit vers son hôtel de ville, alarmée par l'offensive sauvage de l'équipe de nervis et bien décidée à organiser la riposte contre les débordements des ultras de tous bords. De leur côté, les protestataires s'étaient débandés. Quelques-uns rôdaient encore, à distance prudente du cordon des forces de l'ordre. L'exhibition agressive des boucliers, des chevaux et de l'autopompe, couplée à la brutalité de l'attaque des Porschistes, avait fait l'effet d'une douche froide. Les visages étaient fermés, livides. La peur avait chassé toute velléité de résistance.

Je remontai chez moi me rafraîchir. Après mon licenciement, j'avais dû revoir mes ambitions immobilières à la baisse. J'avais quitté mon appartement bourgeois d'Ixelles pour m'installer dans un trois-pièces en enfilade situé juste au-dessus de l'agence. Loyer nettement plus modéré, environnement carrément moins cossu. Mais je m'y étais fait très vite, j'appréciais la fréquentation d'une population aux origines ethniques contrastées. Du foulard sur la tête des jeunes femmes aux mains blanches des plâtriers roumains. De l'étudiant sénégalais au petit-fils d'immigré marocain. L'autre visage de Bruxelles. Celui d'une nouvelle Belgique.

Après être passé à la salle de bains, je redescendis au bureau et contemplai le champ de bataille désert. Seuls quelques emballages de compresses traînaient sur le trottoir, à côté de taches sombres qu'un observateur distrait n'aurait eu aucun mal à identifier comme du sang. La présence de l'un des acolytes du chanoine, celui qui avait envoyé nos verres valdinguer dans le café, attestait de la responsabilité des croisés. Aucun doute n'était possible. Mais quel était leur dessein ? Lancer des opérations violentes pour venger l'attentat de Beauraing ? Était-ce compatible avec un groupe se disant animé par des valeurs spirituelles ? Vrai aussi que Dillens maniait le verbe comme il l'eût fait de l'épée.

Mal à l'aise, je me demandai si cette agression préméditée était un événement isolé. Pour en avoir le cœur net, je consultai sur Internet les archives des derniers journaux télévisés. Une heure plus tard, ma moisson était maigre. La veille, dans la soirée puis dans la nuit, des échauffourées avaient éclaté dans certains quartiers de la ville, et ailleurs dans le pays. Les images apportaient peu d'éclaircissements. Une petite partie de la population belge donnait l'impression de retourner sa fureur contre les représentants d'une communauté innocente. Un mouvement de colère teinté d'une dose de racisme qui paraissait tristement spontané. Pas trace de véhicules dégorgeant des commandos vengeurs. Les commentaires de mes confrères n'étaient pas plus éclairants. Les incidents étaient minimisés et personne n'avait détecté l'action de groupes structurés. Du coup, je ne parvenais pas à interpréter la scène dont j'avais été témoin. Ces gros bras étaient peut-être simplement opportunistes et avaient profité de l'occasion pour se dégourdir les poings.

— C'était quoi, ce chambard, en bas ? me dit Yves en entrant dans le bureau.

— Une bagarre éclair, des fachos ont tabassé quelques jeunes.

— Je vois. Fallait s'y attendre...

— Tu reviens de ta vadrouille dans les marécages de l'extrémisme islamiste ?

— J'ai rôdaillé chez quelques-uns de ces fanatiques, j'ai interrogé un informateur, excellent connaisseur de ce milieu. Pas un tuyau. Que dalle. Personne ne sait rien. Et toi, tu as du neuf ?

— Rien de plus que toi. À part que les bastonneurs appartenaient aux croisés, c'est une évidence.

Yves n'avait pas enlevé sa veste, réinterprétation des harnachements des globe-trotters des années 1980, avec des poches multiples, capables de contenir une vingtaine de pellicules, des stocks de blocs-notes, une collection d'objectifs. Un vêtement tout droit sorti d'un magasin de prêt-à-porter pour reporters de guerre en partance pour le Liban de l'époque.

— Finalement, on dirait que tu tiens le bon bout avec cette histoire. Allez, je file à l'antiterrorisme, j'apprendrai peut-être quelque chose.

Yves reparti, je contemplai une nouvelle fois la rue, revivant la scène de tout à l'heure, revoyant également la douceur des traits d'Isabelle. Fatigué de tourner en rond, j'appelai Martial pour lui raconter l'incident et lui faire part de mes craintes : les croisés semblaient avoir l'intention d'allumer la mèche d'une insurrection civile. La théorie d'une organisation dont l'objectif eût été de mettre la capitale à feu et à sang laissa l'inspecteur de marbre.

— Les provocateurs, ça n'a jamais manqué. Enfin, ce ne sont pas tes fantasmes qui vont me tirer du chômage.

— Quoi, tu te prélasses en comptant les mouches ? Et Jérémie ?

— Oh, sa mère adoptive n'a qu'à attendre qu'il ait fini ses génuflexions dans son monastère...

— Mais Beauraing, alors ?

— Rien pour moi, là-dedans. Nous sommes en stand-by.

Au-delà de son cynisme de circonstance, je perçus distinctement une pointe d'amertume dans la voix de mon ami. Je raccrochai, gagné par son découragement, puis me replongeai dans les méandres d'Internet. J'explorai les sites religieux extrémistes, sans rien découvrir de neuf. Le chanoine Dillens semblait muet comme une tombe. Aucune citation sulfureuse de sa part sur les réseaux sociaux, pas d'appel à une reconquête catholique ni d'invective contre la décadence de notre société.

Je visionnai une nouvelle fois les journaux télévisés, étendis mes recherches à la station locale. Toujours rien de concluant. De braves citoyens exprimaient violemment leur colère, des coups s'échangeaient, quelques tags apparaissaient sur des façades de commerçants turcs ou marocains, mais pas de casseurs casqués opérant en bande organisée. J'en croyais presque avoir eu une hallucination.

Je fus tiré de mes réflexions par la sonnerie du téléphone. Un numéro masqué. Une voix oppressée, un murmure. J'eus du mal à identifier Jérémie.

— Faut qu'on se voie. Tout de suite.

— Que se passe-t-il ? lui demandai-je.

— Pas le temps d'en discuter, venez me récupérer. Je n'ai plus confiance qu'en vous.

— Tu es en danger ?

— J'ai la trouille, oui. Je suis tombé sur un truc grave ! Les Frateschi ! Retenez ce nom !

— Les Frateschi ?

— Une cellule spéciale des croisés, je vous expliquerai. Dépêchez-vous !

Et pour m'empêcher de continuer à lui poser des questions, Jérémie m'indiqua le moyen de gagner son refuge, une brasserie désaffectée près du canal. Puis il raccrocha.

Mon premier mouvement fut d'enfiler ma veste pour filer séance tenante. Je me ravisai et appelai Ingrid Mertens. Son répondeur. Je lui laissai un message en lui précisant l'adresse de mon rendez-vous impromptu avec son fils. Si elle voulait me rejoindre… Je griffonnai un mot à l'attention d'Yves avant de quitter le bureau.

Quelques minutes plus tard, je pris au vol un taxi en direction du canal de Charleroi. Après avoir longé le couvent des croisés, la voiture s'engagea dans de petites rues encore pavées qui remontaient vers le nord de Bruxelles. Le bâtiment désigné par Jérémie était sinistre, façade sale, usée, avec un portail de fer entrouvert. Je payai le taximan, qui par bonheur n'affichait aucune conviction religieuse, et m'avançai dans la cour. Les anciennes cuves en cuivre de la brasserie avaient été démantelées. Il ne restait qu'un hall aux dimensions imposantes, en briques, avec son plafond voûté. Et toujours ces colonnes en fonte, comme partout dans la vieille Bruxelles industrielle.

Je suivis les instructions de Jérémie, empruntai un escalier qui débouchait, au premier étage, sur une longue passerelle métallique. À son extrémité, nouvel escalier, en bois cette fois. Après une vingtaine de marches, je pénétrai dans le grenier où l'on séchait l'orge. La douce odeur des céréales avait disparu, comme les relents de caramel du malt et la saveur épicée du houblon. Désormais, l'atmosphère prenait à la gorge. Des rais de lumière tombaient d'interstices dans le toit et perçaient l'obscurité pour révéler des tourbillons de poussière. L'air semblait avoir été agité, bousculé, par un être animé un instant auparavant.

Je progressais prudemment, tâtant le plancher du bout des pieds. Drôle d'idée de m'avoir fixé rendez-vous dans cet endroit lugubre. Tout à coup, une crainte m'envahit, on m'avait tendu un piège. Là-bas, dans l'ombre, trois ou quatre croisés, casqués, matraque en main, m'attendaient. Je me secouai. En quoi mes premières investigations, quelques vagues indications sur d'éventuelles intentions malfaisantes de ces moinillons, auraient-elles été de nature à m'attirer leurs foudres vengeresses ? Je me dirigeai d'un pas résolu vers la zone la plus éloignée de cet immense grenier vide. Des caisses recouvertes de bâches occupaient une partie de l'espace, seuls objets visibles. De ma position, dans la pénombre, je distinguai sur le sol une excroissance qui se détachait d'une caisse. Une excroissance déplacée dans cet environnement puisqu'elle était revêtue d'une bottine militaire. Le cœur battant très fort, je m'approchai.

Je me pétrifiai. Jérémie était étendu sur le dos, dans une posture excentrique. Une jambe repliée sous ses fesses, un bras jeté très loin, sa main droite crispée sur sa gorge. Ses yeux grands ouverts fixaient le plafond. Difficile de leur attribuer une expression, la peur peut-être, la surprise éventuellement. Ou plus simplement, l'absence totale de sentiment. Le vide absolu. Un néant d'une telle profondeur que j'en attrapai un haut-le-cœur. Du sang, brillant, s'écoulait entre les fentes du plancher grossier, mal équarri. En m'agenouillant pour vérifier si un souffle de vie animait la victime, précaution manifestement superflue, j'aperçus la blessure entre ses doigts. Un orifice aux bords nets, à peine boursouflés. Sans avoir les moindres compétences en médecine légale, je sus à l'instant que la plaie avait été provoquée par une balle.

Choqué, je ne parvenais pas à m'extraire de la contemplation de celui qui, dans les sombres forêts congolaises, fut un guérillero féroce, avait dû, selon toute vraisemblance, fusiller, ouvrir des ventres, éclater des têtes. Plus tard, dans la grisaille des rues bruxelloises, il était devenu un voyou d'occasion, arsouille prête à toutes les rapines, loubard prompt à en découdre avec plus faible que lui. Avant de trouver, avait-il cru, une rédemption grâce à la prière.

Je me souvins aussi du jeune homme rigolard, qui nous avait dressé le portrait de sa bande, les Black Cobras, avec un talent de chroniqueur épique. Il nous mimait les relations complexes entre les chefs, les prétendants aux plus hautes responsabilités, les petits soldats comme lui, les clients affamés à qui il vendait le paradis, les proies à détrousser dans les coins obscurs. Même quand notre griot parlait de violences, de coups, de lames, Yves et moi éclations de rire, éblouis par l'inventivité de son vocabulaire qui empruntait beaucoup aux codes du rap. Il nous quittait abruptement, après une dernière pirouette, et nous laissait impatients d'entendre la suite de l'histoire contée par cette Shéhérazade de sac et de corde.

Et il se retrouvait là, étendu, la gorge perforée. Par quelle main ? Je n'eus pas le temps de m'interroger, je perçus un bruit dans les étages inférieurs. Quelque chose avait heurté le montant de la passerelle métallique du premier niveau. Un bruit d'origine humaine, indéniablement. Un autre son, des pas qui s'éloignaient rapidement. L'assassin serait toujours dans les lieux ? Sans réfléchir, sans réaliser que le fugitif avait dû conserver son arme, je me précipitai à sa poursuite.

Je dévalai l'escalier en bois, sautai plusieurs marches à la fois. Mon cœur cognait. Mes poumons pompaient de l'oxygène par litres entiers. Malgré le vacarme de ma course, j'entendis que l'inconnu avait lui aussi forcé le rythme. J'accélérai en débouchant sur la passerelle en fer. Un coude se présenta. Ma vitesse était excessive. Dans l'espoir de me rattraper, j'eus un mouvement qui manqua de précision, de fluidité. Mon pied accrocha un obstacle, un rebord, une légère inégalité du sol, et je chutai lourdement. Mon front frappa la rambarde. Je ressentis encore une vive douleur avant de valser dans l'inconscience.

Oraison 2

In my time of dying continue à tourner en boucle dans la voiture garée au sommet d'un parking du centre de Bruxelles. Dans la direction du sud-ouest, la flèche de l'hôtel de ville se dresse dans le ciel, comme un doigt pointé vers Dieu. Le panorama de la capitale s'offre aux yeux du prêtre, mais en a-t-il seulement conscience ? Après sa pause avortée, l'officier de police judiciaire consigne scrupuleusement l'émission d'un gémissement, une plainte assez longue, comme un râle. La blessure encourue lors de la fusillade, deux heures avant l'enregistrement, n'est pas mortelle à court terme mais sans antalgique, la douleur doit être difficile à supporter. L'autopsie qui sera réalisée plus tard révélera une perforation du triceps, provoquée par un éclat métallique non identifié. Un fragment de balle selon toutes probabilités. Même sans atteinte de l'artère brachiale, la perte de sang a été abondante. Les légistes concluront que la victime aurait dû recevoir des soins appropriés à brève échéance, sous peine de complications néfastes.

L'inspecteur de la section politique de la police fédérale, service camouflé dans l'organigramme sous une étiquette neutre, se moque du bilan de santé de son patient. Il se contente d'attendre qu'il recommence à déverser sa bile. L'ecclésiastique ne le déçoit pas.

— J'accuse les élites francophones de crimes contre leur propre peuple. Au XIXe siècle, elles se sont mis en tête de propulser la Belgique au premier rang des puissances économiques mondiales. Pour assouvir leurs ambitions démesurées, elles ont mobilisé une armée d'artisans wallons, rompus déjà à l'art de la mécanique pendant que leurs frères flamands s'échinaient dans leurs champs inféconds. À l'aube de la révolution industrielle, ces forbans ont exploité leur prolétariat dans les conditions les plus atroces. Afin de mieux l'asservir, ils ont généralisé le salariat et ont distribué de maigres cachets, juste suffisants pour empêcher leur force de travail de mourir de faim. Ce régime, ces hypocrites ont eu le toupet de l'appeler démocratie. Et tant pis si le droit de vote était réservé à leur clique de nantis. Pendant des années, ils ont méprisé les aspirations des humbles qu'ils écrasaient de leur domination. Ceux-là étaient condamnés à végéter dans des baraquements essaimés autour des charbonnages et des aciéries où se tuait à la peine une sous-humanité désespérée.

L'homme tombe dans le silence avant de marmonner une supplique.

— Seigneur, ayez pitié de moi. Jésus-Christ, ayez pitié de moi. Sainte Marie, priez pour moi. Chœur des Justes, soutenez-moi.

Nouveau blanc que l'officier interprète comme un moment de recueillement. Puis le prêtre reprend.

— Quelques familles, solidement implantées à Bruxelles, ont prospéré, se taillant des empires engraissés par la sueur des mineurs, des métallos, des tâcherons du verre ou de la chimie. Léopold II s'est empressé d'adouber cette ploutocratie devenue aristocratique par faveur royale. Tous ces capitaux rapidement accumulés grâce au labeur forcé du prolétariat et à la surexploitation des ressources naturelles, tous ces capitaux, cette aristo-bourgeoisie bruxelloise les a réinvestis dans une autre aventure plus juteuse, encouragée par son souverain criminel. Avec son État indépendant du Congo, parangon des abominations coloniales, Léopold II lui a fait miroiter des profits insensés. Des profits arrachés à la terre d'Afrique en usant de méthodes encore plus barbares qu'au pays. Ces bénéfices plantureux, sa sanglante majesté s'en réservait une bonne part mais n'oubliait pas de rémunérer grassement ses complices. De nombreuses rues en Belgique portent toujours leur nom. Vous imaginez un boulevard Heydrich ? Ou une avenue Beria ? À Bruxelles, Liège ou Charleroi, certaines artères arborent fièrement le patronyme d'assassins de masse maudits devant Dieu et les hommes.

Le flic arrête l'enregistrement d'un geste brusque. Petit-fils d'un jeune juriste parti s'engager dans les années 1950 comme agent territorial au fin fond du Congo belge, il ne supporte pas les critiques contre cet épisode, glorieux à ses yeux, de l'histoire nationale. Quoi, tous ces volontaires résolus à se consacrer à l'édification d'un pays neuf n'ont peut-être pas accompli des réalisations extraordinaires... Mais ce qu'ils ont entrepris, ils l'ont fait de bon cœur, avec désintéressement et, souvent, par compassion envers cette population manquant de tout, dépourvue de soins médicaux, de confort, d'infrastructures et même, simplement, d'un toit étanche. Les tirades anticoloniales, inlassablement rabâchées, lui ont toujours semblé inspirées par la jalousie de puissances étrangères concurrentes. Au fond, au-delà de leurs protestations humanitaires, elles n'avaient qu'une envie, accaparer les richesses de l'ancienne colonie. C'est son exaspération contre une vision bolchevique de l'histoire qui lui a fait jeter au feu le célèbre *Au cœur des ténèbres* de Conrad, portrait vicieusement biaisé de l'œuvre civilisatrice de Léopold II.

Deux préposées au café matinal frappent à point nommé à la porte de l'OPJ pour prolonger ce répit dans les devoirs de sa charge. Il dispose de sa propre cafetière pour son usage privé mais apprécie ce petit privilège justifié par sa qualité de fonctionnaire. Même si leur breuvage est tout sauf délectable. En sirotant ce café, don du peuple belge, il se demande combien de temps subsistera encore cette faveur, condamnée à être rayée d'un trait de plume par quelque comptable public en mal d'économie. Il se résout à reprendre l'écoute de l'enregistrement avec la sérénité retrouvée du professionnel consciencieux. Sans plus un soupir.

— À la veille de la Première Guerre mondiale, la Belgique est devenue une puissance industrielle majeure. Le déferlement des hordes teutonnes va asséner un rude coup à ce matérialisme conquérant. Le pays est ruiné, pillé par l'envahisseur. C'est à moitié nu qu'il entre dans les turbulences de l'entre-deux-guerres.

Salauds de Boches, acquiesce l'inspecteur qui n'a jamais porté dans son cœur les cousins de l'Est. Son aversion l'a d'ailleurs conduit au début de sa carrière à s'engager dans la lutte contre les agents de la RDA, en liaison avec le contre-espionnage militaire.

— Comme de juste, l'élite bruxelloise et francophone est toujours solidement installée aux commandes, se vautrant sur son tas d'or. Pourtant, au grand dam de ces profiteurs, le gouvernement a accueilli pour la première fois des socialistes en son sein. Les souffrances endurées par les soldats de l'Yser méritaient un salaire. Ce salaire, ce sera le suffrage universel, réservé aux hommes tout de même. Ce seront aussi quelques avancées sociales extirpées de haute lutte aux barons francophones. Mais dans les usines, la *pax industrialis* ne règne pas. Les ouvriers se rebellent, les patrons s'arc-boutent sur leurs privilèges. S'ensuivent des troubles, des grèves, et même des émeutes que la gendarmerie, à la botte de cette noblesse affairiste, réprime dans le sang. La canaille capitaliste finira par plier dans la grande bourrasque de 1936, non sans ferrailler pour retarder l'échéance ou s'apitoyer sur son sort injuste. Dame, accepter ce chantage infâme, pas de production à cause des grèves ou une production à bénéfices réduits...

Dans la voiture, note l'inspecteur, la douleur semble s'être apaisée, même si la respiration devient plus sifflante. L'excitation due à cette passion ouvriériste, étonnante de la part d'un curé ? Était-il adepte de la théologie de la libération ?

— Vient l'occupation nazie. Je passe sur l'attitude hypocrite de cette élite, louvoyant entre l'obéissance intéressée aux ordres des Allemands, il fallait bien sauvegarder l'outil industriel, et les gages à donner au gouvernement de Londres, l'avenir devait être préservé.

Pour le policier, écœuré par ce cours d'histoire marxisant, une nouvelle trêve s'impose. Avec du vrai café cette fois, le sien. Accompagné d'une cigarette sur l'étroit balcon. Il fait durer son plaisir puis se résigne à reprendre sa tâche fastidieuse, et guère utile puisque rares seront les lecteurs de ce pensum.

— Je passe aussi sur le début des Trente Glorieuses qui voit ces gangsters s'enrichir encore plus vite que le pays. Arrive la catastrophe des années 1970. Tout l'appareil industriel datant d'un siècle s'effondre. À cause de la crise mondiale ? Du prix du pétrole ? Ou d'une quelconque guerre dans les sables moyen-orientaux ? Les économistes, chiens de garde de ces familles d'oligarques, insistent sur ces facteurs externes mais taisent l'autre versant de la réalité. Les héritiers des industriels francophones ont agi pendant des décennies comme de vulgaires rentiers, refusant de se priver de leurs revenus plantureux pour investir dans leurs usines, si rentables en l'état mais inadaptées aux contraintes modernes. Ces bourgeois, je les accuse de trahison envers la Belgique. Trahison pour avoir dédaigné d'aider le pays à se transformer. Trahison parce que l'appât du gain les a conduits à négliger les investissements pour préserver leurs dividendes. Trahison encore parce qu'ils se sont empressés de vendre leurs entreprises aux étrangers les plus offrants, les Français, les Américains, les Allemands, les Japonais. Ils ont amassé au passage des fortunes qui ne cessent de gonfler par la grâce de la fraude fiscale dont ils sont d'habiles pratiquants. Et cette aristocratie, je l'accuse de ne plus aller à la messe depuis longtemps, de cracher sur la Sainte Croix par ses comportements sacrilèges, de mépriser les enseignements du Christ, de tourner le dos aux valeurs chrétiennes les plus sacrées, de ne même plus prendre la peine de rabâcher hypocritement les préceptes de l'Évangile. Je l'accuse et je la condamne à s'étouffer dans son fric. J'en appelle au Jugement dernier pour la vouer à la damnation jusqu'à la fin des temps.

D'abord ulcéré, l'OPJ se marre maintenant. Quelle naïveté chez ce prêtre coco. Car, communiste, cet olibrius devait l'être ! Mais un marxiste de la plus belle eau, l'eau bénite, engeance parfaitement dangereuse à une époque, et si risible aujourd'hui. Dans cinq minutes, il me fait le coup du réchauffement climatique, ricane le flic avant de couper l'enregistrement. Son supérieur l'attend pour un premier compte rendu. Impossible de le faire lanterner même si, pour la première fois, le démange l'envie d'écouter la suite de ces élucubrations.

12

Au-delà de la fenêtre, les nuages glissaient sur Bruxelles, poussés par un vent d'altitude imperceptible au sol. Une nouvelle fois, je me rendis à cette évidence bien connue des habitants des lieux : par moments, quand la météo s'autorisait cette fantaisie, ce ciel était un ciel de mer du Nord, avec ses cumulus dodus et surtout, cette lumière tranchante, vivifiée par des embruns charriés par une brise généreuse.

Une migraine, vrillante, m'arracha à ma contemplation puis le léger bip de la machine raccordée à mon torse me rappela la raison de ma présence dans ce lit. Ma tête qui s'écrasait sur une rambarde en fer. Ce craquement qui semblait résonner encore dans mon cerveau, provoquant une souffrance intense. Celle de ce matin n'en était qu'un écho, atténué mais péniblement plus persistant. Me revint aussi la vision du corps de Jérémie. Cette gorge transpercée. Cette main impuissante qui tentait de faire barrage à l'écoulement du sang. Ce bras délié, cherchant un secours hors de portée. Je me souvins de ces bruits de pas précipités puis de ma course derrière cet inconnu en fuite.

J'avais été sorti de l'inconscience par trois infirmiers vêtus d'une tunique fluo, le regard soucieux. Ils m'avaient entouré de gestes pressés mais professionnels, me ramassant prudemment pour me harnacher sur un matelas-coquille, avant de me descendre à l'autre bout de la passerelle, à grand renfort de précautions et d'ahanements, vers une ambulance jaune soufre. Je m'étais ensuite endormi sous l'effet des drogues et m'étais réveillé dans l'atmosphère confinée d'un scanner, un tube identique, sur le moment, à un cercueil. Le médecin vu en coup de vent s'était montré rassurant, l'imagerie ne révélait rien d'extraordinaire, une commotion cérébrale bénigne, sans hématome extradural. Bref, vingt-quatre heures de surveillance et il n'y paraîtrait plus.

— Sauf complication inattendue due à votre âge, avait ajouté le spécialiste avec un soupçon de cruauté dans la voix.

La porte de la chambre s'ouvrit doucement et Yves passa une tête inquiète.

— Je te dérange ?

— Non, répondis-je, entre.

— Je t'ai apporté un petit déjeuner, rien de commun avec le rata généreusement offert aux patients de ce gourbi.

Yves me tendit un sachet de croissants encore tièdes.

— Tu peux te vanter de m'avoir fichu la trouille.

— C'est toi qui m'as retrouvé ?

— J'ai aperçu ton mot au bureau, j'ai reconnu l'adresse et l'endroit m'a semblé sinistre. Je t'ai appelé mais ton téléphone était éteint.

— Ah merde, je ne sais même pas où je l'ai perdu.

— Je l'ai ramassé là-bas, en mille morceaux. Donc, au bout d'une demi-heure, j'ai eu un pressentiment. Et si tes foutus croisés t'avaient attiré dans un piège pour te dérouiller peinardement ? Je me suis précipité sur place et j'ai fini par te dénicher sur une passerelle. Dans les vapes, impossible de te réveiller. J'ai prévenu les secours.

— Tu as vu Jérémie ?

— Pas moi, un flic l'a découvert en faisant une ronde dans le bâtiment par acquit de conscience. Mais comment tu t'es mis dans cet état ? On t'a tabassé ?

— Même pas. J'ai cru entendre un type s'enfuir. J'ai couru et j'ai raté une marche ou j'ai buté contre quelque chose...

— Mais pourquoi Jérémie t'a-t-il donné rendez-vous à cet endroit ?

— Il avait l'air affolé au téléphone, un peu brouillon. Enfin, il voulait me donner des infos sur les croisés, ça, c'est sûr.

— Il a cité les croisés, texto ?

— Oui, oui. Je m'en souviens, ma mémoire n'a pas été amochée à ce point par le choc.

— Pauvre Jérémie, sa vie est loin d'avoir été exemplaire...

Je m'offusquai.

— Une vraie vie de chien, oui, avec une fin de chien !

— Je sais, il ne l'a pas mérité. Je l'aimais bien en dépit de son passé.

Yves se tut pendant un instant, je crois qu'il revoyait notre enfant de la jungle, toujours espiègle malgré les injustices dont il fut victime, malgré aussi les injustices qu'il infligea à son prochain.

— Ingrid Mertens a été prévenue ? lui demandai-je.

— Elle ne répond pas au téléphone, j'ai laissé un message, elle ne m'a pas rappelé...

Yves s'assit au bord du lit.

— Finalement, tu es peut-être tombé sur quelque chose, je veux dire, pas seulement sur une rambarde.

— J'en suis certain, il voulait vider son sac sur ces mecs ! Tu parles si c'est signé. Attends, je me souviens d'un truc qu'il m'a balancé, une cellule au sein des croisés, je ne reviens pas sur le nom. Ah si, les Frateschi.

— Les Frateschi ? Ou les Fratelli ?

— Les Frères ? Non. Les Frateschi. J'ignore la signification de ce mot mais ce qu'il s'apprêtait à me révéler à leur sujet a causé sa mort. Aucun doute possible.

— Ne t'emballe pas. Compte tenu de son passé, notre malheureux Jérémie a pu être victime d'un acte de vengeance de la part de ses vieux copains des Black Cobras. Il a pu aussi se lancer dans l'une de ses activités illégales habituelles. Un trafic de coke qui aura mal tourné...

— Pures spéculations. Sérieusement, tu as des renseignements sur l'enquête des flics ?

— Justement, Martial est dans le couloir.

Yves s'éclipsa et je me recalai sur mon oreiller pour affronter l'interrogatoire. J'étais convaincu qu'en raison de la gravité de la situation, il allait me soumettre à la question. Avec quel degré de bienveillance ? Je l'avais déjà vu opérer et j'avais quelques craintes à cet égard. À cause de son entêtement, l'incident le plus banal était susceptible de déclencher l'éclosion d'un dossier criminel, les assises devenant l'horizon probable. Et inutile de compter sur notre amitié pour l'amadouer. Flic il était, flic il resterait.

Ce fut pourtant sur la pointe des pieds qu'il pénétra dans ma chambre, suivi par son adjoint, Bart Vandekasteel, le crâne aussi lisse qu'une balle de cuivre. Un pli soucieux barrait son front. Son sourire était contenu, prêt à se transformer en une grimace d'apitoiement au moindre indice d'une aggravation de mon état.

— Nom de Dieu, tu m'as fait une de ces peurs, s'écria-t-il. Tu te sens mieux ? Les médecins n'ont pas l'air inquiets mais avec eux, on ne peut jamais savoir.

— J'ai une migraine épouvantable. À part ça, je survivrai.

— Tu es capable de nous parler ?

— Bien sûr.

— Bon sang, qu'allais-tu trafiquer dans ce chancre ?

Pour la deuxième fois de la matinée, je racontai les événements par le menu. Martial m'écoutait attentivement, Bart tapait sur son ordinateur à la vitesse d'un linotypiste dopé aux vapeurs de plomb.

— J'aurais dû te prévenir, dit-il en indiquant son adjoint. Cet interrogatoire est officiel. Je n'ai aucune responsabilité dans l'enquête mais mon collègue chargé du dossier m'a demandé de te cuisiner parce que je te connais bien. Trop bien, même.

Je perçus la menace sous le commentaire en apparence anodin, presque sympathique. Menace ou mise en garde ?

— D'abord, pourquoi t'es-tu mis en tête de te lancer dans ce sprint ? Si tu poursuivais vraiment l'auteur de l'homicide, tu courais derrière un meurtrier armé. Son arme, on ne l'a pas retrouvée, soit dit en passant.

— Tout ça, pour valdinguer la tête la première contre le premier obstacle venu, ajouta Bart. Pas très héroïque, tout compte fait.

— Bah, tu as manqué de réussite, pas de courage, modéra Martial avant de déclencher une rafale de questions.

De quand datait le coup de téléphone de la victime ? Quelles étaient ses paroles exactes ? M'étais-je rendu immédiatement à l'ancienne brasserie ? Combien de temps pour parvenir au grenier ? Pourquoi m'être dirigé dans ce coin éloigné de la pièce ? Avais-je touché à quelque chose ? Quelle était la nature précise du bruit entendu avant d'entamer ma course irréfléchie ? Un bruit provoqué par un ou plusieurs individus ? Était-ce vraiment une galopade ? Ou un squatteur prenant la poudre d'escampette en traînant la savate ?

À un moment, une aide-soignante entra dans la chambre sans frapper. J'accueillis ces quelques minutes de répit avec soulagement ; ma migraine avait empiré dans ma tentative sincère de revivre ces événements. Elle vérifia les branchements, jeta un œil aux appareils, toisa les deux flics. Bart

Vandekasteel lui renvoya un regard noir qui ne l'effraya aucunement.

— Ces messieurs vous ennuient ? demanda-t-elle.

— Non, lui assurai-je, brûlant d'envie de répondre le contraire.

— Alors, je vous laisse. Mais dans une heure, je fiche tout le monde dehors.

Après le départ de la nurse et la promesse de ce réconfort prochain, Martial se résolut à aborder l'affaire sous son angle spéculatif, les questions factuelles étant épuisées.

— Comment interprètes-tu cet homicide ?

— Simple. Jérémie souhaitait plaquer les croisés mais il en avait peur. Et ses coreligionnaires l'ont abattu pour l'empêcher de parler. Ou de déserter.

Mon hypothèse ne plut pas à Bart Vandekasteel.

— Des fantasmes, tout ça ! Dites-le tout de suite, le Vatican a dû lancer l'ordre d'assassiner votre type !

Je fis machine arrière.

— D'accord, je manque de preuves. Mais Jérémie devait me fournir des informations fumantes. D'après lui, les croisés abritent un noyau dur, un groupe clandestin. Les Frateschi.

L'acolyte de Martial éclata de rire.

— Une société secrète maintenant... Ces comploteurs se réunissent dans une cave, à la lueur des flambeaux, avec cagoules, chapeaux pointus et tout l'attirail conspiratif ? Pour décider du sort du monde ?

— Je n'en sais rien, répondis-je, agacé par ces sarcasmes. Jérémie n'a pas eu le temps de m'en raconter plus. Ces zozos, comme vous les appelez, lui ont flanqué une balle dans la gorge.

— Les Frateschi... Mais ce mot signifie quoi exactement ? s'interrogea Martial.

— Aucune idée, admis-je. Mais on peut penser que ce cercle occulte manipule les croisés pour les pousser à commettre des actes violents, comme l'attaque dont j'ai été le témoin hier, en bas de chez moi.

Bart leva les yeux au ciel.

— Décidément, vous êtes témoin de beaucoup de choses.

— Tu m'as déjà parlé de ta théorie, reprit Martial. J'y vois surtout des agitateurs opportunistes, appartenant à une extrême droite classique et fondamentaliste. Ces coquins profitent d'un climat favorable pour mettre de l'huile sur le feu. Pas besoin d'imaginer des conspirations alambiquées... Et aucun mobile de meurtre à l'horizon.

Je commençais à me décourager. Même si j'avais appris à me méfier de mes intuitions, le pire ennemi du journaliste qui doit s'appuyer sur les faits, uniquement les faits, le rapport entre la mort de Jérémie et les troupes du chanoine demeurait, pour moi, évident.

Au moment où je m'apprêtais à rendre les armes face à la paire de flicards, Yves revint dans la chambre.

— Tiens, je t'ai apporté de quoi amortir ta gueule de bois.

Et il brandit des gobelets et une bouteille de bourgogne blanc dont d'alléchantes perles d'humidité témoignaient de la température idéale.

Après avoir avalé la première gorgée, je me sentis beaucoup mieux. Et mon intuition prit la forme d'une conviction solidement enracinée.

— Ce sont les sbires du chanoine qui ont abattu Jérémie ! assénai-je avec énergie, le rose déjà aux joues.

Yves était tout excité.

— Léo a raison, c'est signé.

Bart s'énerva et je compris qu'il forçait le trait pour jouer le rôle du mauvais flic.

— Ah non, on ne va pas relancer la blague du grand complot...

— Ça mérite au moins de se pencher sur cette hypothèse, non ?

Je me tournai vers l'adjoint de Martial.

— M. Vandekasteel, vous n'avez pas saisi toute la dangerosité de cette secte. Votre patron vous a-t-il expliqué que lui et moi avons déjeuné avant-hier avec l'un de vos collègues ?

Martial raconta alors comment son copain du stand de tir était entré chez les croisés.

— La recherche du sens de la vie, Dieu et tout ça, une démarche respectable, précisa-t-il pour devancer les probables sarcasmes de Bart.

— Où voulez-vous en venir, chef ? s'impatienta ce dernier.

— D'après lui, ils sont organisés en commandos de choc pour casser du gauchiste ou de l'immigré.

— Rien de neuf. Des nervis qui profitent des événements pour laisser libre cours à leurs bas instincts.

J'enfonçai le clou.

— Mais surtout, ils ont voulu utiliser ses compétences pour diriger une opération douteuse. La surveillance d'un imam extrémiste. D'après lui, leur mobile était de préparer une action plus catégorique. Un tabassage en règle, un enlèvement, peut-être pire. Ne pourrait-on y déceler la main de ces fameux Frateschi ?

— Léo, tu brodes, là, me dit Yves.

— Minute, chef, faut voir... Comment s'appelle votre pistolero ? demanda Bart à Martial.

En entendant son nom, il adopta un air songeur.

— Je le connais, il n'a rien d'un doux rêveur...

— Rembobinons le film, dis-je, étonné par ce soutien inattendu. Jérémie était membre des croisés, non ?

— Personne ne l'a jamais nié, où veux-tu en venir ? soupira Martial.

— Je te rappelle que tu étais chargé d'enquêter sur sa disparition ?

— Si on veut, mais le dossier n'a même jamais été vraiment ouvert. Seule l'insistance de son hystérique de mère nous a contraints à nous en occuper.

— À propos, vous avez des nouvelles d'Ingrid Mertens ? Je lui avais laissé un message juste avant de partir pour l'ancienne brasserie…

— Non, répondit Bart. Nous sommes emmerdés, elle est l'unique famille de la victime… Et nous devons la prévenir.

Yves bondit de mon lit sur lequel il avait posé une fesse, menaçant de bousculer l'appareillage médical dans lequel j'étais emberlificoté.

— Les faire-part, on verra plus tard. Mon cher Martial, Jérémie, c'est quand même votre juridiction !

— Mais à quel titre, bon Dieu ? Je démarre sur une disparition qui, de sources concordantes, n'en est finalement pas une. Et de toute façon, on finit par le retrouver.

— Justement, le retrouver dans cet état, ça ne pique pas votre curiosité ?

— Mon collègue de la crime s'en charge.

— Et la mise à sac de son appartement ? Et la balle découverte par sa mère ?

— Avouez, chef, rien n'est très clair dans cette histoire…

— Tout est fumeux, oui ! Et empoissé par ces brumeux croisés !

Martial semblait désarçonné par l'ardeur belliqueuse d'Yves.

— Je ne comprends toujours pas où vous voulez en venir…

— Simple ! Investissez le repaire de cette secte, retournez-le de la cave au plafond et vous trouverez certainement les réponses que nous cherchons.

Martial fit mine de réfléchir. Comment entrer dans ce sanctuaire sans déclencher une avalanche de paperasseries dûment signées et apostillées ? Mais Bart me surprit un peu plus en se rangeant résolument du côté de mon associé en journalisme.

— Patron, on pourrait tout de même tenter le coup ?

— Et comment tu comptes t'y prendre pour forcer leur porte ? Tu veux appeler le ministre de la Justice à la rescousse ?

J'observai avec amusement l'échange entre les deux flics. Échange accompagné d'une série de gesticulations et d'attitudes instructives. Les épaules basses, Bart, toujours faraud, prêt à foncer bille en tête, avait un air décidé mais évitait d'affronter directement son supérieur. Quant à Martial, il exagérait son exaspération avec des mimiques empruntées au registre des comiques du cinéma muet. Il levait les yeux au ciel, ses bras suivaient un chemin identique, puis s'abaissaient et ses mains se nouaient dans une crispation nerveuse, désespérée, témoignant de son ahurissement devant tant de naïveté, de bêtise même. Je discernais cependant une étincelle dans son regard. D'humour d'abord. Mais aussi d'intérêt. Et, nouveau saint Thomas frappé par la révélation, il renonça à ses pantomimes.

— D'accord, je me rends. Avec toutes les dispositions antiterroristes de ces derniers jours, c'est sûr, on n'a pas besoin d'un dossier en béton pour entrer chez ces abrutis. On va se monter une affaire, le coup de la balle, hein, une kalachnikov, elle doit bien être planquée quelque part !

Ma migraine s'était estompée depuis que j'entrevoyais le moyen de lancer une riposte énergique contre les croisés. D'ailleurs, une idée me vint.

— De mon côté, je vais parler au chanoine, essayer de lui tirer les vers du nez.

— Ce cul béni n'acceptera jamais de te recevoir, dit Martial.

— C'est probable. J'ai un coup à jouer pourtant. Je connais quelqu'un à la commune de Saint-Josse qui pourra le convoquer sous un prétexte quelconque. Par exemple, réfléchir à la pacification entre les communautés, lutter contre les tensions confessionnelles, ce genre de choses. Et je me pointerai par surprise dans son bureau avec Yves.

L'infirmière avait tenu parole. Exactement une heure après avoir brandi sa menace, la cerbère entra dans la chambre pour la mettre à exécution. Martial et Bart s'en allèrent, non sans précipitation : ils avaient du pain sur la planche pour monter leur affaire en conservant une certaine vraisemblance. Yves se retira à leur suite.

Douillettement installé pour la nuit, je ne ressentais plus aucune fatigue particulière. J'éprouvais un bonheur pervers à m'éterniser dans cet environnement médicalisé sachant que je devais en sortir infailliblement sur mes deux pieds, que je n'y étais pas étendu pour attendre la mort. Au-delà de la vitre, le ciel s'était entièrement dégagé. Je repêchai la carte de visite d'Isabelle dans mon portefeuille et m'apprêtai à lui téléphoner pour l'informer de mon projet. Et je regrettai qu'Yves n'ait pas eu la présence d'esprit de m'apporter de la musique. Un petit Stones m'aurait fait un bien fou à ce moment précis.

13

Ingrid Mertens était couchée sur son lit, les deux jambes dans le vide, touchant presque la moquette, les yeux au plafond. Quand elle avait appris la mort de son fils, adoptif, certes, mais qu'elle aimait comme si elle l'avait mis au monde, elle s'était réfugiée dans son baise-en-ville. Une expression qui la faisait sourire autrefois. Elle louait en effet un studio dans le centre de la ville, près de la gare du Nord, qu'elle réservait à cette activité récréative. Hors de question de ramener chez elle ses amourettes d'un soir, hors de question de s'engager dans une relation durable. Une règle draconienne qu'elle s'était imposée : l'armée réclamait toute son attention. L'armée. Et Jérémie.

Alors, elle s'était aménagé un espace agréable, kitchenette avec frigo et glaçons pour le verre d'après, une vraie salle de bains et sa douche, un salon qui faisait surtout office de chambre à coucher. Au total, une sorte de boudoir confortable, quoique impersonnel. En emménageant, elle avait posé sur une petite table une photo encadrée de son père. Elle l'avait vite rapportée chez elle, trouvant indécent de procéder à ses travaux hygiéniques, l'hygiène du corps, pas celle du cœur, sous l'œil de cet homme qu'elle avait trop peu connu. Du coup, elle avait accroché au mur un poster qui lui paraissait suffisamment romantique sans être mièvre, acheté dans une grande surface d'ameublement. Sans préméditation, elle s'était rendu compte que son baise-en-ville offrait un autre avantage, celui d'un anonymat complet. Elle sous-louait l'endroit et payait ses loyers en liquide, aucun raccordement n'était à son nom, l'eau et l'électricité restaient attribuées au propriétaire.

Ingrid était avachie sur le dos depuis plusieurs heures, elle n'avait pas dormi une seconde depuis le terrible appel de son commandant, celui-là même qui l'avait mise en congé d'office. Il lui avait donné peu de détails, elle n'en avait pas demandé. Peut-être le fruit de son éducation militaire. Elle avait accepté instantanément la réalité de la disparition, les circonstances de l'assassinat ne l'avaient pas intéressée sur le moment, elle verrait plus tard. Alors, elle s'était immergée dans le chagrin, le laissant la noyer, l'empêchant de bouger, de respirer presque. Elle n'avait rien bu, rien mangé. Elle avait à peine remué, quelques fois seulement, juste pour se désankyloser. Et pendant tout ce temps, elle s'était rappelé Jérémie. Sa rencontre avec lui d'abord, huit ans plus tôt, aux abords d'une base des forces armées de la République du Congo. Elle accompagnait une mission de l'armée belge qui s'occupait de former les soldats locaux, tâche harassante mais pas aussi fastidieuse que la sienne. Les attaques incessantes de la chaleur, de l'humidité et des insectes compliquaient l'entretien des armes qu'elle devait tenir à la disposition de ses collègues. Même les pièces en plastique ou en composite devaient être sans cesse nettoyées, lubrifiées, au point que certaines surfaces en avaient perdu leur éclat, ternies par les produits qu'elle utilisait sans regarder à la dépense. Par la force des choses, elle restait stationnée sur la base. Son atelier était installé dans un hangar, on lui avait fourni quelques machines de perçage et de fraisage, une panoplie d'outils. Le tout, très lacunaire mais suffisant : les Belges n'employaient pas beaucoup leurs flingues. Des tirs sporadiques pour garder la main ou montrer la manipulation correcte à leurs élèves. Les Congolais, eux, avaient leur propre armement, fabriqué en Belgique bien sûr. C'était une équipe de l'usine qui assurait le service après-vente, des civils avec qui elle frayait peu, juste pour échanger des astuces entre spécialistes.

Quand les instructeurs étaient en manœuvre, elle traînait avec ses hommes. Ils dormaient beaucoup, assommés par la moiteur de la forêt vierge toute proche, jouaient aux cartes, buvaient des bières mais sans excès, les officiers étaient stricts. De son côté, Ingrid avait pris l'habitude de se promener sur la base, un ensemble de bâtiments où la troupe logeait, de hangars, d'entrepôts. Il y avait même une piste suffisamment longue pour accueillir de gros-porteurs. En bon état : c'est sur elle que l'avion de l'armée belge s'était posé quelques semaines auparavant. Le complexe datait du temps où les Américains se servaient de Mobutu pour endiguer l'expansion soviétique en Afrique noire.

Au cours de ses balades, ses pas la dirigeaient souvent vers un campement établi juste à l'extérieur du périmètre de la base. Quelques tentes, des huttes aussi, montées avec des planches, des sacs en plastique tressés au sigle du HCR ou de l'*American Aid*, des palmes fraîchement coupées. C'était là que vivaient les familles des miliciens qui avaient été intégrés à l'armée officielle après un accord de paix, une reddition acquise à coups de promesses et de poignées de dollars. Au début, les regards étaient hostiles. Les mères rameutaient leur progéniture, les anciens se levaient comme pour dresser un fragile barrage entre l'intruse et leur foyer de fortune. Au fil de ses pérégrinations, Ingrid finit par remarquer un jeune ado, douze ou treize ans, un enfant encore, qui se tenait en marge du groupe, même s'il logeait et mangeait avec ses congénères. Elle n'arrivait pas à comprendre s'ils l'ostracisaient ou si c'était lui qui les évitait. Une sorte de malaise semblait exister entre eux. Il avait une hutte pour lui tout seul, une cabane de feuillages plus exactement. Au moment des repas, il ne se servait pas comme tout le monde dans la marmite mais attendait qu'on lui verse une portion dans sa gamelle. Il se retirait à quelques mètres et avalait rapidement son plat, accroupi, les fesses sur les talons, prêt à bondir pour défendre sa pitance.

Elle avait senti très vite son intérêt à son égard. Il commença par la suivre à bonne distance, sans faire mine de se cacher, sans chercher non plus le contact direct. Puis un jour, elle avait trébuché dans une fondrière, elle s'était méchamment tordu la cheville et s'était effondrée sur un tapis végétal en état de décomposition avancée, putride et grouillant d'insectes qu'elle n'avait pas eu envie d'identifier. Jérémie s'était alors précipité pour l'aider à se relever. Il l'avait fait asseoir sur une pierre, dans un endroit plus salubre. Sans un mot, il avait tâté sa cheville, elle avait grimacé, la douleur était vive mais supportable. Il avait enlevé sa bottine, quelques gestes précis, des caresses un peu fermes, et elle avait ressenti un soulagement immédiat.

— Je te raccompagne, appuie-toi sur moi.

Ingrid fut surprise de l'entendre parler un français parfait, et surtout manifester une autorité d'adulte. Elle devait comprendre par la suite qu'il avait une grande expérience des blessures de toutes natures et avait dû, plus souvent qu'à son tour, prendre des responsabilités qu'aucun enfant n'aurait jamais dû prendre, pas même un homme mûr.

Après ce sauvetage impromptu, Ingrid revint fréquemment dans les environs du bivouac. Jérémie semblait atteint d'une timidité irrépressible, il disparaissait dès qu'elle se montrait. Elle finit néanmoins par se gagner la sympathie des réfugiés. Eux ne parlaient pas un mot de français, ou alors, juste les quelques expressions d'antan, censées leur éviter les coups de chicotte pendant la période coloniale. Merci patron, bonjour patron, pardon *bwana*. Elle devait apprendre plus tard que son français impeccable, Jérémie l'avait acquis dans sa petite enfance, orphelin hébergé par des Pères blancs, rescapés de la décolonisation et retranchés dans une mission au cœur de la brousse.

Au fil du temps et de l'ennui, elle sympathisa donc avec cette troupe hétéroclite. Les ex-miliciens devenus soldats de l'armée régulière apportaient tous les jours de quoi nourrir leurs femmes, enfants et aïeuls. Ingrid partageait leur ordinaire, fait de riz, de poulet, de moambe et de saka-saka, les feuilles terminales du manioc au goût fort amer. Parfois, quand le poulet venait à manquer, un braconnier rapportait de la viande de brousse, morceaux de crocodile, de singe ou de gazelle. Ce fut au cours de l'un de ces repas que l'un des anciens guérilleros reconvertis, faraud dans son uniforme craquant fourni par la Belgique, lui donna quelques renseignements sur le passé de Jérémie. Ils avaient combattu ensemble, lui, le jeune adulte et l'autre, l'enfant-soldat. Il ne s'étendit pas sur leurs exploits qu'Ingrid devinait sanglants mais il prit le temps de lui détailler les qualités de guerrier de Jérémie, jamais une hésitation, toujours le premier à s'élancer avec son fusil d'assaut plus grand que lui, prompt aussi à accepter de châtier les prisonniers. C'est-à-dire, comprit-elle, à les exécuter au couteau ou à la machette. À ce moment-là, les femmes autour d'elle avaient arrêté de manger. Elles avaient échangé quelques phrases rapides en lingala avec le militaire, il les avait rabrouées sèchement, elles avaient baissé les yeux. Ingrid l'avait senti : la peur leur avait coupé littéralement l'appétit. Ce moment de malaise passa et tout le monde se remit à vider son assiette. Sauf Jérémie, qui avait observé la discussion de loin. Quand Ingrid retourna à la base, il la suivit et l'aborda juste devant la barrière de l'entrée avec l'air d'un gosse pris en faute.

— Tu me détestes maintenant que tu sais ?

Les mots manquèrent à Ingrid. Elle eut un mouvement spontané, elle l'enlaça et le serra contre sa poitrine. Jérémie eut un sanglot sec et s'en fut. Comme par une sorte de pacte scellé ce jour-là, elle ne lui reparla plus jamais de ce qu'il avait traversé dans les sombres forêts du Congo et encore moins de ce qu'on l'avait obligé à commettre. Elle se fit néanmoins confirmer son histoire à grands traits par l'officier responsable du renseignement. Et ce fut tout.

Elle finit par convaincre la prévôté de le laisser venir avec elle. Et Jérémie devint la coqueluche des Belges. Toujours prêt à rendre service, jamais servile. Aucune ressemblance avec ces boys que les Blancs aimaient garder sous leur coupe pour se charger de leurs corvées. Même le commandant le prit en affection, vaincu par sa gentillesse sincère et sa drôlerie. De son côté, elle lui apprenait à lire, lui donnait quelques cours. Jérémie progressait vite mais ne paraissait pas éprouver beaucoup de plaisir à étendre ses connaissances, comme s'il s'y résignait pour ne pas la décevoir.

Huit ans plus tard, avachie sur son lit, les yeux fixés sur le plafond, Ingrid se souvenait de l'odeur de l'huile de palme de la moambe, son goût encore, lors des repas qu'elle continuait à partager avec le groupe de réfugiés. Jérémie, lui, ne s'aventurait plus à l'extérieur de la base. Dans le campement, l'assistance semblait rassurée par l'absence de l'ancien petit guerrier. Ingrid se rappelait sa joie quand elle revenait, mais aussi, son soulagement quand elle l'abandonnait un moment. Elle était l'une des rares femmes en uniforme et Jérémie, rendu phallocrate par ses années de maquis, appréciait de retrouver une compagnie exclusivement masculine.

Son commandant s'en ouvrait parfois à sa sergente, il devait mettre le holà, ses hommes s'amusaient beaucoup devant les talents de leur jeune invité. Il démontait à l'aveugle un FAL et même un SCAR beaucoup plus moderne avec une dextérité qui les émerveillait. Ils lui lançaient des défis dangereux, le maniement du couteau était une autre spécialité de Jérémie.

Puis un jour, le climat changea du tout au tout. L'ancien groupe de Jérémie, ou un concurrent, s'était infiltré autour de la base. Les désertions se multiplièrent parmi les guérilleros ralliés, le campement à l'extérieur se débanda, personne ne sut où ce petit monde s'en était allé. Sans doute avait-il fui pour retrouver une sécurité perdue. La situation devint intenable, les Belges ne purent plus organiser de manœuvres au-delà de leur périmètre. Progressivement, l'état-major de l'armée s'inquiéta, les fonctionnaires des Affaires étrangères s'en mêlèrent et bientôt Bruxelles donna l'ordre de repli.

Ingrid n'eut pas un instant d'hésitation, Jérémie allait rentrer au pays avec elle. Lui-même l'en avait supplié, il avait pris goût à la vie normale, celle dont tous les gamins d'Afrique devraient bénéficier. Le commandant l'avait soutenue dans son projet, discrètement bien sûr. Elle avait dû payer un officier congolais et d'autres encore, une longue chaîne de pots-de-vin pour insérer Jérémie dans l'avion du retour. Le peloton dans sa totalité, jusqu'aux pilotes, avait aidé Ingrid à exfiltrer leur mascotte.

En Belgique, il lui fallut des trésors d'énergie pour lutter contre la bureaucratie qui s'ingéniait à refuser la régularisation de l'enfant. Elle n'avait jamais réussi à savoir son âge exact, plus tard, elle lui avait inventé de toutes pièces un état civil à destination des ronds-de-cuir belges. Elle avait bénéficié de l'appui de la hiérarchie militaire. Un appui qui l'avait toujours surprise, qui s'expliquait peut-être par la mauvaise conscience d'avoir abandonné ces hommes et ces femmes, là-bas dans cette vieille base de la guerre froide, Ingrid avait vaincu ces obstacles administratifs. Elle était parvenue à l'adopter en bonne et due forme, mère désormais d'un mineur réfugié politique.

Une nouvelle vie avait commencé, elle, la célibataire endurcie devait s'occuper d'un môme. Au début, tout allait bien. Jérémie découvrait la ville, adorait le tram, aimait se promener dans la nature maîtrisée des parcs, dans ces rues si bien ordonnées. Il profitait de tous les plaisirs qu'elle lui offrait, un cornet de glace, une baignade à la piscine communale, la grande foire du mois d'août. Il avait fallu penser à l'école, elle lui avait déniché un établissement adapté à la situation du presque analphabète.

Les yeux toujours rivés au plafond, Ingrid se rappelait le bonheur qui était le sien à l'époque. Les rires dans son appartement, la présence turbulente d'un adolescent qui apprenait les usages mais avait du mal à ranger ses affaires, à faire la vaisselle, à pisser droit dans la cuvette. L'école était un problème, Jérémie ne restait pas en place dans une salle de classe. Mais l'un dans l'autre, comme le temps passait, il semblait trouver une sorte d'équilibre, un peu d'études, il progressait d'ailleurs en lecture et en calcul, beaucoup de jeux, du foot, même si, là aussi, son intérêt était superficiel. Au fond, Ingrid le savait aujourd'hui, elle avait vécu ces quelques années dans un bonheur d'autant plus bouleversant qu'elle n'en avait jamais connu de tel. Un bonheur sourd et aveugle cependant.

Un jour, un agent de quartier vint la prévenir que son protégé fréquentait de drôles de zèbres, un gang de Bantous qui écumaient les rues du centre, des cobras qui revendiquaient haut et fort leur africanité. Trop ouvertement aux yeux de la maréchaussée et des civils qui devaient subir leurs violences. Elle avait essayé de le raisonner, l'avait envoyé chez une psychologue qui n'avait pas réussi à atténuer les traumatismes des maquis de la forêt vierge, les bras coupés, affreuse réponse aux fameuses mains coupées par les séides de Léopold II. À sa majorité, elle s'était résignée à l'installer dans un studio, semblable en tout point à son baise-en-ville, elle lui avait même déniché un petit boulot pas trop foulant. Mais il était parti en vrille, toujours aussi insouciant, coureur de brousse devenue batteur de pavé. Elle gardait le contact, tentait de lui éviter les problèmes les plus graves. Elle avait fini par comprendre qu'il n'y avait rien qu'elle put faire, Jérémie allait vivre sa vie comme il l'entendait.

Quand il lui avait annoncé, contre toute attente, qu'il avait trouvé la foi et une communauté de croyants dans laquelle il allait s'intégrer, elle en avait été soulagée. Qu'il se blottît dans la prière lui paraissait un moindre mal. Bien sûr, elle aurait dû se méfier, ne pas prendre ces soldats du Christ pour des oies blanches, discerner derrière l'adoration de l'hostie une haine qui lui sautait maintenant au visage. Celle que prêchait ce foutu chanoine.

Il était presque 16 heures quand Ingrid sortit de sa léthargie, de ses souvenirs, des odeurs d'huile d'armurerie et de moambe. Elle n'avait toujours pas versé une larme, ne savait pas si elle en serait capable un jour. Elle se doucha longuement, enfila des vêtements civils, baskets, jeans, blouson en cuir, foulard contre les lacrymos éventuels, et partit à la chasse aux croisés. La mort de son fils ? Ils en étaient responsables, elle avait autant confiance dans son intuition que dans son aptitude à démonter, les yeux bandés, un fusil d'assaut.

14

— Entrez, merci d'avoir accepté mon invitation dans un délai aussi bref.

Isabelle accueillit son hôte avec la prévenance qu'elle pensait devoir aux ecclésiastiques de haut rang. Elle le fit asseoir devant son bureau et lui tendit un café dans une porcelaine aux armes de la commune. Le chanoine arborait une mine soucieuse, même si son visage se voulait affable, amène. Un sourire forcé étirait ses lèvres.

— C'est bien naturel, je suis au service de la collectivité, répondit-il. Mais en quoi puis-je vous aider ?

— J'ai besoin de vos lumières.

Isabelle avait d'abord manifesté les plus grandes réticences devant la proposition de Léo. Se rendre complice d'une machination médiatique ne faisait pas partie de ses attributions courantes ! Mais l'exaspération avait été la plus forte. Elle était outrée par l'assaut de cette étrange milice avant-hier, sous les fenêtres de l'agence du journaliste. Et depuis, plusieurs nouveaux incidents s'étaient répandus dans ses quartiers, et ailleurs dans la capitale. Une fois encore, des vitrines avaient volé en morceaux, des slogans vengeurs avaient été tagués sur des murs, des voitures avaient flambé. En lisant attentivement les rapports, elle avait senti sa conviction s'affermir, devenir aussi brûlante que les incendies épars qui avaient éclaté : certains troubles avaient été délibérément fomentés. Quant aux consignes édictées par le ministre de l'Intérieur, elles n'avaient fait qu'attiser le brasier.

— Vos conseils me seraient utiles, attaqua Isabelle. Les accrochages se multiplient. Pour le moment, nous ne déplorons aucune victime, mais si les choses persistent à s'envenimer, un drame me paraît inéluctable.

Le chanoine sirotait son café. Son sourire avait disparu, comme pour mieux s'imprégner de la gravité de la situation et montrer son intention d'aider son interlocutrice. Isabelle y détectait cependant une certaine réticence. Cette aide allait lui être apportée dans la stricte mesure de sa bonne volonté. Et il ne semblait pas en avoir des trésors en réserve.

— Je suis un modeste serviteur de l'Église, finit-il par dire. J'ai peu de compétences en matière d'ordre public. Je m'intéresse avant tout aux victimes de la tragédie de Beauraing. J'espère d'ailleurs que votre commune acceptera de cotiser au fonds de soutien spécial que nous avons créé.

— Ce n'est pas l'objet de notre entretien. Notre bourgmestre appelle à l'apaisement des relations entre les communautés. Je m'apprête à rencontrer quelques imams, le rabbin de la synagogue. Et dans ce contexte, je voudrais connaître votre point de vue, celui du secrétaire du nouvel évêque auxiliaire de Bruxelles. La concorde entre fidèles de bonne volonté, vous la croyez possible ?

— J'ai le regret de vous informer que mes convictions dans ce domaine n'ont pas d'importance. En réalité, l'horrible attentat dont les catholiques de ce pays ont été victimes ne plaide pas pour un rapprochement avec ces assassins.

— Personne ne vous demande de traiter avec des terroristes.

— Il ne manquerait plus que ça ! Pour vous donner le fond de ma pensée, le sang réclame le sang. La Bible est suffisamment explicite à cet égard.

— Selon le Christ, ne faut-il pas tendre l'autre joue ?

Isabelle aurait voulu se mordre la langue. Le regard méprisant de son interlocuteur la prévenait qu'elle s'était engagée sur un chemin glissant. Jouer à l'exégèse avec un prêtre rompu à l'exercice l'exposait à une réponse cinglante.

— Jésus a dit aussi : Celui qui prend l'épée périra par l'épée.

Un léger rictus de contentement flotta sur les lèvres du chanoine. Isabelle discerna également une note d'avertissement. De menace presque. Il se pencha vers elle.

— Vous devez le comprendre. Il n'est plus l'heure de tendre la joue. Nous subissons une agression concertée, une déclaration de guerre. Nous devons nous endurcir, revenir aux vraies valeurs, les valeurs chrétiennes, celles qui ont fondé notre civilisation.

Le ton de sa voix était posé, pas du tout incantatoire. Le prêtre énonçait une évidence, avec une confiance inébranlable, l'expression d'une conviction aveugle. Isabelle devina qu'il ne servirait à rien de contredire le bonhomme.

— J'espérais entendre un discours moins radical de votre part. L'Église devrait jouer un rôle conciliateur. Ce rôle, vous ne désirez pas l'endosser, j'en prends acte. Je vous préviens cependant que nous allons placer le groupe que vous dirigez sous une surveillance étroite. Des prêches enflammés au sein de votre petit cercle, je vous en laisse la liberté. Mais si vous organisez des débordements sur la voie publique, vous me trouverez sur votre chemin.

— Madame, nous n'avons en principe aucune hostilité envers personne. Sauf à l'égard des ennemis de la liberté et de la vraie foi.

Isabelle s'apprêta à riposter quand on frappa à sa porte.

— Je vous avais averti que je ne voulais pas être dérangée.

— Ce sont deux journalistes, ils insistent beaucoup, lui dit un appariteur.

— D'accord, faites-les entrer, je leur donne cinq minutes, répondit-elle en jetant un regard d'excuse à son interlocuteur.

Celui-ci se tortilla sur sa chaise.

— Si vous n'avez plus besoin de moi, je vais vous laisser. J'ai une sainte horreur de la presse. Le climat est délicat, vous en conviendrez...

— Non, non, restez, je vous en prie. J'en aurai pour quelques minutes.

Je pénétrai dans le bureau d'Isabelle Van Kessel, suivi par Yves qui fonça sur l'homme d'Église.

— Vous êtes le chanoine Dillens, exact ? Enchanté, mon confrère, Léo Verbist, vous le connaissez je crois, m'a beaucoup parlé de vous.

Le prêtre était demeuré assis.

— Le procédé est un peu cavalier. M'inviter pour discuter d'apaisement et en profiter pour me soumettre à l'interrogatoire de journalistes passant par hasard...

— Cette rencontre est totalement fortuite, assura Isabelle contre l'évidence.

— De toute façon, dit Yves avec un grand sourire, nous sommes là. Prêtez-vous au jeu. Après tout, la nomination du nouvel évêque est un événement, non ?

— En soupçonnez-vous seulement toute l'importance ?

— À vous de nous l'expliquer justement.

— Votre cœur est-il suffisamment ouvert ? Ou idolâtrez-vous le rationalisme libéral qui ravage nos sociétés depuis deux cents ans ?

Yves semblait prendre plaisir à cette offensive brutale.

— Allons donc, une attaque contre le Siècle des Lumières, l'obscurantisme de la raison, mai 1968... Ce n'est pas neuf, tout ça. Et ce sont là les idées révolutionnaires de votre évêque ?

— Vous avez cité le mot, répondit Dillens sans se démonter. Révolution. Voilà ce que nous préparons, voilà ce qu'annonce l'intronisation de notre nouveau berger.

— Une révolution ? Avec curés et crucifix dans les rues ? Communiants en aube blanche, processions mariales, la figure du pape sur des calicots ?

— Libre à vous de ricaner. Notre révolution commencera par toucher les âmes afin de les détourner du spectacle pitoyable de la société de consommation. Nous vivons dans la dictature de la satisfaction des plaisirs immédiats pour le plus grand profit d'une poignée de corporations mondialisées. Alors, oui, cette révolution ne sera pas seulement spirituelle. Elle sera temporelle également. Et croyez-moi, ses effets seront dévastateurs pour les corrupteurs de notre peuple.

Je demandai du regard à Isabelle la permission d'utiliser sa machine à café, permission qu'elle m'accorda d'un sourire. Je préparai trois tasses et lui en servis une. De son côté, Yves contre-argumentait, se prenait au jeu du débat au point d'en oublier l'objectif de cette réunion, secouer la burette pour voir quel vin empoisonné en sortirait. Je coupai la parole à mon associé.

— Tout cela est très bien, mais j'ai une autre question, plus terre à terre. Vous savez que Jérémie Mertens a été assassiné ?

— Oui, c'est un événement tragique. Je compatis à la douleur de ses proches. Nous-mêmes avons dit une messe pour le repos de son âme.

— Plutôt étrange, non ? Vous m'aviez affirmé qu'il était en retraite dans l'un de vos monastères... Or, j'ai de bonnes raisons de penser que ce n'était pas le cas...

— Vous n'insinueriez pas que nous sommes impliqués dans ce meurtre ?

— Je suis en droit de me le demander.

— Je n'ai pas à me justifier devant vous mais je veux bien vous dire ceci. J'ignorais qu'il avait quitté notre refuge. Je n'en ai été prévenu qu'un peu plus tard. Trop tard pour empêcher le drame.

Isabelle mit fin à la discussion.

— Ces considérations sont fort éloignées des raisons pour lesquelles je vous ai invité. Revenons à vos affiliés.

— Mes fidèles.

— Si vous voulez. Vos fidèles. Êtes-vous capable de modérer leur enthousiasme, de leur interdire de se répandre dans mes rues pour commettre des déprédations, voire attaquer des citoyens sans défense ?

— Décidément, c'est le jour des calomnies. Sur quels éléments vous basez-vous pour les mettre en accusation ?

— Nous avons été témoins d'une expédition punitive de la part de vos sbires, repris-je. La batte de base-ball leur semblait plus familière que l'encensoir... En regardant ce triste spectacle, je me suis demandé si votre volonté n'était pas de provoquer je ne sais quelle guerre de religion. Avouez-le, c'est troublant. Troublant comme votre petit cercle clandestin, les Frateschi. C'est précisément ce que Jérémie voulait dénoncer.

L'ecclésiastique se releva, comme monté sur un ressort.

— Une société secrète maintenant ! Gardez vos fantasmes pour les bigots de la démocratie, les laïcards cosmopolites. Je vous le dis, que des jeunes réagissent, cela me paraît salutaire. La situation est grave, la civilisation chrétienne est en danger, le djihad a été déclenché contre nous, les croyants.

Nous devons nous défendre, c'est un devoir sacré. Mais jamais, au grand jamais, je n'ai brandi l'épée, réclamé la mort de nos ennemis. Notre combat est spirituel, je vous le répète.

Dillens s'approcha à grands pas de la fenêtre du bureau. Il sortit son téléphone de sa poche et envoya un ordre bref.

— Ceux que vous voyez là, ce sont des voyous ?

Le tableau était étrange. Une vingtaine d'individus, tous porteurs du tee-shirt avec la croix de Jérusalem, descendirent d'un bus qui venait de s'arrêter au milieu de la rue, juste devant la maison communale. Dans un silence remarquable, ils se rassemblèrent puis s'agenouillèrent à même le bitume. Les mains jointes, la tête baissée, les ouailles du chanoine se plongèrent dans une prière, s'abîmèrent dans une méditation loin du monde alors qu'autour d'eux, la ville continuait à s'agiter. De l'autre côté de la contre-allée où ils étaient attroupés, les voitures s'engouffraient dans les tunnels de la petite ceinture, cette voie rapide dont le cœur historique de Bruxelles est cerclé.

Ils entonnèrent un chant très doux, un *Ave Maria*. Les policiers de faction se montrèrent d'abord ébahis. Puis des paroles furent échangées dans les radios portables, des flics sortirent du bâtiment en catastrophe et contemplèrent, abasourdis, la scène. Isabelle était dans le même état de sidération. Yves, lui, affichait un fin sourire ironique.

Des sirènes retentirent alors. Une autopompe apparut, précédée de trois camionnettes qui transportaient des forces antiémeute. Un officier s'extirpa d'une berline et resta, lui aussi, pantois. Les fourgons demeurèrent fermés, personne n'en descendit. Les croisés ne s'arrêtaient pas de chanter. Attirés par l'agitation, par les coups de klaxon des automobilistes bloqués, rameutés par les fils invisibles des réseaux de communication du quartier, d'autres jeunes se rapprochèrent. Ils commencèrent à former une masse compacte, houleuse. On entendait distinctement leurs cris.

D'abord bon enfant, expressions d'une sorte de chahut anticlérical, ces cris se transformèrent en vociférations. Deux ou trois barbus traînaient dans les rangs des protestataires. Et très vite, les hurlements changèrent de nature. C'est Dieu maintenant qui était invoqué, le Dieu des musulmans contre celui des chrétiens. Cet appel à la religion envenimait l'humeur des manifestants, désormais révulsés par la prière de rue. Des cailloux jaillirent. L'un des croisés fut touché à la tête par un projectile. Le sang coulait sur son visage alors qu'il continuait à psalmodier. Les contestataires se rapprochèrent dangereusement. Un coup de sifflet retentit, l'officier agita les bras et les portes des camionnettes s'ouvrirent à la volée. Une vingtaine de policiers, casqués, bottés, bardés de protections, portant matraque et bouclier, se ruèrent sur la chaussée. Ils se divisèrent aussitôt en deux pelotons. Les premiers se dirigèrent à pas mesurés vers les dévots. Le commissaire parlementa avec celui qui semblait être le chef de ce chœur. Sur un signe de ce dernier, les fidèles de l'inquiétant pasteur se relevèrent. Et doucement, avec précaution, les gardiens de la paix les accompagnèrent vers leur bus. Ils se laissaient faire, toujours immergés dans leur transe intérieure, transfigurés par les éclairs lumineux de l'extase martyre. Deux motards arrivés sur ces entrefaites dégagèrent un espace suffisant à grand renfort de sirènes et de hurlements pour que l'autocar puisse entamer une manœuvre et faire demi-tour.

L'autre partie des policiers avait dressé un mur infranchissable de plexiglas. Boucliers en avant, matraque brandie très haut, ils chargèrent sans prévenir. Les coups pleuvaient. L'équipe qui avait embarqué les croisés revint et procéda à des arrestations rapides, en serrant fort les liens en plastique. La rue fut vidée en quelques minutes. Seuls restaient une trentaine de protestataires, couchés sur les dalles du trottoir, avec des types casqués qui envoyaient de temps en temps une botte dans les côtes des plus remuants.

— Alors, la violence est de quel côté ? murmura le chanoine avec un rictus de victoire.

— Ouais, ricana Yves en direction d'Isabelle. Vos flics ne sont pas des champions de la tempérance, ça, c'est sûr !

15

Martial Chaidron poireautait devant le repaire des croisés. Les choses étaient allées plus vite qu'il ne l'avait espéré. L'un des substituts de permanence s'était laissé convaincre de l'imminence du péril. Les mots « soupçons de terrorisme » étaient acceptés comme un sésame et permettaient de se passer de l'intervention d'un juge d'instruction. Il n'avait pas eu le moindre remords à enfumer le proc. Dans le feu de l'action, l'idée lui paraissait bonne, la cause juste. Mais maintenant, garé contre cette façade de briques ressemblant plus à une caserne qu'à une maison de Dieu, il sentait la mauvaise conscience le gagner. D'accord, ces types n'étaient pas blanc-bleu. D'accord, on les avait vus cogner à gauche ou à droite. Il y avait encore cette munition de kalachnikov non percutée mais introuvable, ce chanoine mystérieux, ces soupçons d'extrémisme confessionnel à un moment où la Belgique pleurait ses morts. Mais l'inspecteur avait des doutes sur la réalité de leur complot. Les chances de tomber sur une cache d'armes étaient minces. À supposer que ces croisés les aient collectionnées. Bref, cette visite domiciliaire s'annonçait aussi fructueuse que le serait pour un clochard la récolte de mégots de cigarette dans les locaux de la Ligue contre le cancer. Bart s'agita sur son siège à côté de lui.

— On y va, patron ?

— Ouais, on s'y colle, mon vieux.

En sortant de la voiture, Martial adopta une mine dégoûtée. Une perquise, d'ordinaire, ça réclamait du monde, des uniformes, un bélier éventuellement, des combis, peut-être des gilets pare-balles. Et là, tout ce qu'on lui avait accordé, c'était le flic du quartier, venu avec sa Mobylette, le seul pandore mobilisable à cause du souk provoqué par le drame de Beauraing. À en pleurer.

L'inspecteur sonna avec politesse. Autant progresser en douceur. Pas de réponse. Légèrement agacé, il laissa le doigt sur le bouton plus longtemps que la bienséance ne l'aurait recommandé. Le parlophone cracha quelques mots d'un ton rogue.

— Revenez plus tard, c'est l'heure de l'oraison.

— Police judiciaire fédérale, nous avons une commission rogatoire.

— Une quoi ?

— Un mandat de perquisition, si vous préférez. Ouvrez immédiatement.

— Impossible pendant les offices.

Perdant son sang-froid, Martial cogna violemment. La porte s'écarta. Bart se précipita. D'une clé de bras brutalement exécutée, il immobilisa celui qui venait de leur refuser l'entrée. Martial sortit son arme de service pour faire étalage de la force légitime dont il était investi. Quant au condé à la Mobylette, il essaya sans succès d'afficher une mine sévère. Mais sa trogne d'hypertendu rendait l'effort dérisoire.

— Un ordre de justice, ça s'applique à tout le monde, mon pote, au paradis comme en enfer, dit Bart en repoussant le gardien à l'intérieur. Maintenant, sois sage et fais-nous visiter les lieux.

En maugréant, l'homme décrocha un trousseau de clés d'un tableau. L'ameublement de la loge se résumait à un bureau en bois garni de ronds laissés par des verres embués, aux bords calcinés par des cigarettes. Un article de récupération : on ne sentait aucune odeur de tabac, juste un relent de vieille soupe et de café bouilli. Le concierge, en survêtement d'une triste couleur de bure, les conduisit dans un long couloir carrelé. Les murs étaient peints en beige avec, dans leur partie inférieure, un enduit marron du plus bel effet. Le digne représentant de la police locale les suivait comme un servant de messe dans une procession sans but apparent. Jusque-là, si l'objectif était d'évaluer la dangerosité des croisés, le bilan s'avérait décevant. Un type avachi dans son jogging, incapable d'esquisser un geste de défense quand Bart l'avait empoigné. Une déprimante atmosphère conventuelle aggravée par les remugles de cuisine collective. Le chou, nouveau tonique des milices de Dieu ?

— Je vous montre quoi ? Vous savez, nous n'avons rien à cacher.

Le concierge semblait s'être radouci. Pas Bart.

— Avance toujours, mon petit père. On trouvera bien quelque chose d'intéressant.

— Comme vous voulez. Voici la salle de prière.

La pièce, de bonne taille, paraissait inoffensive. Six jeunes hommes, abîmés dans une méditation impénétrable, se retournèrent vers les intrus et leur jetèrent un regard noir, celui qu'un Savonarole devait adresser aux victimes de ses imprécations. Il était rassurant de les voir rester prosternés. Leur gabarit impressionnait, tous vêtus d'un jean et d'un tee-shirt avec une grande croix imprimée, leurs muscles gonflés aux endroits opportuns. Mais sinon, rien à signaler, pas de fusils d'assaut rangés dans un coin, aucun instrument contondant. Même les représentations religieuses demeuraient discrètes. Un crucifix sculpté dans un cep de vigne. Une icône toute simple. Un drapeau portant une croix de Jérusalem, emblème du groupe. Le traditionnel tabernacle avec sa veilleuse rouge. Martial haussa les épaules.

— On continue.

Leur guide les mena dans un réfectoire aménagé pour restaurer une cinquantaine de personnes. Rien, désespérément rien, sinon l'origine indubitable de l'odeur de chou. Et une vision édifiante d'un saint quelconque terrassant un dragon. Une peinture rococo, pompier dans son inspiration, avec des pourpres passés, des marron tiédasses, des ombres charbonneuses. Martial avisa une porte à l'autre bout de la pièce.

— Et par là ?

— C'est privé, les chambres des résidents.

— On y va, répondit Bart en se frottant les mains.

Une demi-heure plus tard, après avoir jeté un œil dans une vingtaine de cellules, toutes spartiates, un bat-flanc, des images pieuses au mur, un seau hygiénique, un lavabo, une simple couverture grise, ils durent se rendre à l'évidence. Même pas d'armoire où dissimuler un objet compromettant. Le linge était rangé en piles bien ordonnées sur des étagères grossières. Bart commençait à s'impatienter.

— Et les flingues, vous les cachez où ?

— Quels flingues ? rétorqua avec placidité le tôlier. Nos seules armes sont la foi et la prière.

Martial s'énerva.

— Les bigoteries, ça suffit ! Et vous, là, dit-il au policier local qui manifestait son ennui par de profonds soupirs. Vous connaissez les lieux ? Vous avez une idée de l'endroit où on pourrait enfin trouver un truc à se mettre sous la dent ? Je ne sais pas, des missels d'importation frauduleuse, de l'eau bénite de contrebande ?

— Oh, chef, se rebiffa le flicaillon. Moi, j'ai jamais foutu les pieds dans une église. Alors, toutes ces bondieuseries, hein...

Bart, qui avait disparu depuis quelques minutes, revint en courant.

— Venez, patron, ça vaut le coup d'œil.

Martial le suivit et, après avoir descendu un escalier menant au sous-sol, découvrit une salle de gymnastique entièrement équipée, avec des appareils de musculation, des cardios, des tatamis. Au mur, des posters représentaient des prises offensives et défensives, comme on peut en voir dans les gymnases de la police et de l'armée. L'endroit ressemblait à un centre d'entraînement de moines-soldats.

— C'est ici que vous peaufinez vos techniques pour faire entrer vos arguments à coups de jiu-jitsu ?

Le portier eut un vague geste du bras.

— Saint Augustin le disait, la méditation est un sport de l'âme. Pour y procéder avec succès, il faut s'endurcir le corps.

— Un concierge qui cite saint Augustin, j'aurai tout entendu, grommela Martial.

Il opéra une inspection minutieuse mais décevante des lieux. Pas d'armes contondantes, pas de sabres, même d'exercice, pas le moindre bâton. Dépité, il se résigna à faire demi-tour et à cesser là son exploration. L'agent de quartier bâillait devant une représentation torturée d'un Christ en croix.

— Pas très concluant, finalement, dit Bart qui avait attiré son supérieur à part.

— Non, une innocente salle de gym, j'aurais préféré un tunnel de tir. Bref, rien ne vient relier ces pieux serviteurs de l'Église à l'assassinat découvert par Léo. Rien non plus qui ressemble à une kalachnikov. Note, je n'y croyais pas mais on peut toujours rêver.

— Ces moinillons me filent le bourdon quand même.

— Le bourdon… Ou une sainte exaspération.

— Attendez, patron. On s'en bousculerait pas un, pour voir ?

— Bousculer ?

— Enfin, on embarque l'un de ces gars, on le secoue gentiment, rien de trop brutal, et on observe le résultat…

— Tu as un candidat ? demanda Martial qui n'avait pas envie de se coltiner l'un des dévots musclés. Ils avaient beau s'abîmer dans leur prière, ils paraissaient capables de requérir l'usage d'une force excessive pour les obliger à les suivre jusqu'à la voiture.

— Le portier. À son poste, il doit en remarquer des choses.

— D'accord, lui au moins n'a pas l'air d'être un fanatique des arts martiaux.

Ravi de passer à l'action, Bart s'avança à grands pas vers le concierge. Il attrapa sa victime à la volée, le plaqua contre un mur, lui tira un bras en arrière. Un claquement métallique sec, le poignet droit était menotté. Le gauche subit le même sort dans la foulée. Bart releva le malheureux et le poussa devant lui, le tenant par la nuque et par les entraves. Dans la rue, Martial ouvrit la portière arrière de la voiture. Bart y enfonça sa proie sans ménagement, sa tête heurta le bord du pavillon. Content de lui, il s'installa au volant, gyrophare et sirène branchés. L'inspecteur eut tout juste le temps de lancer un vague salut au flic de quartier, éberlué, planté à côté de sa Mobylette. Puis il se retourna vers leur prisonnier.

— Allez, fais pas la gueule, mon vieux. On t'emmène à la brigade, discuter un peu. Entre gentlemen.

L'homme le regarda droit dans les yeux, sans ciller. Bart, lui, s'amusait à terroriser les automobilistes. Il fonçait plein pot comme s'il avait mis la main sur l'un des assassins de Beauraing. L'autoradio déversait, en sourdine heureusement, un rock hardcore, une bouillie électrique par-dessus lequel on croyait reconnaître une voix humaine qui s'égosillait. Martial en eut assez et tendit son bras pour couper le son quand son téléphone vibra dans sa poche.

— Athlan à l'appareil.

— Que puis-je faire pour vous, commissaire ?

Cet officier dont lui avait parlé son camarade du stand de tir n'avait apparemment aucune raison valable de le contacter.

— Vous êtes content de votre expédition foireuse chez les croisés ?

— Ah, les nouvelles vont vite.

— Votre incompétence n'est pas partagée par tous vos collègues. Mais, dites-moi, quelles étaient vos intentions au juste ?

— J'avais des renseignements, nous pensions découvrir des armes, en relation avec une entreprise terroriste.

Athlan s'étrangla.

— Une entreprise terroriste ! Vous délirez ? Continuez comme ça et je vous fais muter aux écuries de l'escorte royale ! Vous pourrez toujours chercher des complots dans la merde des canassons !

Martial commençait à s'agacer.

— J'ai agi sous le couvert du parquet. Le dossier se raccroche par la bande à une affaire d'homicide.

— Arrêtez de déconner !

— Vous aussi ! Depuis quand vous avez un droit de regard dans mes dossiers ?

— Vous n'avez pas de dossier ! J'ai eu votre supérieur au bout du fil, j'interviens en parfait accord avec lui. Il est tout aussi outré que moi. Ces citoyens sont parfaitement respectables !

— C'est votre opinion. Moi, je vois les prémices d'une milice armée, des nervis qui bastonnent des manifestants, une secte dangereuse pour la sécurité publique.

— C'est vous le danger public ! Ces croyants méritent toute notre bienveillance. Laissez-les prier pour le salut de nos âmes. Foutez-leur la paix ! C'est un ordre.

Athlan raccrocha sans autre commentaire.

— De quoi il se mêle, cet abruti ? demanda Bart.

Martial n'eut pas le loisir de lui répondre, son téléphone sonnait une nouvelle fois. Le substitut qui lui avait donné son blanc-seing, constata-t-il avec étonnement.

— Inspecteur, vous avez outrepassé votre mandat en interpellant un membre de cette congrégation religieuse. On m'a informé de l'échec de votre perquisition. Arrêtez les frais et reconduisez votre suspect.

Sur la banquette arrière, les deux péjistes entendirent un ricanement. Martial se retourna, leur prise se marrait ouvertement en tendant ses poignets.

— Bart, gare-toi et vire-moi ce gugusse. Il rentrera à pied.

16

Le salon évoquait un Orient imaginaire, réinventé dans une ville où l'on ne trouvait les dattes qu'à l'état confit dans les étals, où le seul sable présent servait à agrémenter les jeux des enfants dans les parcs publics. Un profond canapé en cuir rouge occupait tout l'angle de la pièce. Devant lui, une table basse en bois ajouré, recouverte d'un large plateau doré, prête à recevoir des trésors de friandises au moment de rompre le jeûne du ramadan. S'y étalait une collection de télécommandes, celles du téléviseur et des décodeurs satellites. L'écran était allumé, son coupé, et diffusait le journal d'une chaîne privée belge. Le présentateur commentait gravement l'une de ces vidéos de propagande d'islamistes radicaux qui tournaient en boucle depuis l'attentat. Des tapis aux motifs persans masquaient le linoléum, se chevauchaient, mixaient des couleurs trop acidulées pour être artisanales. Au mur, une grande photo de la mosquée de La Mecque avec la Kaaba attestait sans doute que le chef de famille avait fait son pèlerinage rituel.

Un jeune homme, tassé sur un pouf assorti au divan, nous regardait, Isabelle et moi, avec animosité. Baskets de marque américaine aux pieds, jean un peu trop lâche mais pas pendouillant comme l'aurait été celui d'un accro à la musique *gangsta rap*, tee-shirt immaculé, il n'avait pas dix-huit ans.

— Je sais rien, rien de rien, nous lança-t-il.

— Cet imam, pourtant, tu le connaissais, insista Isabelle.

L'imam en question était un religieux du coin, fiché à cause de ses prêches enflammés. Il venait d'être ramassé sur un trottoir, affreusement tabassé pendant la nuit. Dans le contexte actuel, cet homicide était déjà en voie de classement vertical.

— Je travaille avec ta sœur à la commune, reprit Isabelle. Elle m'a dit que tu as vu quelque chose cette nuit. Quelque chose de grave.

— Je sais rien, j'ai rien vu du tout.

C'était précisément ce déni qui inquiétait la sœur. Par peur de la justice ou par répugnance envers la flicaille, il refusait catégoriquement de consigner sa déposition dans un commissariat. Alors que j'hésitais encore à qualifier notre rencontre avec le chanoine – était-elle révélatrice ou simplement délirante ? – Isabelle m'avait entraîné dans cet appartement orientalisant. Elle espérait créer un climat de confiance pour amener le frangin à changer d'avis. Nous étions loin d'en prendre le chemin. De son côté, Yves nous avait laissés en plan, il était reparti sur les traces des islamistes.

— Et d'abord, c'est qui, ce mec ? cracha l'ado à mon endroit.

— Un journaliste.

— Un pisse-copie comme tous ceux qui bavent contre nous !

Je lui fis un sourire engageant, peu assuré au fond de moi de paraître persuasif.

— Chaque profession a ses brebis galeuses. Léo n'en est pas une.

— Pourquoi je vous croirais ?

— Ta sœur a confiance en moi, c'est une bonne raison, non ?

Je commençais à me lasser d'essayer d'arracher les vers du nez de ce témoin hostile. Je ne pouvais lui en vouloir à cause du fatras d'inepties déversées par certains de mes confrères. Mais, je le redoutais, nous ne tirerions rien du gamin.

— De quoi as-tu peur ? lui demandai-je.

— Je ne suis pas un trouillard !

— Dis-nous quelque chose, alors. On parle d'une agression ultraviolente ! Un assassinat !

— Pas une grande perte pour le quartier. Ce type était une vraie merde, avec tout un gang de barbus autour de lui.

— Ce sont eux que tu crains ? Ils pourraient s'attaquer à toi ? Ou à tes proches ?

Le jeune homme s'agita sur son pouf en triturant nerveusement une fine chaînette en or.

— Vous ne savez rien de ma vie. Fichez-moi la paix !

— Écoute, insista Isabelle, ta sœur m'a tout raconté. Contente-toi de confirmer, d'accord ?

Silence du gamin dont le regard s'évadait par la fenêtre, loin au-delà de la façade des maisons de la rue. La peinture s'en écaillait en formant d'étranges dessins, comparables à ces arabesques que l'on voit au fronton des mosquées.

— Alors, hier soir, tu étais chez un copain, à deux pas d'ici ?

— En quoi ça vous intéresse ?

— Donc, vers 1 heure, tu es rentré chez toi. Et tu as été témoin de la scène.

Isabelle continua sans attendre de commentaire.

— Il faisait sombre, tu as pris un raccourci par un petit parc, tu étais invisible. Et tu as aperçu une grosse voiture foncée s'arrêter. Trois types en sont descendus aussitôt. Cette précipitation t'a mis la puce à l'oreille, tu es resté soigneusement planqué. Ils portaient des bâtons. Quoi exactement, des gourdins, des battes de base-ball ?

L'ado regardait toujours par la fenêtre un spectacle qu'il était seul à voir. À moins que ne tournât dans sa tête le film de cette nuit-là.

— Des battes en alu, souffla-t-il comme en se parlant à lui-même. Ces mecs avaient des gants aussi, et des cagoules.

— D'après ta sœur, les agresseurs se sont jetés sur l'imam, tu l'as identifié immédiatement. Comme tu l'as dit, on le connaît bien dans le quartier.

— Mais comment ça s'est passé ? m'impatientai-je.

— Très simplement, répondit Isabelle. Ils l'ont tabassé pendant plusieurs minutes et se sont barrés. Sans bavure.

J'entendis comme un sanglot.

— Avant de foutre le camp, l'un de ces salauds lui a mis un dernier coup dans le crâne. Il a pris son élan et le bruit, c'était dégueulasse. Un truc a craqué net.

J'aperçus une lueur trouble briller dans ses yeux.

— Tu n'as rien remarqué d'autre ? La plaque d'immatriculation par exemple ? Tu pourrais les reconnaître ?

— Non.

— Écoute, c'est naturel que tu te sois caché. La situation était dangereuse pour toi. Mais tout de même, tu as peut-être eu l'occasion de regarder d'un peu plus près ?

Le front plissé, les yeux fermés, il semblait revivre la scène, encore et encore. L'angoisse avait rendu à sa voix les intonations de l'enfance.

— Tout est allé si vite, ils n'ont même pas dit un mot. Sûr, ils étaient Belges, des blancs, quoi. L'un de ces types tapait tellement fort, il a perdu son gant, la couleur de sa peau était très visible.

Des blancs. Un commando raciste ? Les croisés ? Les Frateschi de Jérémie ? Comme pour confirmer mes soupçons, notre interlocuteur donna un dernier détail.

— Avant de s'enfuir, ils ont balancé un objet sur leur victime. Je suis allé voir. C'était un chapelet. Pas une misbaha comme celle de mon grand-père, un chapelet chrétien. Avec une croix au bout.

— Je te remercie, dit Isabelle. Tu as eu raison de parler.

— Ça vous avance à quoi ? grommela le jeune homme qui, sans plus s'intéresser à nous, plongea sur une télécommande, zappa le journal télévisé et se brancha sur une chaîne de séries américaines.

Nous quittâmes sur la pointe des pieds ce bout de Casablanca sis en terre belge. Dans la cage d'escalier, un étage plus bas, Isabelle s'arrêta.

— Ça me paraît de plus en plus évident. Des petits malins profitent du climat ambiant pour verser de l'huile sur le feu. Et l'assassinat ne leur fait pas peur.

— Ces petits malins, je pencherais franchement pour les croisés. Même si notre machination de ce matin ne nous a pas permis de conclure dans ce sens. Martial m'a appelé, sa perquisition n'a strictement rien donné. La seule bizarrerie, c'est un coup de fil du commissaire Athlan qui lui a ordonné d'interrompre son opération et de rester à l'écart de ces pieux dévots.

Mon accompagnatrice avait repris la descente mais fit une deuxième halte.

— Athlan, tiens, tiens...

Je ne lui répondis pas, mon téléphone sonnait. Martial encore.

— Tu te souviens de mon camarade du stand de tir ? me dit-il. La mission d'observation qu'il a refusée ? C'est ton imam qu'elle visait...

Je raccrochai sans commentaire, tout juste capable d'ânonner un remerciement à mon ami. Mes craintes semblaient se confirmer. Et c'est d'une voix angoissée que j'appris à Isabelle ce dernier développement.

— Ainsi, les croisés ont demandé à un inspecteur de la PJ d'organiser la surveillance de la victime ? Je ne crois pas aux coïncidences, ça ressemble à des repérages pour préparer le crime. Ce n'est pas votre avis ?

Elle avait les lèvres pincées.

— Vous avez sans doute raison, soupirai-je. D'autant que dans l'affaire de la filature de l'imam, on retrouve encore la main d'Athlan. Indirectement, mais tout de même.

Et je lui racontai l'intervention intempestive de l'officier pour bloquer le rapport du copain de Martial qui s'inquiétait justement de cette surveillance.

— Athlan ! Toujours lui ! Mais qu'a-t-il en tête ?

— On dirait qu'il couvre les croisés...

— Impossible de les laisser s'en tirer impunément...

— Mais que pouvons-nous faire ? Jérémie avait probablement l'intention de les démasquer. Et vous avez vu comment il a fini...

Isabelle haussa les épaules en arrivant dans l'entrée de l'immeuble.

— Au moins, il avait du cran, lui.

Décontenancé, je me demandai si cette pique m'était réellement adressée. Mais elle n'ajouta rien et sortit dans la rue.

17

Quand j'arrivai sur le trottoir, la remarque désagréable d'Isabelle trottait encore dans ma tête. Étais-je visé ? Notre différence d'âge expliquait-elle sa condescendance ? Prenait-elle pour de la lâcheté ma prudence face à ces forces qui agissaient dans l'ombre ? Croyait-elle vraiment que nous allions pouvoir nous y opposer frontalement ? Mais quoi, je n'allais tout de même pas pondre une philippique contre ces croisés sur la seule base de témoignages aussi filandreux ! Jusqu'ici, je ne pensais pas avoir démérité. Et je comptais bien recueillir d'autres informations avant d'accuser publiquement cette milice christique d'avoir organisé l'exécution d'un imam et celle de l'un de ses propres adeptes.

J'étais perdu dans ces réflexions quand je marquai une pause après avoir passé la porte d'entrée. Comme si une décharge d'électricité statique sortie de nulle part m'avait frappé. Isabelle avait également ressenti cette convulsion dans l'air. Elle regarda dans la rue et fut traversée d'un frémissement, chatte renfrognée percevant une menace du bout de ses moustaches. Les commerçants avaient bouclé leurs boutiques à double tour, rideau de fer cadenassé. Certains épiciers paranoïaques avaient cloué à la hâte des planches pour protéger leurs biens, comme on le fait dans les pays exotiques à l'annonce d'une tornade. Et partout, la même affichette proclamait la raison de cette fermeture : une grève venait de commencer pour protester contre l'agression raciste de l'imam. Je m'approchai et déchiffrai la signature du communiqué, celle d'un comité contre l'islamophobie.

— Vous connaissez ce groupe ?

Isabelle haussa les épaules.

— Complètement bidon, si vous voulez mon avis.

Puis ses traits se plissèrent dans une moue inquiète. Et ses yeux exprimèrent précisément la peur qu'elle semblait me reprocher quelques minutes plus tôt. Je ne pouvais lui donner tort, les voitures paraissaient s'être toutes garées en catastrophe. Le seul véhicule en marche était un bus vide qui grilla à bonne allure l'arrêt situé juste à côté de nous.

— Je n'aime pas ça. Venez, rentrons à la maison communale.

La grande avenue menant vers le centre de Bruxelles, celle-là qui avait vu la manifestation lourdement réprimée l'autre jour, était déserte. Peu avant d'arriver à l'hôtel de ville, Isabelle se dirigea vers deux combis de la police locale, sagement rangés sur un emplacement de parking réservé à des diplomates.

— Des nouvelles ?

— Tout est calme, trop calme, répondit l'un des gardiens de la paix. Depuis une demi-heure, on dirait qu'une opération ville morte s'est déclenchée. Sans préavis.

— Ouais, continua l'un de ses collègues, ça s'affole en haut lieu. Vous devriez entendre le trafic à la radio.

Des grésillements en tous sens, des ordres et des contrordres, des demandes urgentes d'informations, retentissaient dans l'habitacle. Au-dessus de nos têtes, un hélicoptère tournoyait inlassablement. Pourtant, en tendant l'oreille, je percevais le brouhaha de la circulation dans les tunnels de la petite ceinture. Toute la ville ne faisait pas la morte.

— Attention, ça dérape, prévint l'un des policiers.

Isabelle et moi nous penchâmes à l'intérieur de la camionnette. La radio crachotait des messages de plus en plus alarmants. Un agent dénonçait dans un français mâtiné de flamand un braquage dans une bijouterie du haut de la ville, vers l'avenue Louise. Un groupe de jeunes avait utilisé des masses pour démolir les vitrines où étaient exposées des pierres précieuses, des montres, des bracelets. Le flic balança une information étonnante, lui-même en était tout surpris : les malfrats avaient pillé les écrins, étaient ressortis en trombe en jetant des poignées de bijoux dans la rue, sans en conserver un seul pour eux-mêmes.

— Y des putains de cailloux partout ! C'est le bordel, merde !

Au central, personne ne s'insurgea contre cette familiarité, entorse pourtant flagrante au protocole des communications. Les échanges continuèrent. Une autre voix, affolée, appelait à l'aide. Une foule hostile s'était rassemblée et dévalait l'avenue de la Toison d'Or, sorte de Champs-Élysées bruxellois, avec ses terrasses, ses cinémas, ses boutiques de luxe. Les nombreux badauds, jusque-là concentrés sur leurs emplettes, s'égaillaient désormais, fuyaient sur le boulevard et gênaient dangereusement la circulation. Puis le central intervint pour ordonner d'urgence l'envoi d'une voiture. Des pompiers étaient pris à partie alors qu'ils tentaient d'éteindre un véhicule en feu, toujours dans le même quartier.

— J'en ai assez entendu, dit Isabelle. Je fonce à mon poste.

— De mon côté, je vais traîner en ville, surveiller l'évolution des événements. On reste en contact ?

— On s'appelle.

Dans les heures suivantes, la situation dégénéra, comme je le découvris au cours de mes pérégrinations, parfois périlleuses, tout au long de la nuit. Les quelques groupes épars qui avaient commencé par se ruer sur les commerces de luxe de l'avenue Louise avaient été rejoints rapidement par des renforts rameutés sur les réseaux sociaux. Les observateurs, officiers de la police fédérale, magistrats de service sur le terrain, journalistes ou simples citoyens, furent frappés par un constat déconcertant : la distribution du butin de l'attaque de la première bijouterie n'allait pas demeurer une largesse isolée. Rares furent les pillages commis uniquement pour s'approprier des biens de valeur. Les casseurs visaient les objets emblématiques de la société de consommation. On vit donc des foulards Hermès servir de mèche pour allumer des cocktails Molotov. Et des parfums de prix emplir les bouteilles de ces mêmes cocktails. Des écrans plats dernier cri s'écrasaient sur le bitume sans aucune vergogne pour l'évolution technologique qu'ils incarnaient. Des consoles de jeux et des téléphones portables subirent un sort aussi peu enviable. Beaucoup de voitures brûlèrent, les statisticiens du ministère de l'Intérieur en compteront 457. Mais dans l'ensemble, les marques allemandes surtout firent les frais des incendiaires. Les petites japonaises, les modestes françaises, les italiennes populaires furent largement épargnées.

À part la cruauté des blessures infligées à la ville, un deuxième souvenir frappant devait rester dans les mémoires : l'hétérogénéité des émeutiers, tous vandales spontanés, contestataires impulsifs venus des ghettos à forte densité allochtone puis rejoints par de simples citoyens en provenance de quartiers moins bigarrés. Ils se rassemblaient au hasard et passaient à l'offensive sans autre credo que de protester ici et maintenant.

Les motivations des casseurs étaient complexes à décrypter, sources de futures controverses infinies entre sociologues et politologues. Selon les théories en présence, certains avaient voulu se dresser contre un comportement jugé raciste, xénophobe de la part des autorités et de la police. D'autres manifestaient leur rage devant le massacre de Beauraing et l'apparente impuissance de l'État à débusquer les assassins. Quelques-uns s'étaient déplacés pour hurler leur désarroi contre la crise, la récession, le chômage, le déclin de l'Europe et de la Belgique en particulier.

Devant le spectacle de ce grand déversoir de frustrations plus ou moins identifiées, je me laissai envahir par un lieu commun, même si jamais je n'utilisai ce cliché dans mes papiers : les troubles se répandirent dans la ville comme une traînée de poudre. Après le braquage de la première bijouterie, après la descente brutale entre les tables des terrasses et les queues des cinéphiles, de nombreux groupes se rassemblèrent spontanément pour partir à l'assaut d'un McDo ici ou dévaster là un magasin de vêtements de confection. Très vite, des frites surgelées atterrirent sur les pare-brise des automobilistes qui circulaient encore, inconscients de l'émeute en voie d'expansion rapide. Des vestons, des cravates, des chaussettes alimentèrent un brasier improvisé sur une chaussée. Ailleurs dans la capitale, des scooters, des voitures particulières, des bus et des trams (l'arrêt des transports publics ne fut décidé que vers 19 heures) apportèrent un flux de renforts pour essaimer les violences jusqu'au centre historique de Bruxelles. Là aussi, les boutiques étaient pillées, pas seulement les commerces de prestige mais tout ce qui constituait le fondement de l'économie de marché. Les machines à laver et les congélateurs étaient propulsés sur les trottoirs ou servaient de projectiles pour démolir d'autres surfaces commerciales.

Même la sacro-sainte Grand-Place fut envahie en quelques minutes. D'abord amusés par le spectacle insolite, les touristes refluèrent en désordre pour tenter de rejoindre leur hôtel. Un groupe de Japonais se fit dépouiller de tous leurs téléphones avec une hargne déchaînée. Les observateurs présents s'étonnèrent de voir ces coûteux symboles de la technologie capitaliste atterrir sur le pavé séculaire de la Grand-Place au lieu de finir dans un sac à dos pour en tirer, plus tard, quelques billets. Dès le départ des troupeaux de globe-trotters, le grand effort de mercantilisation de cet espace historique fut ravagé en moins d'un quart d'heure. Les pompes à bière étaient dégorgées manu militari. En cette occurrence, l'acte de vandalisme n'était pas gratuit : le précieux breuvage ne se déversait pas sur les pavés mais coulait à flots dans les gosiers. En revanche, à part quelques gourmands qui se servirent d'autorité, les ballotins de pralines et de chocolats estampillés belges mais dont la provenance était souvent plus exotique furent vidés à même le sol. Ils formèrent une mare pâteuse en se mélangeant aux divers liquides non consommés par les manifestants, comme l'eau minérale ou celle d'une borne anti-incendie ouverte en grand. Une demi-heure après le premier attroupement, les commerces étaient méconnaissables. Le mobilier des terrasses se retrouva entassé au centre de la place, les vitrines furent toutes brisées méthodiquement, comme les enseignes. Et bientôt, de l'un de ces magasins dévastés sortit une fumée encore légère, presque une vapeur, dans l'indifférence générale. Cette fumée s'épaissit soudainement et s'assombrit, puis entre les étagères, on discerna les lueurs rougeoyantes d'un brasier que les installations automatiques d'arrosage peinaient à juguler. Plus tard, quand le sinistre menacera de ronger les maisons voisines et, pourquoi pas, toute la place comme en 1695 quand Louis XIV l'avait bombardée, la foule coléreuse s'écartera au passage des pompiers. Comme par superstition, pour éviter la répétition d'une catastrophe qui aurait anéanti un bien commun, en rien concerné par le ressentiment des protestataires.

À part cette incursion des soldats du feu, aucun autre représentant des bataillons de l'État ne réussit à pénétrer dans la place avant l'aube, quand les manifestants ivres d'alcool, de fatigue, de violence et de gaz lacrymogène finirent par plier. Quelques-uns parvinrent à s'échapper, gagnant les rues adjacentes par un entrelacs de cours, de corridors plus ou moins condamnés, escaladant un mur, parfois un toit. Le reste, coincé dans la nasse, alla grossir le rang des internés, enfermés sans ménagement dans plusieurs casernes désaffectées rouvertes pour l'occasion.

Cette reprise en main par la force publique, il fallut l'attendre une bonne partie de la nuit. Et de son poste d'observation, Isabelle était aux premières loges pour suivre pas à pas les difficultés de la police. À peine une heure après le début de l'émeute, le rappel avait été battu, les congés annulés, les montées en service prématurément ordonnées. Même le personnel administratif fut prié de descendre sur le bitume. Mais tout ce petit monde était confronté à une rage telle que la confusion s'installa rapidement. De plus, si certaines escouades étaient bien équipées, munies d'un matériel capable de les mettre à l'abri des blessures les plus graves, d'autres avaient sur le dos leur uniforme de tous les jours, chaussures de ville aux pieds, vareuse légère, comme pour relever les parcmètres. La dégelée de bricaillons, de cocktails Molotov, de bouts de métal qu'ils reçurent sur le crâne provoqua immédiatement des lésions parfois préoccupantes mais surtout, débanda ces pelotons mal préparés à affronter des hordes haineuses. Car, et cela, les observateurs en rendront compte avec objectivité, indépendamment de leurs opinions ou de leurs donneurs d'ordres, la haine fut palpable dans les rues de Bruxelles.

Leur colère exacerbée depuis l'attentat par les contrôles incessants, par l'invasion policière de leurs quartiers, par des tracasseries, des vexations et des humiliations quotidiennes, les jeunes des ghettos montèrent les premiers au front. Leur cible : les flics sous toutes leurs formes. Dans certains coins de la ville, après avoir dévalisé les magasins, ils entassèrent leur butin sur la chaussée, construisant des barricades de fortune, vite renforcées par des voitures poussées, tirées, soulevées jusqu'à former des murs difficilement franchissables. Des norias s'improvisaient pour alimenter les combattants en projectiles variés, du caillou à la bouteille d'essence. Les chantiers étaient écumés, des foyers d'ampleur diverse s'allumèrent. Dans l'ensemble, le mouvement fut caractérisé par une violence rageuse à laquelle d'autres parties de la population souscrivirent sans réserve. Des étudiants politisés se précipitèrent dans la danse. De jeunes vauriens aussi, que le plaisir de la castagne attirait comme un aimant. Et des citoyens ordinairement paisibles, révulsés par les mesures d'austérité gouvernementales, se joignirent au raz de marée, contaminés par l'ivresse de la casse sans limites.

Devant ce déchaînement de fureur, la réaction policière monta en puissance. Après avoir fait reculer leurs troupes les moins aguerries et les moins équipées, après avoir dévalisé les stocks pour leur trouver de quoi se protéger, les patrons du maintien de l'ordre bruxellois diffusèrent un commandement clair : la ville devait être reconquise à tout prix. Seul l'usage des armes à feu, sauf en cas de légitime défense, demeurait proscrit. Au fil des heures, le dispositif se réorganisa méthodiquement. Les rues furent reprises les unes après les autres grâce à l'utilisation de moyens offensifs. Les cuves des autopompes se remplirent de produits irritants. On achemina de tout le pays des cartouches de gaz lacrymogène. Même si le gouvernement le niera le lendemain, quelques fonctionnaires tirèrent sporadiquement des balles de caoutchouc. Les chevaux furent engagés avec fermeté, leurs cavaliers munis en catastrophe de longues matraques souples normalement interdites. À une occasion, je vis avec effarement quelques-uns de ces destriers se lancer dans une charge au milieu d'une file de voitures aux conducteurs ébahis. Les sabots frappaient violemment les tôles des capots et des pavillons, un pare-brise vola en éclats, tandis que les montures affolées essayaient de se dépatouiller de cet amas d'obstacles coupants, durs et fragiles à la fois, les cavaliers se bagarrant pour rester en selle et s'extraire du guêpier.

Malgré les hélicoptères qui cartographiaient en temps réel la situation des forces en présence et guidaient efficacement les colonnes vers les points les plus chauds, malgré le courage des hommes en première ligne qui, même bardés de protections à faire pâlir d'envie un chevalier du Moyen Âge, risquaient à tout instant de recevoir un mauvais coup, malgré toute la science de la tactique apprise par certains officiers à l'École royale militaire, avec ses principes régissant l'occupation d'un terrain et la manœuvre d'une troupe, malgré les ordinateurs, les cartes électroniques, les caméras de surveillance (dont beaucoup furent les premières victimes de la rage des manifestants), les plans préétablis, les répétitions générales, malgré encore une mobilisation aux niveaux hiérarchiques les plus élevés, la réaction des autorités donna une impression de flottement. Justement parce qu'il s'agissait d'une réaction. Or, en termes de stratégie militaire, jamais cette dernière n'a été considérée comme la voie la plus rapide vers la victoire.

Le capharnaüm fut aggravé par la riposte excessivement violente des policiers, tout juste dans les limites légales.

Arroseuses dont la pression du jet était réglée pour catapulter un trublion à plusieurs mètres. Coups de matraque, coups de poing ganté, coups de botte, coups de bouclier en plexiglas. Plus tard dans la nuit, à l'approche de l'aube, charges forcenées pour dégager les objectifs. Embastillages massifs. Prisonniers entassés dans de vieux bus militaires hors d'âge et au-delà de toute dégradation, même les vitres étaient déjà absentes. Gaz à tous les étages. Projection à tirs tendus des grenades lacrymos. Renvois d'un coup de pied dangereux et parfois bien ajusté des cocktails Molotov enflammés. Prises de cou, bras tordus dans le dos, étouffements peu orthodoxes. Et toujours ces coups de botte hypocrites mais douloureux. Le miracle, dans le cafouillage ambiant, fut qu'aucun flic ne fit usage de son pistolet, les mousquetons, eux, étant sagement conservés à l'armurerie. Cela dit, un blindé semi-lourd fut gardé en réserve, à quelques centaines de mètres du front, bourré jusqu'à la gueule de riot guns, les bien nommés, et même de quelques pistolets-mitrailleurs MP5 Heckler & Koch. On ne pouvait être trop prudent.

À un moment, je crus apercevoir Ingrid au loin, foulard sur la bouche pour lutter contre les gaz. Et peu après minuit, je l'appris plus tard, Yves fit les frais de cette violence. Alors qu'un peloton tentait de récupérer le contrôle d'un flanc de la place de Brouckère, dans le centre, un coup de matraque vicieux lui déboîta l'épaule, malgré sa vareuse estampillée « presse ». Il resta de longues minutes vautré dans le caniveau, groggy, avant d'être ramassé par un brancardier de la Croix-Rouge, organisation dont le dévouement devait faire les titres de la presse le lendemain.

De mon côté, je pus continuer à observer le déroulement des événements, contraint à une économie de moyens et ne pouvant compter que sur mes jambes pour me déplacer. Je me félicitai d'ailleurs d'avoir arrêté de fumer quelques mois plus tôt et d'avoir recommencé à m'occuper de ma condition physique par une pratique intensive de la course à pied. Pendant une dizaine d'heures, je sillonnai la ville, du haut vers le bas, de la Grand-Place à l'avenue de la Toison d'Or, des abords de la zone interdite qui abrite le parlement, les cabinets ministériels et le palais royal, jusqu'à la frontière du quartier européen. De façon surprenante, ces deux territoires demeurèrent vierges de toute tentative d'incursion, peut-être parce que lourdement protégés, sans doute aussi parce que le pouvoir politique ne fut pas la cible principale de la colère citoyenne, celle-ci étant dirigée contre son bras armé, la police, et son maître, le marché. Finalement, je rentrai me coucher au-delà de 6 heures du matin. À ce moment, les échauffourées, même en decrescendo, ravageaient encore quelques lieux de Bruxelles. Mais j'étais trop crevé pour continuer à crapahuter dans ces coins-là.

18

Midi était passé depuis longtemps et je dormais toujours d'un sommeil fébrile. Il était malmené par des explosions de grenades, des jets de flammes provenant de bouteilles d'essence fracassées sur le bitume, des visages haineux, ceux des manifestants, ceux des policiers aussi, emportés dans une éruption de violence que rien ne semblait pouvoir juguler. Je vis des maisons s'embraser de la cave au grenier dans un crépitement de feu d'artifice, enveloppant les pompiers d'un sirocco incandescent. Ces visions empêchaient mon repos, contrariaient toute récupération malgré les kilomètres marchés jusqu'à l'aube. Et quand la sonnette retentit, elle s'imbriqua dans mon rêve et devint un clairon beuglant la charge. Le poitrail des chevaux dégouttait de sueur. Les moustaches des gendarmes rebiquaient vers le ciel. Les sabres sortaient des fourreaux. Et les poitrines de ceux d'en face étaient dangereusement exposées, bientôt transpercées, le sang dégoulinait sur le pavé. L'intrus dut insister avant que je ne m'extraie de mon cauchemar.

J'ouvris la porte de mon appartement. Devant moi se tenait Martial, hagard, l'air d'avoir consacré les dernières heures à ingurgiter des quantités déraisonnables d'alcool. Sa veste en cuir tire-bouchonnait, ses yeux étaient rouges à force d'avoir été brûlés par les lacrymos, un vague foulard lui pendait au cou. Ses cheveux en bataille racontaient surtout une immense lassitude.

— Je ne te dérange pas ?

— J'essayais de dormir, sans beaucoup de succès. Mais toi, tu as couché sous les ponts ?

— Presque. J'étais réquisitionné pour diriger le dispositif de protection d'un bâtiment administratif. Les gueux sont restés de l'autre côté des douves avec leurs piques, mais on a dégusté. Je boirais bien un coup, j'ai un goût de cendre dans la bouche. Et de plastique caramélisé.

J'allai dans ma cuisine, ouvris le frigo et en sortis une bouteille de sauvignon australien.

— Ce n'est pas du raffiné mais au point où on en est...

Martial avala son verre d'un trait et se resservit.

— Je t'ai apporté les journaux, des éditions spéciales. Tes confrères ont mis le paquet !

Je passai les unes en revue. « La Belgique en état de choc. » « La racaille saccage la capitale. » Un simple : « Assez ! » Et un titre vengeur : « Cassez les casseurs ! » Les éditos reflétaient l'affolement de la population, atterrée par le déferlement de violence qui avait dévasté les rues. Couplée à l'effet de l'attentat islamiste, la colère de ces jeunes, unanimement taxés de musulmans ou d'Arabes, provoquait la terreur.

— Des jeunes musulmans, ricanai-je. Ils ont oublié de signaler les nombreux ados blanc-bleu belges. Et parmi les vandales, j'ai aperçu des types que personne n'oserait qualifier de jeunes.

— La presse, mon vieux, tu sais comment ça marche. Je suis d'accord avec toi, le public des hooligans m'a paru assez mélangé. Maintenant, tu devrais voir Bruxelles. Le désert. De la casse partout ! Personne n'a commencé à remettre de l'ordre.

— Il est un peu tôt, non ?

— Si tu veux mon avis, la ville n'est pas près de retrouver son visage. Les services de la voirie sont partis en grève. Par solidarité avec la Belgique meurtrie par les événements. Et les pompiers refusent d'intervenir. Eux protestent contre les violences dont ils ont été victimes en tentant de faire leur travail.

Martial se releva et jeta un œil par la fenêtre. Mon quartier avait été épargné par les troubles, concentrés dans le centre touristique et commerçant. Mais nulle voiture ne circulait, pas un piéton. Les épiceries et les vendeurs de pitas avaient maintenu leur rideau baissé.

— Regarde, pour un dimanche matin, c'est déprimant.

— Pour moi, le vrai motif de la déprime, ce sont les secousses de la nuit. Pas le ralentissement de quelques activités mercantiles.

Pendant que l'inspecteur continuait à siroter mon sauvignon, je consultai rapidement mes messages. Aucune nouvelle d'Yves, ce qui me surprenait puisque nous avions convenu qu'il me rejoindrait vers midi. Ce silence commençait à m'inquiéter. Je fis part de mes préoccupations à Martial.

— Comme tu es là, tu pourrais me filer un coup de main ?

— Si c'est pour mettre le chanoine sous les verrous, ne compte pas sur moi, me répondit-il, morose.

— Ma demande est plus prosaïque, Yves est aux abonnés absents. Je l'ai croisé cette nuit. Nous nous étions donné rendez-vous mais je l'attends toujours. Tu serais capable de retrouver sa trace ? Il a peut-être été arrêté. À moins qu'il ne soit blessé.

— Tu rigoles ? Dans le chaos actuel, c'est mission impossible, mon vieux.

— Enfin, vous avez bien des listes centralisées ?

Constatant la réalité de mon inquiétude, Martial réfléchit.

— Vu le nombre de services en cause, vu le nombre de lieux de détention que mes collègues ont ouverts tout à trac, ça va être coton. Bon, s'il est blessé, je peux essayer la Croix-Rouge. On nous a filé un numéro prioritaire.

Je le laissai s'enfoncer dans les arcanes du nouveau système sécuritaire mis en place par le gouvernement et descendis quatre à quatre dans notre agence. Il arrivait à mon partenaire d'y passer la nuit, nous disposions d'un lit de camp rangé dans une armoire. Il n'était pas déplié, aucune trace de lui, aucun message non plus.

Quand je remontai, Martial avait des informations fraîches. On lui avait appris qu'effectivement, un certain Yves Demeulemeester avait été victime d'un coup de matraque. Ses jours n'étaient pas en danger, il se trouvait en observation dans un poste de secours installé dans le parc de Bruxelles, juste en face du palais royal.

— Les visites sont interdites tant que le statut judiciaire du patient n'aura pas été éclairci, me prévint-il cependant.

— Ça veut dire quoi ?

— Évidemment, tu n'es pas au courant… Le ministre de la Justice a fait usage de son droit d'injonction positive. Le parquet doit poursuivre tous ceux qui ont commis une infraction cette nuit. Tous, sans exception. Alors, les magistrats contrôlent le moindre pékin tombé dans les pattes de mes collègues. Chaque dossier est épluché, visionnage des caméras de surveillance, interrogatoires approfondis, témoignages…

— Je vois, la riposte s'organise, force ne restera pas à la rue…

— C'est le sens des mesures prises ce matin par le conseil des ministres restreint. D'abord, un couvre-feu sera institué dès ce soir. Deuzio, la permission d'utiliser des balles en caoutchouc est donnée.

— Il n'y a pas déjà eu quelques tirs ?

— Possible, l'état-major nie. De plus, une procédure simplifiée, encore plus rapide que la fameuse comparution immédiate, va être votée par le parlement réuni en session extraordinaire. On va pouvoir juger et condamner les fauteurs de troubles, les pilleurs et les casseurs séance tenante. Du reste, je suis mobilisé pour assurer une permanence judiciaire. Et ça, ça m'emmerde, je peux te le garantir.

Je n'étais pas surpris par ce durcissement. Un attentat, des émeutes, l'État ne pouvait demeurer sans réaction. Je n'étais pas étonné non plus par la répulsion affichée par mon ami. Il avait la réputation d'être peu orthodoxe dans ses relations avec sa hiérarchie parce qu'il mettait un point d'honneur à rester flic jusqu'au bout des ongles, quels que soient les ordres qu'on lui donne. Et ce qu'on lui demandait ressemblait à poser un cache-sexe juridique sur les raccourcis de la répression politico-policière. Je changeai de sujet.

— Tiens, et les croisés ? Tu as des nouvelles ?

— Pas vus dans les manifs, en tout cas.

— Moi non plus, je dois bien l'avouer. J'ai cependant découvert une chose. Le prêcheur du djihad, celui que ton collègue était chargé de surveiller, on l'a retrouvé battu à mort, ça, tu le sais. Mais j'ai rencontré un témoin.

Martial sembla modérément intéressé.

— Ah ? Tu as obtenu des déclarations accablantes ?

— Je suis tenté de le penser. Ce meurtre pourrait être porté au compte d'une bande, si je te cite leur nom, tu vas me traiter de maniaque du complot. Mais je ne crois pas aux coïncidences.

— Le hasard, figure-toi, ça existe !

— Il a été attaqué par quatre Blancs, selon un modus operandi qui fait songer à celui des croisés justement. D'une certaine façon, cet assassinat a été à l'origine de l'émeute tout de même.

— Ouais, de vrais tueurs en série, tes gars. Et paf, une génuflexion puis un coup de flingue. Ça manie la batte de base-ball entre deux hosties. Et avant de se confesser, on fomente une insurrection. Tu en as d'autres de cet acabit ?

Martial plongea dans son verre, un peu honteux de cette ironie facile. Puis il se leva.

— Toi et ta parano... Bon, je t'abandonne à tes croisés. Je vais m'occuper de ces salauds de casseurs. Leur faire passer le goût de s'en prendre à la société de consommation...

— Je ne te donne pas ma bénédiction.

Devant la porte, Martial se retourna.

— Une dernière chose... Bart, mon adjoint, est obsédé comme toi par Dillens. Alors, il a fait des recherches, tu es sans doute au courant, il a des relations tentaculaires. On lui a refilé le nom d'un curé belge basé à Florence, en Italie. Une sorte d'ermite qui a longtemps travaillé avec ton chanoine et qui le déteste. Si j'étais toi, j'écouterais ce qu'il pourrait te dire sur ta tête de Turc. Bart m'assure que le bonhomme n'est pas réputé pour ses élucubrations. Contrairement à d'autres de ma connaissance.

Il rajusta son blouson, fourra son foulard dans une poche et sortit en m'adressant un clin d'œil.

19

À cause des événements qui avaient déchiré Bruxelles, Isabelle était restée sur le pont depuis qu'elle avait quitté Léo. Elle avait passé les dernières heures dans les rues, les yeux et la gorge crucifiés par les gaz incapacitants. À de rares moments, son bureau lui avait offert un havre fugace. Elle s'était octroyé quelques plages de repos sur un canapé rose qui donnait à la pièce un air de boudoir. Avant de procéder à un débarbouillage rapide, elle prit le temps de réfléchir à ce journaliste tout juste rencontré. Elle se reprochait son mouvement d'humeur, quand il lui avait paru trop pusillanime après les révélations du jeune témoin du meurtre de l'imam. Elle se le reprochait d'autant plus qu'elle l'avait deviné séduit. Sans émettre cependant de vapeurs de testostérone, comme celles des patrons de la police bruxelloise, l'autre jour, pendant la conférence du ministre. L'âge l'aurait-il assagi ? Elle devait reconnaître qu'il portait bien ses presque soixante ans, nuance sur laquelle il insistait, preuve que le tournant fatidique ne lui plaisait pas plus que ça. Il s'habillait avec soin, jean propre, blouson en cuir, abonné aux chemises oxford, richelieus de bonne facture aux pieds… Pas un bellâtre de salon, blazer à boutons dorés, foulard noué avec nonchalance, très peu pour elle. Silhouette sportive, ventre plat, il ne se laissait pas aller. Pas plus mal, après tout. Un sexagénaire bedonnant, ce n'était pas sa tasse de thé non plus. Se sentant incapable de trancher pour le moment dans un sens ou dans l'autre, elle se décida à entamer une toilette sommaire.

Elle commença par se rincer le visage en se servant d'un lavabo accroché au milieu du mur, juste à côté de la double porte. Manquait un bidet pour compléter le tableau ! Elle retoucha son maquillage. Léger, les couches de mascara et de crème à s'étaler de long en large n'avaient jamais eu ses faveurs. Un shampoing sec, une projection insistante de déodorant en bombe pour masquer les remugles rances de sa peau, sueur et cendres mêlées, deux gouttes de parfum pour atténuer les relents chimiques du déo, et elle fut prête à affronter sa bourgmestre qui venait de la convoquer. Un trait de rouge à lèvres encore, et le miroir lui renvoya une image moins ravagée.

Après ce camouflage sommaire, Isabelle entra dans l'antre de la responsable de la commune de Saint-Josse. Sa patronne non plus n'avait pas quitté les lieux pendant les événements. Elle aussi aurait bien eu besoin d'une douche, suivie d'une bonne douzaine d'heures de sommeil. Elle ne lui accorda aucun regard et fit mine d'étudier un rapport avec beaucoup de concentration. Debout, deux mètres à gauche du bureau, un peu en retrait, les mains croisées derrière le dos, le commissaire Athlan lui adressa un signe de tête militaire. Les lames du parquet craquèrent sous son pied alors qu'il changeait de position comme pour se retenir de claquer des talons. Au fond s'étalait un tableau qui avait toujours horripilé Isabelle. Sur un ciel zébré de rougeoiements infernaux, des miséreux sortaient d'un puits, la face noircie par le charbon. Le peintre était parvenu à figurer, dans des teintes criardes, à la fois la cruauté du sort infligé à ces ouvriers et leur espoir de voir s'ouvrir devant eux un avenir nouveau. Un personnage placé à l'avant-garde de ce cortège laborieux leur indiquait, peu subtilement, la voie du paradis promis. Cet héritage des édiles socialistes qui avaient longtemps régné sans partage sur la commune était d'autant plus incongru qu'aucun mineur n'avait fouaillé la terre à moins de cinquante kilomètres d'ici.

— Assieds-toi, commença la bourgmestre.

Isabelle s'exécuta, agacée par ce ton impersonnel. Sa cheffe s'adoucit en apercevant son irritation.

— D'abord, sache-le, j'apprécie ton travail. Mais de sources concordantes, tu sembles faire preuve d'une faiblesse dangereuse dans la gestion du maintien de l'ordre de la commune.

— J'essaie de ne pas envenimer la situation, comme tu me l'as toujours recommandé.

— Ces émeutes nous imposent de montrer davantage de fermeté, de répondre aux coups par les coups. Nous devons garder la maîtrise du terrain, rétablir la paix civile à tout prix.

Elle frappa du poing sur son sous-main en cuir, un geste brutal qui surprit Isabelle.

— En un mot, ton comportement est inacceptable. Complètement déplacé dans le climat actuel. Criminel même selon certains. Et je ne suis pas loin de les suivre.

— Attends, je ne suis pas sûre de comprendre. Criminel ? Quel crime ai-je commis ?

— C'est l'avis du cabinet du ministre de l'Intérieur. Il paraît que tu as téléphoné au centre de crise pour signaler ce que tu prenais pour une bavure.

— C'est vrai, lors d'une ronde, j'ai vu quatre soudards de la police fédérale tabasser un passant. À la matraque et à la bottine. Le malheureux ne représentait aucun danger. Un infirmier de la Croix-Rouge qui voulait lui porter secours a été roué de coups par les mêmes brutes.

— Ne l'oublie jamais, c'est au pouvoir judiciaire d'apprécier si des faits peuvent être qualifiés de délictueux.

— Enfin, il fallait que quelqu'un intervienne ! Les flics n'ont pas tous les droits !

— Ta faute est ailleurs ! Je suis outrée que tu te sois crue autorisée à injurier le permanencier. Et tes menaces d'envoyer les photos de l'incident à la presse sont inadmissibles. Jamais je ne tolérerai ce genre de chantage de la part de mes collaborateurs.

— Je n'ai pas eu le choix ! Ce rond-de-cuir ne voulait rien entendre. Il m'a même promis des poursuites si j'insistais.

— Cela, j'ai réussi à t'y soustraire.

— Quelle générosité, ironisa Isabelle.

— En revanche, les poursuites pour l'autre délit dont tu t'es rendue coupable, j'aurai énormément de mal à te les éviter.

— Encore un délit ?

— Oui, je veux parler de la sorte d'hôpital de campagne que tu as organisé pendant les troubles.

— À peine un poste de secours pour soigner et réconforter ceux qui avaient été tabassés dans les rues.

— Ne joue pas aux oies blanches avec moi. Sur ton ordre, deux de nos policiers locaux ont refusé l'accès des lieux à une équipe de la PJ venus relever les identités des délinquants que tu protégeais.

— Ils étaient tous parfaitement innocents, je les connais bien.

— Ta décision était totalement en contravention avec les instructions du parquet. Mais tu as vraiment dépassé les bornes avec ton rapport sur ce groupe religieux.

— Les croisés, oui. Une source m'a informée que ces fanatiques jouaient les agents provocateurs dans les émeutes.

— Et ce rapport, tu l'as transmis d'autorité aux barbouzes de l'antiterrorisme. Sans même m'en parler. Je peux te le dire, je me suis fait copieusement incendier.

— Je croyais que ces types étaient justement chargés de lutter contre les menaces. Toutes les menaces.

Isabelle s'énervait. La fatigue commençait à entamer son sang-froid. Les larmes lui montaient presque aux yeux devant l'injustice de ces reproches.

— Je ne comprends pas ton aveuglement, reprit-elle, la voix tremblante d'indignation. En accentuant la répression, on exacerbe la violence. C'est inéluctable. Et c'était ton credo quand tu m'as engagée...

— Conneries, coupa Athlan. L'heure n'est plus aux scrupules. Nous devons frapper sans pitié.

— Mais que fait-il là, lui ? s'emporta Isabelle.

— Il vient d'être nommé commissaire extraordinaire en charge du maintien de l'ordre dans ma commune. Tu vois où tes erreurs m'ont menée ? À l'humiliation de devoir accepter la tutelle du gouvernement fédéral.

— La répression prévaut donc sur le dialogue.

— Il y a un moment pour le dialogue mais nous sommes au bord de la guerre civile. Des mesures énergiques doivent être prises pour l'éviter. J'en suis convaincue.

— On ne fait pas d'omelette sans casser les œufs, c'est ça ?

— Change de ton, si tu veux bien, ce n'est déjà pas facile pour moi.

— Madame, venez-en au fait, interrompit Athlan.

La bourgmestre ne put dissimuler un geste d'agacement.

— Laissez-moi m'y prendre comme je l'entends.

La voix de l'officier se fit coupante.

— Je vous demande néanmoins d'accélérer, j'ai très peu de temps à vous consacrer.

— Ah, foutez-moi la paix ! Bon, puisqu'il le faut... Isabelle, je le regrette mais la décision émane du ministre lui-même.

Je n'ai pas été consultée. Tu es mise en congé d'office. Nous verrons plus tard, quand les choses se seront calmées, comment nous pourrons poursuivre notre collaboration.

Le commissaire regarda sa montre.

— Cet entretien est terminé, conclut-il. Madame Van Kessel, je vous ordonne de quitter les lieux sur-le-champ. Un policier va vous reconduire à la sortie du bâtiment. Estimez-vous heureuse de vous en tirer à si bon compte.

Athlan se dirigea vers la porte du bureau de la bourgmestre et l'ouvrit en grand. Un agent fédéral en civil, dont la coupe en brosse trahissait l'appartenance à quelque troupe de choc, pénétra dans la pièce et prit Isabelle par le bras. Elle tenta de se dégager mais le flic la tenait fermement et la propulsa dans le couloir.

20

— Yves n'a pas voulu nous accompagner ?

Munis d'une attestation fournie par la PJ qui nous autorisait à circuler malgré le couvre-feu, Martial et moi planquions depuis deux heures dans sa voiture. Une bagnole antédiluvienne, à en juger par sa date de naissance qui remontait aux années quatre-vingt de l'autre siècle. Mais l'Alfa se maintenait dans une forme de jouvencelle. L'historique moulin italien était encore capable d'emporter d'intrépides passagers aux environs de 220 km/h dans un feulement que la fuite du temps ne rendait même pas plus rauque.

— Je l'ai flanqué au lit avec ordre d'y rester cette nuit.

— Mes collègues ont fini par le relâcher, alors.

— Ce ne fut pas sans mal. Il reprend le collier demain matin. Un rencard avec une source de la Sûreté de l'État.

— Ce mec va l'enfumer copieusement.

— Ouais, c'est la spécialité des barbouzes.

Je ne parvenais pas à dissimuler une pointe de déception dans ma voix. Yves s'obstinait à traquer les islamistes dans les tréfonds du pays. Sans prendre les croisés au sérieux. Martial, je le savais, n'avait pas d'idée très arrêtée à leur égard. Ni pratiquant ni anticlérical. Tiède dans la foi d'une rédemption dans l'au-delà mais pas opposé par principe à cette hypothèse non plus. Bref, en l'absence d'éléments probants, il peinait à croire aux dangers que cette bande d'illuminés pouvait représenter. Je ne me faisais aucune illusion. Seule l'amitié l'avait poussé à m'accompagner ce soir-là, dans une ruelle donnant sur la place de la Duchesse. Avec, dans notre point de mire, le repaire des sbires du chanoine.

— Des nouvelles d'Ingrid Mertens ? me demanda-t-il.

— Aucun signe de sa part, elle ne répond même pas au téléphone.

En sourdine, une guitare laçait quelques solos crémeux dans les haut-parleurs. John Mayall et ses Bluesbreakers, avec Mick Taylor, qui fut un temps guitariste des Stones. Depuis deux heures, rien ne bougeait chez les croisés. Dans la rue non plus. Pas un passant. À peine une voiture de temps en temps. L'environnement n'était pas plus délabré qu'à l'ordinaire, les émeutes avaient épargné le quartier. Au loin, j'entendais des bruits inhabituels, des coups de pétard comme à la Saint-Sylvestre, des gyrophares, des sirènes d'alarme déclenchées dans des magasins, un brouhaha, une sorte de rugissement feutré émis par des attroupements agressifs. Je discernais même la lueur d'un incendie de l'autre côté du canal tout proche.

— Les choses ne se calment pas, dit Martial.

— Je regarde quelques fils de tweets, lui répondis-je, des manifestants ou de simples badauds. Ça a l'air de barder. Mais moins qu'hier.

Mon complice sortit d'un fourre-tout un Thermos de café et deux gobelets. Il m'en tendit un.

— Tu espères arriver à quelque chose ?

— C'est toi le spécialiste des planques.

— Vrai, ce n'est pas ma première nuit passée dans une bagnole à attendre d'improbables événements. Tout compte fait, je me demande si je n'aurais pas dû profiter de mes heures de récup dans mon lit.

— Si tu veux, on arrête là…

— Bah, j'ai dormi tout l'après-midi, je ne reprends le collier que demain à 14 heures.

Je me tassai sur mon siège, deux jeunes types, sweat-shirt à capuchon, jean et baskets, marchaient à grands pas dans la direction du chahut, un sac de sport à l'épaule. Je n'avais aucun mal à imaginer son contenu, des bouteilles pleines d'essence, des projectiles variés, la préférence allant aux boulons de 16, ou des bidons de solution de Maalox censée protéger des effets toxiques des gaz lacrymogènes. Les deux ombres nous ignorèrent et filèrent prestement en rasant les murs.

— Tu crois donc vraiment qu'on va parvenir à prouver la culpabilité des croisés, simplement en observant leur repaire ?

— Tu as une meilleure idée ?

— Non, admit Martial. Tiens, tu as contacté le prêtre de Florence, celui de Bart ?

— Pas encore.

— Personnellement, je ne vois pas en quoi ça t'aiderait… Peut-être un peu de documentation pour améliorer ta culture générale…

Je ne relevai pas le commentaire perfide de mon ami. J'arrêtai la musique et allumai la radio. Je reconnus une pub que j'avais écrite quelques années plus tôt. J'eus envie de m'en vanter à Martial, me retins. Depuis le temps, le message était battu et rebattu. Puis la voix électrisée d'un reporter accapara notre attention. Le journaliste s'était abrité dans un appartement au deuxième étage du boulevard Anspach, à l'aplomb d'une sorte de barricade constituée de voitures, de poubelles et de pièces de mobilier urbain. Son excitation ne put cependant masquer l'absence de péripéties. Les flics restaient l'arme au pied à cinquante mètres de là.

— Les sections antiémeute vont lancer leur assaut d'une seconde à l'autre, s'époumona le reporter, visiblement ravi d'assister à la curée.

— Ça m'étonnerait, murmura Martial en éteignant le poste. Ils consolideront leur blocus pour laisser pourrir la situation et attaquer à l'aube, quand les défenseurs seront éreintés.

— Ça te donne cette impression ? Tes patrons se sont ressaisis après le fiasco d'hier ?

— Oui, le dispositif a été renforcé par des troupes fraîches. Les états-majors ont tarabusté toute la chaîne de commandement. La nuit sera beaucoup plus tranquille.

— Elle ne sera pas aussi calme que s'annonce la nôtre, soupirai-je.

À force de scruter le portail du couvent, mes yeux commençaient à me faire mal. Dans l'heure suivante, nous n'échangeâmes plus aucune parole, confits dans un silence complice. Martial restait en alerte, les paupières mi-closes, surveillant les alentours sans y paraître. Je me rappelai les circonstances qui virent naître notre amitié au début des années 1990. Je travaillais pour un quotidien de la capitale, au département des faits divers, en compagnie d'un journaleux de bas étage, un certain Tom Vandevyver, qui raflait tous les scoops. Pour une bonne raison : il s'était acoquiné avec quelques collègues de Martial. Des ripoux au service d'un réseau de mafieux albanais, très actifs à l'époque. Le scribouillard renvoyait l'ascenseur en faisant fuiter des infos au bon moment pour torpiller une perquisition, en montant en épingle de fausses pistes, en jouant les courroies de transmission entre les flics et les malfrats. En échange, il recevait des exclusivités et quelques avantages en nature.

Martial avait flairé du louche dans un dossier. Il m'avait approché discrètement, sachant que je détestais mon confrère. J'avais accepté de me renseigner. Il ne m'avait pas fallu longtemps avant d'avoir de solides soupçons. C'est à ce moment-là que les choses avaient dérapé. Une bonne âme avait planqué une montre de luxe dans le casier de Martial. Et les flics avaient ficelé un scoop bidon pour moi qui étais tombé dans le panneau. Mon bien-aimé collègue s'était fait un malin plaisir à démentir l'info lui-même. Je m'étais adressé à ma direction en dévoilant mes accusations. On m'avait reproché de chercher à me venger. Et on m'avait dit d'aller me faire pendre ailleurs. C'est alors que j'étais entré dans la pub. Martial, de son côté, s'était vu présenter l'addition : il fermait sa gueule et le flic qui avait trouvé la tocante déchirait son PV. Il avait accepté, contraint et forcé : elle provenait d'un cambriolage sur lequel il avait lui-même enquêté. Plus tard, les Albanais avaient été victimes d'un règlement de comptes opéré par des concurrents serbes. Affaire enterrée. Quant à nous, nous avions été unis par un fort sentiment d'injustice. Qui avait évolué en fraternité sincère, celle de vieux combattants d'une guerre perdue.

Comme s'il avait lu dans mes pensées, Martial me demanda des nouvelles de Tom Vandevyver.

— Il continue à officier dans le même canard, il n'est plus qu'à quelques mois de la retraite.

— Je l'ai toujours dit, il n'y a que les imbéciles qui croient que le crime ne paie jamais...

Brusquement, j'en eus assez de notre immobilisme. Contre toute prudence, je sortis pour me dégourdir les jambes, m'approchant dangereusement du repaire des croisés. La façade de briques demeurait obscure, pas une lumière, comme si le couvre-feu de ces moinillons était fixé aux vêpres sans attendre les complies. Au loin, le vacarme s'atténuait. Plus de sirènes, une sorte de murmure, les échos d'une confusion. L'agitation refluait. Ou comme le pensait Martial, la police faisait le siège et patientait jusqu'aux laudes pour donner l'assaut. Par la rue qui descendait vers le canal, j'aperçus deux camionnettes garées en quinconce, feux bleus allumés. Les insurgés n'allaient pas pouvoir compter sur des renforts éventuels par cette voie. En revenant vers l'Alfa, une impulsion me fit tourner les talons pour longer lentement le bâtiment des croisés sur le trottoir d'en face. Au carrefour, une lueur attira mon attention, émanant d'une porte de garage ouverte. Cette entrée latérale se situait approximativement dans le prolongement du couvent. Une Mercedes sombre pointait son museau, arrêtée à cheval sur la chaussée. Le chanoine se glissa à l'arrière. Le gros véhicule démarra en souplesse, j'eus tout juste le temps de m'aplatir dans l'encoignure d'une épicerie. Il passa devant moi, gagna la place de la Duchesse et partit dans la direction opposée au canal.

Je piquai un sprint pour rejoindre Martial.

— Ça bouge, Dillens est monté dans cette bagnole, là-bas, à trois cents mètres.

Martial lança aussitôt son bolide à la poursuite de la voiture qui évoluait à allure modérée en direction des faubourgs de Bruxelles. Nous nous enfonçâmes dans les quartiers du nord-ouest de la capitale, habités par une classe moyenne aux accents flamands prononcés. Bientôt se rapprocha le ring, sorte de périphérique démesuré, avec ses bandes de circulation invariablement encombrées pendant les heures de pointe, désertes dans les circonstances que nous connaissions.

— Nos gaillards ne sont pas très méfiants, dit Martial. Dans ce vide intersidéral, on aurait dû se faire repérer depuis longtemps.

La voiture du chanoine accéléra, mais sans dépasser la limite permise, conservant une marge prudente avant les 120 km/h fatidiques. Le rythme était régulier, constant.

La berline changea de direction et bifurqua sur l'autoroute menant à la mer du Nord. Quelques kilomètres plus loin, elle pénétra sur le vaste parking d'une station-service. Les croisés se rangèrent dans un coin reculé, peu éclairé. Martial se tint à bonne distance, arrêta son Alfa et coupa les phares, à moitié dissimulé par un poids lourd esseulé. Nous sortîmes et pointâmes un œil derrière la remorque.

Un quart d'heure s'écoula. Une Golf GTI récente s'engagea sur l'aire de stationnement, à faible allure, effectua un premier tour, roula à côté de nous qui étions toujours retranchés derrière le camion, puis revint vers la Mercedes. Elle stoppa à une quinzaine de mètres. Je saisis les jumelles que j'avais emportées. Pendant quelques instants, rien ne se passa. Puis les croisés prirent pied sur le bitume, sauf le chauffeur. Le chanoine s'avança en direction de la Golf. Une femme en émergea. Je m'acharnai sur la mise au point de mon instrument.

— Ça alors ! Revoilà Ingrid Mertens. Qu'est-ce qu'elle fout là ?

— File-moi les jumelles, s'impatienta Martial.

Les trois hommes descendus de la berline s'approchèrent de la nouvelle venue. Ils entamèrent aussitôt une discussion qui parut très animée. La sergente faisait de grands gestes, le chanoine restait impassible mais ses deux gardes du corps faisaient jouer leurs muscles, agitaient le poing, l'un d'eux sortit un revolver de sa poche. Sans pouvoir comprendre ce qui se disait, nous entendîmes des cris, un ordre en fait. Après avoir refusé d'obtempérer pendant quelques secondes, la militaire finit par se mettre à genoux, les mains derrière la tête. Le spadassin appuya le museau de l'arme sur son crâne, façon jeune frappe de cinéma, la prise inclinée à 90 degrés.

— Nom de Dieu ! me lança Martial. On dirait bien qu'il va la flinguer ! À toi le volant, je me charge de ces enfoirés.

Nous piquâmes un sprint vers l'Alfa, Martial farfouilla dans la boîte à gants pendant que je m'installais sur le siège du conducteur. Je le vis tripoter un pistolet noir mat. Il arma le chien, la culasse glissa, un ressort se tendit. Ça claqua avec un bruit métallique sec, le mouvement avait envoyé une balle dans la chambre, prête à fuser.

— Je t'explique, dit-il en affichant un grand sourire. Fonce vers eux, arrête-toi à une quinzaine de mètres, fais le plus de boucan possible et je sortirai pour les allumer s'ils bougent le petit doigt.

Je m'exécutai avec fébrilité. J'enclenchai la première. Le six cylindres rugit. L'Alfa décolla. Deuxième. J'eus tout juste le temps de freiner en faisant hurler les pneus et en appuyant en même temps sur le klaxon. Cette arrivée en fanfare était censée provoquer un flottement chez nos adversaires et contre toute attente, la manœuvre réussit. Au moment où j'immobilisai la voiture dans un dérapage très peu contrôlé, Martial bondit. Le canon en avant, il s'avança devant la fine équipe, effectivement décontenancée. Il avait les genoux pliés, les bras tendus, dans une posture de flic de cinéma. Mais je savais qu'elle n'avait rien d'artificiel. Je l'avais vu s'entraîner régulièrement dans son stand de tir.

— Police judiciaire ! Le flingue ! Par terre ! Maintenant !

Le porteur de revolver, qui le plaquait encore sur la tête de Mertens, se figea. Le chanoine nous regarda attentivement, m'identifia puis fit un signe apaisant en direction de son comparse. Ce dernier déposa son arme sur le goudron.

— Nous avons obéi sans résistance. Quelles sont vos instructions ? demanda le prêtre. Je vous précise que mon frère ici présent possède un permis en bonne et due forme afin d'assurer ma protection.

Martial, toujours dans la même posture, donna l'ordre au groupe de s'écarter du pistolet.

— Ingrid va nous accompagner. Laissez-la passer.

La militaire s'avançait d'un pas souple. Elle portait des bottines, un pantalon de treillis camouflé et une veste tactique. D'un geste preste, elle ramassa le revolver et fila vers sa voiture. Elle adopta une foulée rapide et arriva en quelques secondes à portée de son véhicule.

Martial fut pris de court par la réaction coordonnée des croisés. Le religieux se précipita vers l'abri de sa berline, ses deux complices foncèrent sur Ingrid, ignorant superbement le péjiste qui venait de brandir son titre et son pétard. Ingrid se retourna et, dans le même mouvement, arma le chien du revolver et appuya sur la queue de détente. Le coup de feu, tiré en l'air, figea les deux poursuivants. Sans un mot, elle les tint en respect, avec autant de professionnalisme que Martial. Et une décontraction qui la rendait encore plus menaçante. Elle remonta dans son bolide. Une trentaine de mètres plus loin, la GTI roulait déjà à une vitesse saisissante et disparaissait sur le ring.

Les croisés rebroussèrent chemin et marquèrent un temps d'arrêt pour dévisager Martial.

— Merde, me dis-je, ces mecs n'ont peur de rien.

Je lançai le moteur à vide, histoire d'avertir mon ami de ne pas s'éterniser. Du côté de la berline, le timbre du klaxon prévint les deux athlètes que la retraite était sonnée. Martial revint lentement vers l'Alfa, sans tourner le dos à nos adversaires.

— Tu ne les arrêtes pas ?

— Pour quel motif ? Allez, on dégage maintenant, me cria-t-il en éjectant le chargeur. Puis il ramena en arrière la culasse de son pistolet et recueillit dans la paume de sa main la munition non percutée avant de verrouiller son arme.

21

Les émeutes avaient beau s'être cantonnées au centre de la ville, à un bon kilomètre de là, ma rue commençait à en porter les stigmates. Plus tard, dans la matinée, un convoi de la police fédérale allait prendre ses quartiers sous mes fenêtres, chevaux, autopompes et fourgons. L'instruction avait été donnée de dégager les lieux. Trois dépanneuses embarquaient déjà les voitures de conducteurs négligents. Des ouvriers de la compagnie d'électricité installaient des lignes provisoires pour alimenter la caravane. Un camion déposait des toilettes de chantier et des manutentionnaires en salopette bleue étendaient de la paille dans un coin pour éponger le crottin. Le siège de Bruxelles débutait par la mise en place d'une logistique ancillaire.

En observant ces préparatifs, à mon retour d'un footing réparateur, je repensai à la scène du parking de la station-service. Le coup d'audace d'Ingrid Mertens nous avait bluffés, Martial et moi. S'y ajoutait un mystère : pourquoi ce rendez-vous, à cette heure-là et dans un endroit aussi isolé ? Car, rendez-vous, il y avait, c'était évident. Mais quelle était son intention ? Et pourquoi ne m'avait-elle pas contacté depuis ? Quant au chanoine, quels étaient ses objectifs ? S'en débarrasser discrètement ? Éliminer cette menace, comme ses sbires l'avaient supposément fait de Jérémie ? Mais justement, disposant d'une milice à ses ordres, pourquoi Dillens aurait-il pris le risque d'être présent ?

Je m'assis devant mon ordinateur en me demandant comment poursuivre mes recherches. Pendant une heure, je mis mes notes au propre, tentai de discerner un fil conducteur. L'exercice n'aboutit à aucun résultat décisif. Le seul fil relativement solide était celui d'une opération de provocation montée pour exciter les foules et déclencher un grand chambardement. Mais au cours des troubles du week-end, aucun témoignage d'une intervention des soldats du chanoine ne m'était parvenu. Je les avais pourtant guettés sans rien découvrir. Pas l'ombre d'une chaussure militaire, sauf aux pieds des flics. Pas la moindre batte de base-ball, en bois ou en alu. Pas la plus discrète croix écarlate à la boutonnière. Avaient-ils rempli leur mission ? Pouvaient-ils se targuer d'avoir suscité ces émeutes grâce à des actions préparatoires violentes, habilement orchestrées pour déchaîner le chaos ? J'étais loin d'en être certain. Et le meurtre de Jérémie, alors ? D'accord, il semblait signé puisque le jeune homme s'apprêtait à me fournir des informations compromettantes sur les croisés. Et quelqu'un l'avait abattu juste avant notre rencontre, sur le lieu précis de notre rendez-vous. La coïncidence ne pouvait être fortuite. Mais aucune trace d'un quelconque séide du chanoine dans les parages. L'assassin n'avait pas montré son visage, ni même une vague silhouette.

Et les Frateschi, bon sang ! J'avais déjà effectué une recherche sur Internet. Ces Frateschi, les enfroqués en italien du Moyen Âge, constituaient une sorte de milice purificatrice aux ordres de Savonarole, le dominicain exalté qui dirigea Florence au XVe siècle. Des ancêtres des Gardes rouges de Mao. Ou des adolescents qui avaient vidé Phnom Penh en une journée d'avril 1975. Ces bandes d'enfants déchaînés brandissaient de petites croix vermillon et forçaient la porte des maisons pour traquer les frivolités, des objets impies, comme les miroirs, les parfums, les peintures. « Tout ce qui témoignait d'une spiritualité viciée, les reliques de tout culte personnel », avais-je lu, restant cependant sur ma faim. Quelle était l'intention de Jérémie en me divulguant ce nom ? Et si ce noyau secret existait au sein des croisés, que représentait-il ? Une troupe de choc, mais dans quel but ? Un cercle de dévots particulièrement déjantés ? Un club ascétique prêt à déverser le feu de leur foi ? Je poussai un soupir.

En entrant dans le bureau quelques instants plus tard, Yves me surprit la tête entre les mains.

— Le portrait parfait du pisse-copie abruti par le turbin...

— À te voir, on dirait la charité qui se moque de l'hôpital.

De fait, les cheveux emmêlés, le teint hâve, des cernes sous les yeux et les ongles violets, mon associé n'avait pas l'air faraud. Son pansement, fruit du vicieux coup de matraque reçu dans la nuit de samedi à dimanche, lui pendait misérablement au bras, grisâtre, taché de poussière, marbré de rose.

— Ta blessure te fait souffrir ?

— Ça va. Mais j'enrage. Nada. Bernique. À croire que ces fumiers de Beauraing sont sortis de nulle part.

— Toujours rien de neuf de ce côté-là ?

— Non, j'ai rencontré une source ce matin, un type sûr qui m'a pas mal tuyauté dans le passé. Il enseigne à l'École royale militaire et ses propres contacts ignorent tout d'une mission organisée par un groupe terroriste international. Peut-être une cellule dormante.

— Pas la moindre piste, alors ?

— Pas la plus ténue. La flicaille ne ménage pas ses efforts. Ça grenouille dans tous les sens, ça arrête à tour de bras, ça interroge jusqu'à en perdre la voix. Et nib de nib. Mais toi, de ton côté ?

— Les croisés, encore eux.

Je lui racontai notre expédition nocturne.

— Ton Ingrid est une sacrée bonne femme. Ça commence à ressembler à une vendetta privée... Je comprends, elle veut leur faire payer la mort de son fils. Mais l'implication de ta bande de zélotes dans cet assassinat, c'est très spéculatif, mon vieux.

Je ne répondis pas.

— Et les émeutes, tu t'en charges cette nuit ? En rentrant, j'ai fait un tour, l'ambiance monte déjà. Tu as vu les réseaux sociaux ? Les kids convoquent à tout va. Le dispositif policier est impressionnant. Ça va bastonner dur, j'en ai peur. Moi, je retourne dans les bas-fonds de l'islamisme radical, un imam me doit un service. Ma dernière chance de ramasser un scoop.

— Je m'en occupe. Mais avant, j'ai un coup de fil à donner.

Hier, quand Martial était venu me réveiller, il m'avait parlé d'un religieux belge à Florence qui pouvait me fournir des renseignements sur le chanoine. Au point où en étaient mes investigations, autant récolter un peu de matière, même à titre purement documentaire. Sur les Frateschi, par exemple. Ce curé était une sorte d'ermite, à contacter par l'intermédiaire d'une association catholique locale.

Au bout du fil, mon correspondant italien démontra une maîtrise parfaite du français. Oui, l'ermite en question possédait beaucoup d'informations sur le nouvel évêque et son secrétaire. Mais jamais il ne s'exprimerait au téléphone. Pour préserver sa tranquillité. Et par souci de sécurité. Et non, il lui était interdit de dévoiler ses coordonnées.

— Écoutez, Florence n'est pas la porte à côté, mais il serait préférable que vous veniez. Les vols ne sont pas chers.

— Venir à Florence ? Je ne sais pas si j'aurai le temps. Comme vous l'imaginez, la situation à Bruxelles est assez agitée.

Un malencontreux esprit d'escalier me conduisit à former ma décision au moment même où je mis fin à la communication. Quitter l'atmosphère irrespirable de la capitale, fuir cette tristesse débilitante, cette colère impitoyable, m'apparut tout à coup comme une perspective réjouissante. L'idée d'inviter Isabelle Van Kessel à m'accompagner me traversa la tête tout aussi instantanément. En apprenant mon projet, Yves maugréa.

— Ouais, prends des vacances si ça te chante ! Essaie tout de même de couvrir les troubles cette nuit.

— Je partirai demain, pas avant, c'est promis.

Et j'appelai la collaboratrice de la bourgmestre de Saint-Josse.

22

Cela faisait déjà quelques heures qu'Ingrid Mertens tournait autour de l'ancienne brasserie pour s'assurer que le bâtiment n'intéressait personne. Elle n'avait aucune envie de tomber sur une équipe de la PJ en planque, même si elle se doutait qu'à cause des événements, personne n'avait le temps de se préoccuper de l'assassinat de Jérémie. C'était là en effet que son fils avait été abattu quelques jours plus tôt. Si elle avait voulu être honnête, elle aurait convenu que la prudence n'était pas la seule raison de ses atermoiements. Elle redoutait que la visite de ce décor décrépit donne à sa perte le poids de la réalité. Une réalité insupportable.

Elle évitait cette confrontation depuis quarante-huit heures. Après sa longue prostration dans son studio, elle s'était résolue à partir à la chasse aux croisés. Elle pensait les trouver dans les rues de la ville, occupés à fomenter des troubles, exciter les haines, monter les chrétiens contre les musulmans, les blancs contre les autres. Dans la nuit de vendredi à samedi, le samedi matin encore, elle avait écumé les endroits de rassemblement populaire. La Bourse, notamment, où des familles brandissaient les portraits de leurs chers disparus. Elle y avait vu de petits groupes méditer, des jeunes gratter leur guitare, instrument obligé du recueillement citoyen. Des religieuses priaient silencieusement, avec, en apparence, toute la sincérité de leur foi. Ingrid n'y avait discerné aucune intention maligne. Au contraire, quelques musulmanes mêlaient leur voile à la coiffe des nonnes. Beaucoup de bougies et jusqu'à la nuit tombée, peu de ressentiment, plutôt une grande tristesse.

Elle se sentait à l'unisson avec la peine qu'éprouvaient tous ces anonymes. Son Jérémie rejoignait les morts de Beauraing. Elle regrettait de ne pas avoir apporté une photo de lui, elle l'aurait placée avec les autres, victime parmi les victimes, même si ces morts n'avaient pas été assassinés par les mêmes mains. Ce samedi, elle en était là de ses méditations quand elle fut surprise par un changement brutal d'atmosphère. Au même moment, sans qu'elle le sût, Isabelle et Léo étaient saisis à la gorge par cet air qui semblait s'épaissir d'un seul coup. Elle avait contemplé jusqu'à cet instant une sorte de syncrétisme solidaire. Tout à coup, l'harmonie vola en éclats. Premier signal des violences qui allaient déferler toute la nuit : trois jeunes gars, visiblement éméchés, fondirent sur une femme voilée pour lui retirer d'un geste agressif le tissu qu'elle portait sur sa tête. Ingrid se précipita pour venir au secours de la malheureuse avant qu'elle ne subisse un sort plus funeste. Elle renversa l'un des assaillants, les deux autres firent face puis reconnurent à sa détermination une adversaire plus robuste qu'eux et s'en furent. Bizarrement, la victime ne lui en fut pas redevable. Elle cracha par terre et fila en l'injuriant, manifestant ainsi l'explosion des tensions entre communautés.

Cette explosion, Ingrid la serra de près pendant toute la nuit. Même au plus fort des troubles, elle n'avait trouvé aucun indice probant de l'implication des croisés. Elle avait observé beaucoup de colère, une haine dévastatrice, mais elle n'avait pas vu les bottines de combat des soldats du Christ. Pas trace non plus du chanoine dans les rues qui aurait mené ses troupes à l'assaut des hordes islamiques, tel un nouveau Charles Martel. Elle n'avait pourtant pas économisé sa peine, sautant d'escarmouche en bataille rangée, suivant les pelotons de la cavalerie fédérale, collant au plus près aux contestataires les plus excités, manquant à plus d'une reprise se faire coincer dans la nasse policière. Elle n'avait rien vu donc, sinon un déferlement apparemment spontané de violence. Il lui avait semblé cependant sentir une main invisible. Une abondance suspecte de tracts, d'affiches, de graffitis, de messages sur les réseaux sociaux qui paraissaient avoir été préparés à l'avance. Les mêmes mots, les mêmes phrases, les mêmes slogans. *Remember Beauraing*. Des imprécations contre Mahomet. Des injures contre les imams et les mosquées. Des menaces de mort... D'un autre côté, certains manifestants étaient bien équipés, battes de base-ball, casques, foulards, sprays au poivre... Étaient-ils allés puiser dans un arsenal mis à leur disposition par les séides de Dillens ? Difficile à dire. Ingrid s'était promis de planquer devant le couvent des croisés et de prendre en filature l'un ou l'autre de ces moinillons.

C'était sur ces considérations qu'elle était rentrée se reposer, toujours dans son baise-en-ville. Le dimanche, l'idée lui était venue de revoir le chanoine, une confrontation directe pouvait lui donner quelques indications plus précises. Elle dégotta le numéro du repaire des croisés et laissa un message pour lui donner rendez-vous. À tout hasard... Elle passa ensuite à l'armurerie, fit quelques emplettes sans rien demander à personne, et se rendit sur le parking de la station-service. C'était alors qu'elle avait eu la surprise de voir débouler Léo et son copain de la PJ. Les deux compères en avaient fait tout un cinéma, sommations grandiloquentes comprises.

Ce souvenir la fit sourire. Sourire qu'elle perdit quand elle se décida enfin à pousser le portail de fer de l'ancienne brasserie, après avoir brisé les scellés, une simple bande autocollante que son couteau trancha comme du beurre. Il lui semblait impossible de continuer à atermoyer. Le bâtiment de briques dégueulasses ressemblait à un monument funéraire usé par le temps. Elle traversa un hall immense, vide à l'exception de quelques gravats et de reliquats des bivouacs sauvages de SDF. Elle avait compris que son fils avait été tué au grenier. Elle chercha un escalier, en trouva un qui la conduisit vers une longue passerelle métallique. À son extrémité, nouvel escalier, en bois cette fois. Après une vingtaine de marches, elle pénétra sous les toits.

Elle avançait à petits pas, redoutant de découvrir des traces du supplice. De fait, dans la zone la plus éloignée du grenier, près de caisses masquées par des bâches, elle aperçut les contours dessinés grossièrement à la bombe d'un corps étendu. Il y avait aussi des petits supports en plastique portant des chiffres de un à douze pour marquer de supposés indices. Une paire de gants en latex et des surchaussures jetables avaient également été abandonnés par les enquêteurs. En s'approchant, Ingrid vit ce qu'elle ne voulait pas voir, une flaque de sang séché, craquelé, infâme dans son apparence, horrible dans ce qu'elle disait du martyre de Jérémie. Elle se refusa à imaginer la scène ultime. Avait-il été forcé de s'agenouiller ? L'avait-on abattu par surprise ? Pourquoi s'était-il laissé attirer dans ce traquenard ? Était-il inconscient quand on l'avait amené ici ?

Ingrid dut s'asseoir quelques minutes, le souffle coupé, son esprit fermé à ces images trop crues. Elle entendit ses rires à lui, l'enfant de la jungle, dans l'ancienne base de la guerre froide, ses cris de joie quand il découvrit, plus tard, la mer du Nord, quelque part dans les dunes du côté d'Ostende. Souffle coupé, oreilles tintantes mais toujours pas de larmes. Rage glacée. Tout ce qu'elle était venue faire ici, c'était trouver une destination précise à sa vengeance. La militaire se mit au travail méthodiquement. Elle sortit de son sac à dos une lampe de poche puissante et commença à parcourir des cercles en s'éloignant lentement de l'endroit où Jérémie avait été retrouvé. Elle fouilla le grenier de fond en comble pendant une bonne demi-heure. Le plancher, d'abord, mais rien, sauf les traces de pas des secouristes, de Léo aussi, et peut-être de l'assassin et ses complices potentiels. Impossible de faire la différence. Elle scruta le toit, fait de plaques de plâtre qui recouvraient des blocs d'isolants assez épais. Certaines parties étaient démantibulées, on apercevait les chevrons de la charpente et derrière, les tuiles. L'ensemble n'était plus étanche depuis longtemps. Elle prit soin d'imaginer la trajectoire d'une éventuelle balle perdue. Où était le tueur ? Avait-il tiré de près ? De loin ? Avait-il commis une erreur de visée ? À force de s'user les yeux, ses efforts furent récompensés. Elle repéra une balle fichée dans un panneau de laine de verre qui avait fait office d'amortisseur.

Prenant dans son sac plusieurs objets servant aux prélèvements balistiques, elle réussit à dégager le projectile avec précaution, sans accabler les flics pour leur négligence. Après tout, la traque aux terroristes faisait rage et la police scientifique ne devait pas disposer de tout son temps ni de tous ses moyens. En observant de plus près la balle coincée au bout de ses brucelles, elle se rendit compte qu'elle tenait une munition assez particulière, conçue pour provoquer de graves blessures. Une dum-dum. Au lieu d'avoir une ogive pointue, on avait tronqué le sommet et on l'avait incisé de façon telle que le plomb éclatât à l'impact. Une vieille astuce, assez technique à exécuter, il fallait les outils adéquats. D'autant que la balle avait visiblement été moulée à la main, de microscopiques ébarbures en attestaient.

Elle l'enveloppa dans une poche en plastique et se promit de l'envoyer à l'un de ses collègues pour qu'il procède à une expertise plus approfondie.

Après un dernier regard vers l'ombre rouge qui tachait le plancher, elle s'en alla. Avait-elle découvert une preuve contre les croisés ? Elle n'en était pas sûre. D'un autre côté, elle restait convaincue de leur implication dans le drame. Elle devait désormais réfléchir à la meilleure manière de les démasquer. Quand elle remonta dans sa voiture, elle prit la direction du couvent des miliciens de Dillens. Observation, recherche de renseignements, filatures : son emploi du temps des prochains jours était fixé.

23

Exacte antithèse de Bruxelles, Florence vivait au rythme de l'invasion des touristes. Ils déferlaient, admiratifs des vieilles pierres mais alléchés aussi par l'étalage d'objets de pacotille exposés à leur convoitise. Ici, pas de hordes protestataires qui mettaient à sac les vitrines. Pas de troupes bottées et casquées chargées de maintenir un semblant d'ordre. Isabelle marchait à mes côtés dans une ruelle parallèle à l'Arno, sur la rive du Duomo. Contrairement à mes craintes, la responsable de la sécurité de la commune de Saint-Josse avait pu se libérer pour entreprendre ce voyage.

— Ras-le-bol des chaussures à clous, des matraques et des autopompes, m'avait-elle dit. Je fais ma valise et j'arrive.

J'avais tout de même été étonné par sa désertion. Sa fonction aurait dû commander qu'elle restât fidèle à son poste. Mais elle m'avait parlé succinctement de son éviction de l'hôtel de ville. Je m'étais promis d'approfondir la question. Plus tard, pour ne pas gâcher la joie de sa compagnie.

Dans l'avion, nous avions échangé des informations générales sur nos vies professionnelles. Mon parcours dans la presse puis dans la publicité avant d'en revenir au journalisme. Son envie de participer aux affaires de la cité, un engagement politique au sens noble mais sans briguer de charges électives. « Le pouvoir, c'est pas mon truc », m'avait-elle précisé. Le tutoiement était venu automatiquement, encore hésitant, deux compagnons de voyage qui prenaient le temps de se découvrir.

En sortant du taxi qui nous avait amenés de l'aéroport, nous décidâmes de boire un café sur la piazza della Signoria, en face du Palazzo Vecchio. Nous bavardions de choses et d'autres, jouant aux vacanciers insouciants, quand j'eus la surprise de l'entendre m'interroger sur ma vie personnelle.

— Non, lui répondis-je, je ne suis pas marié.

Je n'osai pas ajouter, parfaitement libre, donc, ouvert à toutes les aventures. Un reste de décence m'en empêchait.

— Je suis dans la même situation, m'avoua-t-elle avec un sourire qui me parut engageant.

— Un choix volontaire ? Le hasard ? Un chagrin inconsolable ?

Je crus m'être avancé trop loin.

— J'ai été à deux doigts de passer devant le bourgmestre mais je me suis défilée au dernier moment. Pas le bon candidat.

Je sentis une pointe de tristesse dans la voix, me promettant d'obtenir un autre jour, sans la brusquer, des éclaircissements sur le drame qui se dissimulait sans doute derrière cette demi-confidence.

— Et toi, relança-t-elle, jamais envisagé de te poser ?

— J'ai vécu longtemps avec la même femme, puis les choses se sont délitées, rien d'extraordinaire, rien de trop douloureux non plus.

— Et depuis, tu as pris des habitudes de vieux garçon ? Tu papillonnes de fleur en fleur ?

Des fleurs, oui, j'en avais cueilli de temps à autre. Pas très souvent à dire vrai. Vieux garçon, j'espérais bien que je ne l'étais pas. En tout cas pas célibataire endurci. Ce que je m'autorisai à lui dire. Elle sembla réfléchir quelques instants, vida le verre d'eau glacée qui accompagnait les cafés et se leva sans autre commentaire.

— Allons-y, dit-elle.

Nous quittâmes la place et ses troupeaux de visiteurs afin de nous engager dans des voies désertes, cherchant l'ombre pour avancer. Une placette où s'agitait une centaine d'individus s'ouvrit devant nos pas.

— Mince, encore une manif ! s'exclama Isabelle.

Deux flics, mains dans le dos, baudrier en cuir ivoire luisant de cirage, observaient la scène en se marrant. Des banderoles annonçaient le mobile du happening en italien. Malgré ma connaissance rudimentaire de la langue, je finis par piger : la manifestation protestait contre l'interdiction faite aux femmes d'être ordonnées prêtres. Un barbecue avait été installé sur le perron d'une église et deux jeunes clercs en col romain servaient à la volée des saucisses flanquées d'aubergines frites et de verres de vin blanc. L'ensemble était bon enfant, les filles, charmantes, et on n'eût pas envisagé un instant qu'aucune d'entre elles se destinât à la prêtrise. Certaines étaient en soutien-gorge et en short, d'autres en minijupe. Le tout était un peu carnavalesque mais jubilatoire. Surtout après les sermons du chanoine et de son évêque dont j'avais encore les imprécations dans l'oreille.

Isabelle se faufila dans la foule et revint quelques minutes plus tard, escortée par un moine portant bure et ceinture de corde. Âgé d'une petite soixantaine d'années, les orteils à l'air dans ses sandales, il m'évoquait de façon idiote une version italienne de frère Tuck.

— Désolé de vous avoir contraints à faire ce long déplacement, mais le père Benoît refuse tout contact téléphonique.

Peut-être la marque d'une grande sagesse, trop rare de nos jours.

— Ça nous fait des vacances, souris-je. Mais dites-moi, c'est quoi, cette manif ? Un peu pervers, non ?

Le moine éclata de rire.

— Nous aimons bousculer les conventions vaticanesques. Ne vous y trompez pas, vous avez autour de vous de vraies croyantes, sincères et convaincues. Mais joyeuses.

— Les croisés feraient bien de s'en inspirer.

— J'ai entendu parler de ces sinistres dévots. Mais je n'en sais pas plus. Contrairement au père Benoît. Je l'ai prévenu de votre arrivée. Vous verrez, c'est un personnage curieux.

Après avoir remercié notre hôte et failli être entraînés dans une farandole à la gloire d'un putsch féminin dans les palais du Vatican, nous partîmes en direction de l'adresse indiquée par mon faux frère Tuck.

À l'approche du Ponte Vecchio, l'entassement des corps suants se fit plus oppressant. La via Por Santa Maria débordait de commerces offrant des colifichets indignes d'une kermesse de village. Ma mine s'allongea. Les visiteurs s'agglutinaient, suivaient les insignes de ralliement des guides, fanions effilochés, pompons de manège, parfois un parapluie pour soulager les cicérones des effets ravageurs du soleil. Leurs troupes subissaient le cagnard de plein fouet, les taches sombres s'agrandissaient sur les tee-shirts au fil des pérégrinations.

— Patience, je connais l'endroit, tu vas avoir une surprise, me dit Isabelle en me prenant le bras. Là, regarde.

Un passage s'ouvrait entre un glacier et une sandwicherie. Il était si étroit qu'une antique Fiat 500 aurait eu du mal à s'y faufiler sans égratigner sa carrosserie. Et au bout de cette perspective, à une quinzaine de mètres, se dressait le fronton d'une église, accolée à des bâtiments séculiers sur la gauche, donnant de l'autre côté sur une ruelle qui courait vers l'Arno. Un porche sans prétention, avec, tout de même, deux piliers formés de bandes alternées de marbre blanc et noir et un tympan zébré de la même matière. La façade était d'une simplicité monacale. Une humilité bienvenue dans cette ville où foisonnaient les fastes grandiloquents. Isabelle frappa à une haute porte de chêne. Elle s'ouvrit sur un costaud peu amène, les biceps débordant des manches de son tee-shirt. Son poitrail menaçait lui aussi de faire craquer le tissu au moindre geste brusque.

— C'est pour quoi ? aboya-t-il en italien mais de façon parfaitement compréhensible pour le pékin le plus bouché aux langues étrangères.

Nous lui expliquâmes la raison de notre visite, dans un sabir qui mêlait l'anglais, le français et des rudiments de sa langue natale. Il nous fit un signe que nous interprétâmes comme l'ordre de patienter sur le perron. Quelques minutes plus tard, un homme de près de quatre-vingts ans vint nous accueillir. Son visage était marqué par des rides profondes. Ses lunettes attiraient l'attention sur un regard perçant qui était aussi, d'une manière déroutante, distrait, enfantin, eût-on pu dire. Il avait enfilé une veste en tweed de bonne facture, pas trop usée, sur un pantalon foncé. Son bras gauche était engoncé dans un plâtre et reposait sur sa poitrine.

— Léopold Verbist, je présume ? Entrez, je vous attendais. Désolé de cette réception peu chrétienne, je dois prendre des précautions, dit-il en faisant un geste du menton vers son bras.

— Il n'y a pas de mal, enchanté de faire votre connaissance.

— Oh, nous nous sommes déjà rencontrés, même si tu ne t'en souviens pas. Tu étais trop jeune.

— Ah bon ? Vous fréquentiez mes parents ?

— Ton père surtout. Je travaillais avec lui autrefois. Mais allons nous asseoir.

Nous suivîmes le dominicain dans son antre. Une pièce dépouillée, aux murs crépis. Une grande table occupait un angle devant une bibliothèque imposante. Deux ordinateurs étaient installés sur le bureau et trois disques durs amovibles y étaient reliés. Des documents encombraient le plateau et, dans un coin, quelques piles de revues manquaient de s'effondrer. Au fond, un tableau inquiétant représentait le supplice d'un martyr. L'artiste avait peint un visage particulièrement apaisé, lumineux, celui d'un saint qui affrontait la mort sans crainte, certain de retrouver son Créateur. Il était sur le point d'être pendu, et l'on voyait les premières flammes du bûcher qu'un bourreau encagoulé allumait sous ses pieds. Les notables, des hommes d'Église visiblement, étaient figurés dans une pose hiératique, mais on devinait déjà les tourments que leur promettait l'injustice qu'ils s'apprêtaient à commettre. Les rouges étaient sanguinolents. Les noir de jais. Même le ciel semblait endeuillé. Une populace aux faciès grimaçants se réjouissait du spectacle. Certains dansaient une sarabande, un ballet de sorcières. Les piques des soldats chargés de garder le lieu du supplice luisaient, comme si elles venaient d'être trempées dans le sang.

— Effrayant, ce tableau, dit Isabelle.

— La mort de Savonarole, répondit le dominicain. Un type pas si éloigné du sujet qui vous préoccupe.

24

— Vous étiez aussi dans la finance ? demandai-je au prêtre. Je ne vous imagine pas en costume trois-pièces, l'uniforme de cette corporation à l'époque...

— C'est pourtant sous cette défroque que j'ai croisé ton père. Mais c'est toute une histoire, répondit le dominicain en s'activant dans une petite cuisine attenante à son bureau.

Isabelle me regarda avec curiosité.

— Oui, papa était banquier, il s'est tué dans un accident de voiture il y a une trentaine d'années. Maman est partie un peu plus tôt, un cancer.

— Je suis désolée de l'apprendre...

Désorienté par ce souvenir qui s'était invité par surprise, je me tus jusqu'au retour du père Benoît, muni d'une carafe de jus d'orange frais et de trois verres remplis de glaçons.

— Sur quoi portent vos recherches exactement ? lui demanda Isabelle. Et quel rapport avec les croisés ? Ou même, avec Savonarole ?

— Je dois remonter dans le temps, commença notre hôte en buvant son jus à grands traits avant de suçoter un glaçon.

— N'oubliez pas que notre avion décolle dans quatre heures.

— Je ferai vite. Laissez-moi d'abord vous rafraîchir la mémoire en vous rappelant une évidence largement escamotée aujourd'hui : la Belgique est longtemps restée un pays viscéralement catholique, cogéré même par l'Église.

Isabelle eut une petite moue sceptique.

— Vous voulez parler de la doctrine des piliers ?

— C'est le mot juste. La Belgique économique, sociale et politique reposait sur trois piliers : un catholique, un libéral et un socialiste. À l'apogée du système, c'est-à-dire entre 1945 et 1985 environ, chaque Belge était accompagné de la naissance à la tombe par sa famille religieuse, philosophique ou idéologique. Le syndicat chrétien, libéral ou socialiste selon le cas négociait son salaire, le défendait et, en cas de malheur, lui payait ses allocations de chômage. Même chose quand il tombait malade, avec des hôpitaux eux aussi affiliés à l'un de ces groupes de pression. Le phénomène se manifestait encore dans l'isoloir, chacun suivait les recommandations de son curé de paroisse, de son délégué syndical ou de son frère de loge.

— Oui, mais tout ça n'existe plus, m'impatientai-je. Ces piliers ont été balayés par le vent de l'histoire.

— Exact, au tournant des années 1980, le mouvement de libéralisation capitaliste leur a porté le coup fatal. La société changeait, et le modèle de concertation sociale à la belge, avec le partage du pouvoir qui l'accompagnait, ne convenait plus à l'individualisation croissante. Les attaches des Belges avec des clans religieux ou idéologiques se sont distendues.

— Vous avez l'air de regretter cette évolution, mais le système était caractérisé par un clientélisme forcené, dis-je. Pour entrer dans la fonction publique, vous deviez quémander le soutien d'un parrain politique. Même les magistrats ou les professeurs d'université devaient ramper sous les fourches caudines de la particratie.

Le dominicain suçait toujours son glaçon, l'œil pétillant derrière ses lunettes. Au fond de cette cure, fraîche comme une cave, on n'entendait pas un bruit alors que le flux de touristes continuait à s'écouler à moins d'une centaine de mètres. J'eus l'impression de ne plus être dans la troisième décennie de notre siècle mais quelque part dans un passé reculé, au temps des manigances des Borgia ou des manœuvres géopolitiques de Laurent le Magnifique.

— Je ne te donne pas tort, cher Léopold. Pour être précis, deux autres phénomènes plus globaux ont concouru à abattre cet échafaudage politique : la disparition des idéologies et la déconfessionnalisation.

— Mais où faites-vous intervenir les croisés ? reprit Isabelle.

— J'en arrive au cœur du problème. Je voulais simplement évoquer une époque où notre vieille institution romaine exerçait une influence déterminante sur la Belgique. Rappelez-vous, notre pays a dû attendre la chute du mur de Berlin, avec l'effondrement subséquent des idéologies, pour que l'interruption volontaire de grossesse finisse par être légalisée. Tiens, vous n'avez pas faim ? J'ai demandé à une voisine de nous préparer une collation. Je la préviens.

Le prêtre se retira pour téléphoner puis revint avec un flacon de vin rouge, du sangiovese élevé dans la région de Montalcino. Il le goûta en faisant claquer sa langue avant de nous servir.

— Je disais donc, l'Église catholique rythmait la vie quotidienne. Comme dans de nombreux pays latins, je vous l'accorde. Pour avoir une idée de son poids en Belgique à l'issue de la Seconde Guerre mondiale, le mieux est de se reporter à l'Italie ou à l'Espagne.

Un coup de sonnette discret retentit, la porte de la rue s'ouvrit et une jeune Toscane apparut dans le bureau, un plat en terre dans les mains, recouvert d'un torchon propre.

— Déposez ça sur la table, dit le père Benoît en italien. Nous allons nous arranger.

Tandis que la jeune femme quittait la pièce, il se leva et saisit de sa main valide des assiettes dans un buffet.

— Je vous propose une collation à la bonne franquette. Venez, prenez des couverts et n'oubliez pas le vin.

Ce n'était pas dans mon intention ; les charmes râpeux du sangiovese m'avaient conquis au-delà de toute mesure.

— Vous n'avez rien contre les tripes à la florentine, j'espère ? demanda-t-il en enlevant le torchon.

Coupées en fines lanières, dorées à point, les tripes étaient rangées dans un plat tout juste extrait du four, où des tomates, des oignons, du laurier et du romarin avaient mijoté.

— Évidemment, pas d'épinards dans cette préparation. Parfois, on y met du céleri et une carotte, mais je préfère cette recette, plus authentique. Vous allez voir, c'est succulent.

Isabelle commença par faire la grimace, se dévoua comme pour ne pas vexer l'homme d'Église, puis un grand sourire démontra qu'elle appréciait. De mon côté, j'avais toujours aimé la saveur des tripes dont la virulence était ici apaisée par la méthode de cuisson.

— Vous n'avez pas répondu à ma question. Où situez-vous les croisés dans ce tableau ? demanda Isabelle après avoir nettoyé son assiette avec deux belles tranches de pain de campagne.

— On peut parler d'une certaine nostalgie de leur part.

— Une nostalgie ? dis-je. Quoi, ces exaltés veulent rendre à l'Église son pouvoir perdu ?

— On peut envisager le problème sous cet angle. Je connais bien Dillens. Je l'ai souvent croisé dans mon travail.

Le dominicain se recula sur son siège, le verre à la main.

— Pour comprendre notre chanoine, nous devons remonter à Savonarole, un modèle à ses yeux. Une référence de circonstance, nous sommes dans la ville de ses exploits. Vous vous souvenez de son histoire ?

— Oui, en gros, répondit Isabelle. On est à la fin du XVe siècle, ce prédicateur enflammé négocie avec le roi de France Charles VIII qui vient de renverser les Médicis. Et il prend le pouvoir à cette occasion-là.

— Exact, ça se passe en 1494 et Girolamo Savonarola était un opposant ardent aux Médicis qu'il accusait de prévarication.

— Ce fanatique s'est surtout rendu célèbre grâce à son éphémère dictature théocratique.

— C'est évidemment ce qui suscite l'intérêt, la passion je dirais, de Dillens. L'éloge de la pureté. Le bûcher des vanités où l'on a brûlé des œuvres d'art et des livres. Des prêches véhéments pour pourfendre le vice et la corruption des mœurs.

Je ne voulus pas laisser Isabelle être la seule à faire étalage de son érudition.

— Ne disposait-il pas aussi d'une milice constituée de jeunes gens, les Frateschi ?

— Florence n'a pas de secret pour toi...

— Je n'ai pas beaucoup de mérite, j'ai appris que les croisés abritaient une sorte de club mystérieux baptisé de ce nom.

— Intéressant, je l'ignorais... De fait, les zélotes de frère Savonarole, parfois très jeunes, des enfants même, avaient le droit d'entrer chez n'importe quel citoyen pour vérifier que les prescriptions de la morale religieuse la plus stricte étaient respectées.

Je fus frappé par une réminiscence scolaire subite.

— Tiens, il n'était pas dominicain, Savonarole ? Comme vous ?

— J'ai cet honneur. Comme notre ami le chanoine.

— Donc, si nous faisons un parallèle entre ces militants de la pureté et nos croisés, nous ne sommes pas dans l'erreur ? intervint Isabelle.

— Vous vous rendriez simplement coupable d'anachronisme. Mais ce serait votre seule faute. Savonarole peut être considéré comme une source d'inspiration pour le chanoine et ses fidèles. Une source historique. Nous sommes au cœur d'un long mouvement qui a toujours tenaillé l'Église. De tout temps, certains croyants ont pensé que leur foi devait s'imposer à tous et gouverner la cité. Oubliez que nous sommes à Florence. J'aurais pu vous citer les évangélistes américains *born again*. Ou les néoconservateurs US. Là-bas, la croisade chrétienne d'obédience protestante et fondamentaliste entend convertir tout le pays et lutter contre la sécularisation croissante des valeurs, restaurer une nation fondée sur la religion, mettre un terme à la décadence des mœurs, généraliser la peine de mort, interdire l'avortement… Ce combat est ouvertement politique, Trump y compte ses plus fervents partisans.

— Nous nous trouvons devant un groupement d'extrême droite, alors ?

— Au sens strict, Dillens n'est pas fasciste contrairement à certaines apparences. Il a fait une longue tournée des ultra-droites en Europe, il en est revenu fort déçu. Il abomine les délires païens de certains néonazis. Lui est un intégriste radical, il rêve d'une vraie révolution religieuse. Ce qui ne l'empêche de sacrifier au culte de la force virile, conclut-il en désignant son bras.

— C'est à lui que vous devez ce plâtre ? intervins-je.

— Deux de ses sbires sont venus me rendre visite il y a une dizaine de jours, peut-être des membres de votre club des Frateschi. Ils voulaient m'intimider. J'ai été sauvé par des voisins, je suis bien entouré, comme vous avez pu le constater en frappant à ma porte.

Je me rappelai en effet le cerbère qui nous avait accueillis tout à l'heure. De son côté, malgré les tripes, Isabelle restait sur sa faim.

— Vous intimider ? Mais que lui avez-vous fait au pauvre chanoine ?

Le père Benoît retrouva tout d'un coup son air malicieux.

— Je monte un dossier contre eux, je vais leur jouer un tour à ma façon.

— Un dossier ? m'exclamai-je.

— Oh, une subtilité du droit canonique. Figurez-vous que les croisés ont réussi à obtenir le statut de société de vie apostolique, un titre qui leur donne certains privilèges dans l'Église. Et justement, j'aimerais les priver de cette position. Disons que j'apporte une modeste contribution à l'assainissement de notre sainte institution.

— Mais par quel miracle en sont-ils arrivés là ?

— C'est très simple, ils ont des soutiens, notamment auprès du nouvel évêque de Bruxelles.

— Dont Dillens est devenu le secrétaire particulier... Autrement dit, l'évêque est gagné à leur cause...

Le prêtre réfléchit et écarta son verre de lui, comme s'il ne voulait pas obscurcir son raisonnement par un petit plaisir. Cette légère mortification ne livra cependant pas le résultat escompté.

— Pour être honnête, je n'en sais rien. Ces idées ne lui paraissent certainement pas maléfiques par essence. Mgr Dubois est connu pour son conservatisme, sa vision archaïque du christianisme et de la position de l'Église dans la société. Farouche adversaire de l'avortement et de toutes ces diableries, il refuse également de donner la communion à un fidèle divorcé. Sa nomination par le pape est d'ailleurs étonnante. Sans doute le fruit de quelque ténébreux combat dans les bénitiers de la Curie.

— Mais sa proximité avec le chanoine, insistai-je, semble démontrer qu'il adhère à ces principes. Il les appuie ou les encourage.

— Peut-être. Encore un détail à propos de notre nouvel évêque : il a lui-même participé étroitement au système de partage du pouvoir à la belge dont nous parlions tout à l'heure. C'est à cette occasion que ton père et lui se sont côtoyés.

Cette information me surprit.

— Longtemps avant son intronisation, Dubois était chargé par l'Église de contrôler les banques et les institutions financières du mouvement chrétien. De son côté, ton père était fondé de pouvoir de l'une de ces banques de la mouvance catholique. Voilà pourquoi ils ont travaillé ensemble.

— Ils s'entendaient bien ?

— Comme l'eau et le feu. Dubois était brutal, il ne possédait pas une once de charité chrétienne. Tout le contraire de ton père.

Le dominicain reprit une gorgée de vin qui lui donna la force de balayer ses scrupules.

— Alors, oui ! Le fond de ma pensée est celui-ci : je suis convaincu que ce judas soutient les projets de Dillens. Maudits soient-ils l'un et l'autre !

Brusquement, j'eus envie de fuir le regard charbonneux de Savonarole sur son bûcher pictural, miroir très exact de celui du chanoine. Et même du père Benoît dont les yeux étincelaient d'un réquisitoire furieux porté contre une clique de clercs dévoyés.

25

L'avion qui nous ramenait à Bruxelles avait à peine décollé et déjà, Isabelle, fourbue par notre marche sous le soleil de Florence, s'endormait sur mon épaule. Je discernais son souffle tranquille par-dessus le chuintement de l'air pressurisé et le vrombissement des réacteurs. Je respirais l'odeur d'un corps encore moite de chaleur et je me promis de la convaincre de dîner un prochain soir avec moi. Je rêvassai quelques minutes à cette perspective, dans une immobilité raide pour ne pas la déranger. Quelques noms de restaurants défilèrent dans mon esprit mais les convulsions bruxelloises me contraignaient à adapter mon choix, à préférer une commune périphérique, notoirement moins assaillie par le vacarme des sirènes et des pétards. Je n'osai pousser plus loin mes rêveries, m'arrêtant prudemment à la porte de mon appartement (ou du sien ?) sans me former d'image trop précise de la suite des événements.

Le frôlement des cheveux d'Isabelle contre ma joue me rappela ceux de ma mère, cascade de douceur qui m'enveloppait quand elle m'embrassait le soir, au bord du sommeil, les sens ravivés pendant quelques instants par cette émotion tendre avant de sombrer dans un océan de sécurité. Avec son visage, c'est celle d'une Bruxelles paisible, bourgade de province encore, capitale timide d'un minuscule royaume, qui resurgit. Je revis maman me conduire au parc du Cinquantenaire, édifié pour honorer le premier demi-siècle de la Belgique, avec une sorte d'arc de triomphe pompier, glorifiant des figures oubliées de ce passé lointain, un passé où l'unité de façade faisait loi, où les neuf provinces communiaient dans la célébration de la patrie, pacifique et héroïque.

Héroïques, mes distractions autour du bassin du parc ne l'étaient pas. Pacifiques non plus, à vrai dire, quand je retrouvais des compagnons de l'école. En automne, nous nous poursuivions en nous lançant des marrons, de préférence pourvus de leur bogue. Nous nous aventurions dans les remblais du chantier du tunnel qui se construisait sous nos pieds pour retracer les exploits de nos illustres aïeux dans les tranchées de l'Yser. Nous montions des embuscades dans les fourrés pour simuler les justes représailles infligées par les maquis ardennais à d'infâmes Allemands. Nous parvenions même à reconstituer une brousse congolaise pour figurer les attaques sanglantes menées par des indigènes sauvages contre de courageux colonisateurs, apportant civilisation et bonheur à des peuples qui n'en demandaient pas tant. C'est vrai, nous n'étions pas très informés des réalités du monde, mais dans la Belgique de l'époque, la mortification de l'indépendance du Congo restait vive. Comme la frustration d'être passé à côté d'un grand destin qui aurait pu transformer le royaume en empire.

En vérité, ces jeux guerriers étaient alimentés uniquement par nos fantasmes d'écoliers abreuvés de récits épiques sur l'histoire d'un pays qui avait construit son unité en bataillant ferme contre une palanquée d'agresseurs, espagnols, hollandais, allemands ou français. La proximité du musée de l'armée y était aussi pour quelque chose. Mais en tout cas, pas le climat régnant à Bruxelles. Car, une population mélangée, petits employés du Hainaut, paysans flamands, universitaires liégeois, commerçants ostendais, avait afflué pour y vivre en bonne entente. On y parlait beaucoup flamand, ou, à tout le moins, l'accent du nord du pays accrochait l'oreille au détour des conversations engagées devant le comptoir d'un magasin, sur un trottoir, dans une cour de récréation. Les phrases en étaient tout alourdies, rocailleuses, pour donner cette prononciation que les Français adoraient brocarder. Avec ces tics de langage hérités des idiomes germaniques comme l'ancrage très fréquent des adjectifs avant les substantifs, sorte de superlatif induit par la place du mot. Place bien sûr incorrecte pour les puristes parisiens. Et les tournures venues en droite ligne du patois bruxellois s'entendaient partout, sauf peut-être dans les salles des conseils d'administration des groupes financiers aux commandes du pays. Le wallon aussi s'infiltrait dans les discours. Moi-même, j'abusais de ces expressions indigènes, que l'Académie réprouvait avec une inflexibilité ethnocentrique, pour montrer ma fierté d'appartenir au petit peuple chamarré de la capitale et j'imaginais qu'il était l'incarnation même de cette Belgique multiple. Et si tranquille.

Alors qu'Isabelle fit un mouvement pour rectifier sa position, mouvement qui la conduisit à poser sa main sur mon bras, je me revis marchant le long d'un boulevard interminable, cartable sur le dos, culottes courtes et chaussettes tire-bouchonnantes. Maman me laissait partir à l'école à pied quand l'un de nos voisins ne pouvait m'y emmener dans sa voiture. Personne pour crier au scandale, pour reprocher l'indignité d'une mère négligeant la surveillance de son fils, pour s'alarmer d'un minot déambulant seul dans les rues de la ville. Aucun prédateur sexuel à l'horizon et les dangers de la circulation routière restaient fort limités. Les passants me reconnaissaient, je les saluais, comme si nous avions été dans un village de province. Je me l'avouais, et la douce caresse des cheveux de maman me le confirmait : ce sentiment de sécurité était probablement le signe le plus saillant de mon enfance. À la fin des années 1960, toute la capitale en était empreinte.

Je me souvins cependant d'une après-midi où les périls de la condition humaine m'apparurent brutalement, Bruxelles n'en était donc pas exempte. J'étais perché dans l'appartement familial, au cinquième étage, et je regardais une colonne de fumée grimper à l'assaut du ciel, épaisse comme le tronc d'un baobab, grumeleuse, traversée de tourbillons qui formaient des volutes menaçantes. Seul dans le salon, les yeux braqués sur le panache sombre qui s'étirait paresseusement en altitude, je savais, malgré mon jeune âge, qu'un drame se jouait à l'autre bout de la ville en cette après-midi du 22 mai 1967.

Aujourd'hui encore, j'entendais clairement l'angoisse qui montait dans la voix du reporter de la radio d'État. La fatigue aidant, il perdait sa réserve, abandonnait sa diction d'élève du conservatoire. Avec une horreur sincère, ce témoin professionnel décrivait les victimes qui préféraient se précipiter dans le vide plutôt que d'affronter l'incendie. La peur planait sur la ville, comme ce sinistre nuage, et avait fini par m'étreindre. Maman aussi, qui se rongeait les sangs. Papa avait en effet la fâcheuse manie de déjeuner à la cafétéria de l'Innovation, le grand magasin dévoré par les flammes. Au cœur du brasier donc. Ce père emmené loin du foyer par ses occupations, absent une fois de plus, une fois de trop, la fumée au loin, l'anxiété de ma mère, la radio et ses informations affolées engendrèrent une certitude : il avait péri, ne reviendrait jamais. Cette conviction absolue me paralysait, le front écrasé contre la vitre, les yeux rivés sur les arabesques du champignon grisâtre. Et j'aspirais alors à me fondre dans cette nuée à la base de laquelle je devinais des lueurs rubis, à me mêler à ces cendres qui voletaient, à faire corps avec celles de mon père.

Et quand, plus tard, la clé tourna dans la porte, quand maman lâcha un grand rire, quand la voix sonore de papa m'appela, apportant une forte odeur de brûlé, je me souvins en être venu à le détester. Non pas pour être vivant mais pour la peur qu'il m'avait infligée. Pour la désertion dont il avait failli se rendre coupable. Pour cet affreux sentiment d'abandon qui, dans cet avion, me lançait encore, tant d'années plus tard.

Oraison 3

En revenant dans son bureau après son entrevue avec son supérieur, l'officier de police judiciaire est furieux. À nouveau cet ordre formel, impérieux, de maintenir le silence total sur les élucubrations du prêtre. Comme s'il n'était pas capable de comprendre par lui-même que le secret est une vertu à nulle autre seconde, un instrument cardinal d'exercice du pouvoir démocratique. Ses nombreuses années dans le département n'ont révélé aucune faille de sa part. Pas le plus petit murmure sur l'oreiller. Pas la moindre confidence d'après-boire dans quelque rince-gueule bien ou mal famé. Aucun document rapporté chez lui ou transbahuté dans sa voiture à la merci du premier voleur à la roulotte. Tout sous clé, tout dans le coffre, ordinateur éteint, mot de passe changé régulièrement et certainement pas noté sur un Post-it planqué dans un tiroir. Et cette autre injonction, faut se grouiller de balayer la poussière sous le tapis, tirer un trait sur cette malheureuse histoire, sans perdre une minute. Et quoi, ce galonné, parachuté de la fac de droit, s'imagine qu'il peut taper sur son clavier plus vite que la musique ?

L'inspecteur ressort de son coffre la carte mémoire de l'enregistreur et ses informations si dangereuses. Mais le sont-elles vraiment ? Un souffle de rébellion fait bruisser des idées contestataires dans sa tête. Malgré cette envie de jeter par-dessus bord son patron et ses ordres vexatoires, ce prédicateur et ses délires assommants, il introduit la puce, hésite une seconde, puis l'appel du devoir est le plus fort. Il clique sur le fichier *Savonarole*. Retour en arrière de quelques minutes pour se remettre dans le droit fil des divagations du prêtre. Là, d'accord, ça lui revient, l'élite industrielle francophone, cette ingratitude d'inspiration marxiste envers les pères fondateurs du pays et de sa prospérité. Le clavier reprend sa farandole.

— Quelle ironie !

Le rire dans le haut-parleur s'étrangle.

— Quelle ironie ! Je hais Bruxelles et c'est sur cette terre maudite que je m'apprête à comparaître devant Toi, mon Dieu. Cité athée ! Pécheresse incurable ! Capitale du mariage sodomite ! Métropole des dépravations syphilitiques !

Bon, le jobard repart dans son tir aux pipes. Croisade morale, la sainte virginité hétéro en bannière. Le policier frotte ses poignets.

— Quelle ironie ! Les Flamands se sont battus pendant des décennies pour conserver leur emprise sur Bruxelles. Et cette citadelle de la Flandre éternelle, flamande dans ses gènes, flamande de cœur, flamande jusqu'à la dernière goutte de sa lambic ou de son faro, flamande dans ses pavés, ses pignons et son accent, flamande comme les ouvriers qui ont monté les charpentes de la Grand-Place, creusé au pic ses canaux, ajusté brique après brique la voûte qui recouvre sa rivière, cette citadelle de la Flandre s'est abâtardie au contact d'une immigration venue des tréfonds des Ardennes, du Namurois et du pays de Liège. Du même coup, elle a renié sa langue d'origine, elle l'a jetée aux pieds de l'impérialisme francophone.

L'OPJ se sent gagné par une immense lassitude. L'intérêt fondamental de sa tâche lui échappe toujours. Son œil s'égare vers le journal posé sur sa table. Cette peluche ensanglantée devrait détourner la colère qu'il éprouve envers son chef pour la concentrer sur les assassins. Bien sûr, sa mission n'est pas d'enquêter sur eux, certes non, mais il s'interroge sur le rapport qui pourrait exister entre les éructations du prêcheur et les victimes innocentes de Beauraing. Brusquement, il a hâte d'en finir, peut-être découvrira-t-il quelques indications plus précises dans la suite des divagations de l'illuminé.

— Les Flamands ont perdu leur combat. Cette ville bâtarde ne sera plus jamais la leur. Des populations immigrées débarquées désormais de bien plus loin que des profondeurs de la Wallonie l'ont irrémédiablement corrompue. Ces cohortes d'étrangers y ont multiplié les langues, même le français reste tout juste majoritaire. Ils ont reconstitué dans leurs ghettos des modes de vie venus d'Afrique ou d'Asie. Molenbeek, chancre salafiste ! La rue Royale Sainte-Marie, la chaussée de Haecht, envahies par les vendeurs de pita halal et les agences de voyages promettant l'aller-retour à La Mecque à prix écrasés. Dans ces zones, les flics ne s'aventurent qu'avec la plus extrême prudence. Et aucune femme n'ose sortir sans voile, les barbus font régner leur loi sur les trottoirs. Imaginez-vous, après l'annonce du massacre de Beauraing, on a dansé dans ces rues ! Maudite soit cette Bruxellistan !

Le policier retrouve des couleurs, un soupçon de sourire fleurit même sur ses lèvres. Enfin des paroles sensées. Enfin une analyse lucide de la vraie situation de la ville. Comme les récents événements l'ont encore prouvé. Allez, un espresso et une cigarette sur le balconnet. Cette corvée a tout de même quelques bons côtés. Si ce curé pouvait maintenant conclure sans plus barguigner, la journée ne se terminerait pas si mal. Quelques minutes plus tard, il doit se rendre à l'évidence. Le chanoine reporte le moment de vérité en continuant à s'épancher sur le sort de la capitale.

— Maudite aussi la Babylone pécheresse. Dans d'autres ghettos, cossus ceux-là, où le service de Dieu ne se pratique même plus dans le secret des foyers, où, au contraire, les parvenus ont fait de leur vie un vaste blasphème, on se roule entre égaux dans le luxe et le stupre. Les riches expatriés européens venus grossir les bataillons d'eurocrates et de lobbyistes y trouvent un abri sûr. Un mur invisible protège ces profiteurs arrivés dans la ville sans avoir l'intention d'y prendre racine, touristes de passage pendant quelques années et dont la présence frivole transforme profondément la cité sans qu'ils manifestent le moindre sens des responsabilités à son égard. Bruxelles, avec l'égoïsme des nantis qui le sont exagérément et le repli sur soi des pauvres qui le sont aussi extrêmement... Et par-dessus ces populations trônent des politiciens ignorants, préoccupés uniquement par la défense de leurs satrapies. Dix-neuf bourgmestres règnent sur les communes de la ville, autant de roitelets crispés sur leurs prérogatives, incapables de s'entendre entre eux, pas même pour régler le trafic automobile à leurs frontières. Et ce gouvernement régional qui ne gouverne pas ! Faut dire, l'essentiel de son budget est accaparé par la compagnie de transport public. Une poignée de ministres aux compétences pompeuses dont le rôle se limite finalement à veiller à la ponctualité des trams et même ça, heureusement qu'on ne compte pas sur eux pour y parvenir. La fièvre centrifuge de la Belgique a précipité sa capitale dans l'inefficacité, l'incurie, l'incompétence. Bruxelles, ville exclue de mon projet, au-delà de toute expiation possible. Mon projet... Mon rêve...

Un silence laisse croire à l'inspecteur que le prêtre va enfin plonger dans le dernier vif de son sujet et abandonner ces considérations politiques triviales.

— Mon Dieu, tendez-moi Vos bras consolateurs. Toutes mes actions, je les ai accomplies pour Votre gloire. Avec mes fidèles compagnons de lutte, nous voulions rendre aux Wallons une identité inébranlable, fière, la plus belle : celle de Votre sceptre aimant. Ai-je eu raison de brandir le glaive ?

Le glaive... Le flic a un hoquet de dégoût. Il ne voit plus la première page du journal posé sur son bureau. Les photos de l'identité judiciaire qu'il a compulsées s'imposent à son esprit. Clichés qui n'auraient jamais dû lui tomber sous les yeux. Il voudrait les effacer de sa mémoire mais ces visions sont bien présentes. Si elles ne le visitent pas à chaque instant, elles s'incrustent en lisière de sa conscience. Et parfois éclatent dans sa tête. Comme à l'instant. Les lambeaux de cadavres éparpillés dans les débris de chaises, les rouges que les photographes du labo ont transcrits sadiquement dans toute leur vibration maléfique, les grimaces des morts, les pleurs hagards des survivants. Et oui, cet enfant au nounours !

Tout à son émotion, le fonctionnaire de la discrète section politique de la police fédérale a laissé filer l'enregistrement. Le monologue s'est interrompu. Il écoute pendant quelques minutes le morceau de Led Zeppelin qui vient de recommencer, puis le coupe. Il se lève, farfouille dans une armoire, saisit une flasque de vodka qu'il dissimule pour les occasions comme celles-ci, quand l'ennui ou l'écœurement le prennent à la gorge. Il avale une rasade puis se dirige vers son balcon pour s'en griller une. L'alliance du tabac et de l'alcool lui colle une haleine de charretier, mais au moins, ses visions se dissipent. Elles sont remplacées par une kyrielle de questions. Dont une l'obsède : le glaive, vraiment ? Ou la kalach ? Plusieurs heures à se casser les oreilles, à se meurtrir les poignets. Peut-il espérer une réponse ?

26

— Regardez, regardez. Dites-moi ce que vous en pensez. Allez-y, n'ayez pas peur de parler, elle ne vous entendra pas.

Le spectacle que je contemplais ne me donnait pas envie de prononcer un mot. Une forme humaine était étendue dans un lit d'hôpital. Des tuyaux et des câbles la reliaient à une panoplie de machines, très silencieuses, pas de couinements électroniques intempestifs, des écrans clignotaient pour signaler l'état de tel ou tel paramètre vital. On lui voyait deux moignons de jambes, entourés de gaze, en extension, maintenus par des poulies et des sangles dans un laçage compliqué. Des barres en inox brillant étaient fichées dans ses membres, prothèses effrayantes qui transformaient cet organisme en cobaye monstrueux sur lequel on se serait apprêté à greffer des serres de robot. Le seul bruit que j'entendais était une sorte de gargouillement semblable à celui que produisent les appareils des dentistes qui aspirent le trop-plein de salive pendant l'opération.

— Vous ne dites rien ?

Je ne pus que marmonner bêtement que j'étais désolé. Désolé de quoi ? De ce qu'on avait fait à cette jeune fille ? Ou de mon manque de réaction appropriée ? J'avais encore la tête pleine du visage grimaçant de Savonarole et mon épaule se souvenait de la douceur d'un corps, celui d'Isabelle, dont la tendreté contrastait avec cette momie humanoïde.

C'était à mon retour de Florence qu'Yves m'avait communiqué le message. Le père d'une victime voulait me rencontrer pour parler de la tragédie qu'il endurait. Il avait lu l'interview que j'avais réalisée de l'oncle de l'enfant au nounours, cette peluche qui s'étalait sur toutes les unes le lendemain de l'attentat. Il avait été ému par mon article et souhaitait que j'en consacre un du même tonneau à sa fille. J'avais marqué mon accord du bout des lèvres, coincé entre le devoir journalistique et ma traque obsessionnelle des assassins de Jérémie. Je redoutais de gaspiller mon temps mais je craignais d'oublier pour qui et pour quoi je me battais. Alors, j'avais accepté, le témoin m'avait donné rendez-vous dans cette chambre d'hôpital et je me sentais désarçonné. Oui, j'avais de l'os et de la chair devant moi, mais tellement réduits à leur fonction primaire par la technologie médicale que la malheureuse en perdait son humanité. Son père s'employa à lui en restituer un peu.

— Elle s'appelle Marie-Louise, me dit-il, résolu à briser mon silence. Marie, à cause de la Vierge, Louise, à cause de sa grand-mère qu'elle accompagnait à Beauraing ce jour-là. Sa grand-mère, ma mère, ils l'ont tuée parmi les premières. D'après la police, ma fille a réussi à se cacher pendant quelques minutes mais ils l'ont retrouvée, elle s'est levée, elle a couru, ils ont envoyé une rafale. Vous êtes capable de vous représenter les ravages qu'infligent aux corps humains les balles de 7,62 mm sur 39, dont la vitesse à la bouche est de plus de 700 mètres par seconde ?

Je me taisais toujours. De fait, je n'arrivais pas à imaginer l'écrasement des chairs, la pulvérisation des os, la rupture brutale des organes, la dévastation provoquée par ces quelques grammes de plomb et d'acier dans les tissus mous.

— Regardez, les chirurgiens ont dû l'amputer des deux jambes, l'une au-dessus du genou, l'autre juste en dessous. Elle voulait être danseuse, vous savez.

Cette précision navrante toucha une corde sensible en moi. Je sentis un léger voile d'humidité imprégner mes yeux. Je me repris très vite, je devais vérifier ce détail trop beau pour être vrai. Si je vendais l'article à une feuille populaire, le titre s'imposait déjà, une jeune danseuse coupée dans son envol, plus d'entrechat pour le petit rat, et *tutti quanti*.

— Une danseuse, vraiment ? dis-je un peu bêtement en sortant mon carnet de notes pour donner un tour professionnel à l'entretien.

— Oui, oui, elle s'entraînait beaucoup, elle se destinait au ballet classique. Il paraît qu'elle avait du talent. Moi, j'en sais trop rien, je préfère le rock des années quatre-vingt.

L'homme, une petite cinquantaine d'années, s'exprimait d'une voix douce. Il avait enfilé des vêtements pratiques, de ceux que l'on choisit pour passer confortablement ses journées et, visiblement, ses nuits à l'hôpital. Chandail léger, polo, pantalon en velours, baskets, mais de bonne facture. Extrêmement propre, il était rasé de près. Soit il se servait abondamment de la petite salle de bains de la chambre, soit il rentrait régulièrement chez lui pour se changer.

Toujours serein, mais ni détaché ni résigné, il me parla longuement de l'enfance de Marie-Louise, de ses petits et grands drames d'adolescente, de sa scolarité, dans un collège catholique. De cette funeste journée aussi où elle avait accompagné à Beauraing sa grand-mère, tuée, ma mère, répéta-t-il.

— Elle est croyante comme on peut l'être à cet âge-là. En recherche spirituelle, mystique un peu, pas vraiment pratiquante. Une jeune fille qui se pose des questions, qui n'a pas encore trouvé toutes les réponses, qui les trouvera plus tard.

Il se tut un instant, ému vraisemblablement par l'usage de ce futur, un futur bien conditionnel. J'en profitai pour regarder la chambre plus attentivement. Je n'y vis aucun bouquet de fleurs, aucune carte, pas de photos de condisciples, pas de dessins, de mots d'encouragement. Je fis part de mon étonnement au père.

— Je suis divorcé, je l'élevais seule, sa mère nous a quittés il y a longtemps déjà. Mais Marie-Louise n'est pas isolée, vous savez. Elle a beaucoup d'amies et d'amis, son téléphone déborde de messages, elle a même reçu énormément de courrier à l'ancienne. Simplement, tous ces témoignages me paraissent incongrus.

— Ils seraient hypocrites à vos yeux ?

— Non, mais ils viennent d'un monde où personne ne peut comprendre la douleur de ma fille. Ma douleur aussi.

Il était resté debout pendant toute notre conversation. Maintenant, il pencha la tête, ferma les yeux, je me demandai s'il priait. Je crus plutôt qu'il se laissait envahir par une série de souvenirs, animés paradoxalement par sa vision d'avenir. Mais je ne décelais toujours aucun regret, aucune rébellion contre l'infortune de sa fille. Tout d'un coup, il me fit penser à un vieil Arabe digne, appuyé sur une canne en bois d'olivier, probablement sculptée par le grand-père de son grand-père. Je l'avais interviewé lors d'un reportage dans la Beyrouth de la fin des années 1980, en pleine guerre. Le pauvre bougre avait assisté à l'irruption de miliciens chez lui, venus capturer son fils, membre d'une faction politique opposée. Ils l'avaient abattu, violé sa belle-fille avant de la battre à mort et d'enlever ses petits-enfants. Et ce survivant se tenait devant moi, d'une noblesse vénérable. Hiératique.

Souriant aussi, comme si un ange de la paix l'avait touché de sa grâce. Je lui avais longuement parlé, mon vieillard s'exprimait sereinement. À la fin de l'entretien, nous avions même ri ensemble. Je l'avais quitté rasséréné, la vie, m'étais-je félicité, réservait de belles surprises. J'avais été blousé dans les grandes largeurs par ce modèle de sagesse admirable. Quelques semaines plus tard, de retour en Belgique, j'avais appris qu'il avait recruté des tueurs à gages, un vrai film. Les miliciens avaient tous été massacrés, l'un après l'autre. Quand le dernier avait été exécuté, mon digne vieillard s'était laissé mourir. Était-ce le destin que se promettait ce père déchiré ? Il ne tarda pas à me démentir comme s'il avait lu dans mes pensées.

— Après les attentats de Paris, un père a dit, vous n'aurez pas ma haine. Ils n'auront pas la mienne non plus. Ce drame a donné un nouveau sens à ma vie : m'occuper de ma fille. J'ai du retard à rattraper, je n'ai pas toujours été présent pour elle. Le travail, et tout ça...

Je le vis alors pour ce qu'il était, un homme dévasté par le chagrin mais dans une lutte à mort pour rester debout. Avant de quitter la chambre, je serrai le poignet de sa fille, évitant les différents conduits qui la maintenaient en vie, et j'espérai de tout cœur qu'elle se remît vite. Je ne me posais plus qu'une question, trouver le temps de rédiger cet article que je voulais aussi digne que sa figure centrale.

27

La Grand-Place de Bruxelles était étonnamment vide. Un soleil gourmand incitait pourtant à la promenade, même si la température restait fraîche. Mais depuis les troubles, tous les circuits touristiques avaient été annulés. Les voyagistes ne cornaquaient plus leurs clients le long d'itinéraires routiniers, dont la place et ses terrasses étaient les points d'orgue.

— Pas un poulet à l'horizon, dit Bart Vandekasteel.

Ce parfait bilingue s'emmêlait parfois les pinceaux entre le néerlandais et le français, voulant objectivement signifier par là qu'il n'y avait pas un chat dans le coin, le chat se prenant pour une poule dans sa langue natale. Attablé à l'extérieur, il vidait à grands traits une blonde d'importation. Ordinairement, le chiffre d'affaires de l'établissement aurait dû permettre à son propriétaire d'entretenir quelque coûteuse berline allemande, voire un bolide italien d'allure prométhéenne. Mais en ce jour, la recette plafonnait à quelques centaines d'euros tout au plus, menaçant le maître des lieux de retourner à sa condition de piéton. Une menace d'autant plus réaliste que les serviteurs de l'ordre (ce en quoi Bart avait tort en pointant l'absence de poulets) et les journalistes étaient les seuls consommateurs à s'attarder sur les terrasses. Les seuls aussi à se hasarder dans le centre de la ville, mus par leurs obligations professionnelles. Et ces représentants de classes laborieuses mal rémunérées n'ont jamais été réputés pour leur générosité dispendieuse.

— Pas un poulet à l'horizon, répéta Bart.

Martial s'abîmait dans la contemplation de sa trappiste sans réagir. Il regardait les bulles remonter doucement vers la mousse, une mousse compacte qui lui donnait envie de tremper les dents dedans, comme si seule l'astringence du houblon pouvait chasser l'amertume de ces derniers jours. Septante-deux heures à cravacher, avec pour unique repos quelques minutes de sommeil grappillées sur un lit de camp de la Croix-Rouge. Les deux enquêteurs avaient interrogé à tour de bras de pauvres bougres, souvent désemparés, parfois agressifs. Ils avaient complété d'innombrables formulaires, rempli des dizaines de fiches de renseignement, alimenté à grandes fournées le système informatique du contre-terrorisme. Le tout, avec un résultat proche de zéro. Aucune piste exploitable dans ce fatras de dépositions pour les conduire aux auteurs du massacre de Beauraing, dans la nature depuis dix jours déjà. Ce qu'on ne leur demandait de toute façon pas. Zéro au compteur, donc. Sauf, peut-être, une connaissance plus fine de la vie sans saillant d'une population dont le tort principal était de fréquenter par intermittence une mosquée ou même trivialement, d'habiter dans un quartier déshérité.

— Quelle blague, cette procédure simplifiée, dit Martial, dont les poignets et les doigts étaient encore endoloris par une valse incessante sur le clavier.

— Ouais, ces emplumés du Parlement ont bien fait les choses. C'est vrai, on peut maintenant arrêter le premier loustic venu et le planquer au frais pendant trois jours sans rendre de compte à personne. Mais nos bien-aimés représentants du peuple n'ont pas pu s'empêcher de multiplier la paperasse. Soi-disant pour préserver l'État de droit. Vous avez vu beaucoup de droit ces dernières heures ?

— Haut les cœurs, Bart, nous sommes au service de la démocratie. Nous appliquons les lois, point à la ligne.

— C'est la démocratie, ça ? lui répondit son adjoint en indiquant les pandores en faction aux entrées de la Grand-Place.

Toutes les issues étaient bouclées par des chevaux de frise, eux-mêmes gardés par cinq policiers fédéraux en tenue de combat. Un flic en civil relevait soigneusement les identités des rares passants désireux de s'aventurer en ces lieux lourds d'histoire tandis qu'un collègue interrogeait les bases de données par l'intermédiaire d'un ordinateur de campagne. Depuis les émeutes du week-end, et l'incendie de l'un des joyaux de l'architecture bruxelloise, les autorités avaient mis les bouchées doubles pour protéger le patrimoine national.

En regardant les façades de la Grand-Place, Martial se rappela les commentaires acerbes que Léo lui fit un jour sur l'endroit. Ce gothique bourgeois empâté d'ornements à la feuille d'or, surchargé de festons tarabiscotés. Et ces rues attenantes avec leurs boutiques de souvenirs, leurs échoppes à pitas et leurs chocolatiers frauduleusement artisanaux. Aucun touriste ne baguenaudait aujourd'hui. Les vieilles pierres, dignes symboles des libertés communales et marchandes, n'étaient plus rongées par les relents d'urine ou d'alcool régurgité, mais flétries par l'amoncellement agressif de casques, de visières en plexi et de barbelés. Sur quoi traînait encore l'acidité des gaz lacrymogènes.

Alors que ses contacts avec la presse se limitaient habituellement à la chaîne de télévision privée flamande, Bart s'était plongé dans une brassée de journaux, issus des deux communautés du pays. Lecture qui l'exaspérait.

— La frontière linguistique est bouclée ! Impossible d'entrer à Bruxelles sans montrer patte blanche. Et pour en sortir, c'est la croix et la bannière. Si vous ne parlez pas flamand ou si vous n'apportez pas une preuve de domiciliation dans notre belle Flandre, vous ne passez pas ! Non mais, vous voyez où on va ?

Martial émergea de sa torpeur, provoquée autant par les heures de travail harassant et stérile que par la folie dont la Belgique était saisie. Il prit au hasard un journal en français et éclata de rire.

— Tu as lu ça ? Des ahuris se sont attaqués à l'Agneau mystique. Leur cocktail Molotov a failli foutre le feu à la cathédrale de Gand. Le happening artistique comme nouvelle forme d'expression protestataire, y a de quoi se gondoler !

— Ça n'a rien de drôle, patron. Cette œuvre est inestimable. Un trésor du génie flamand.

De fait, admit Martial. À cet accès d'humour déplacé succéda une grimace de sa part. Deux mosquées avaient été incendiées en représailles. Sans faire de victime. La Flandre n'était pas épargnée par les flambées d'hystérie. Mais les troubles semblaient moins graves, s'apparentaient davantage à des manifestations qu'à des émeutes. Les éditorialistes flamands s'autocongratulaient en y voyant le signe de l'ancrage d'une conscience nationale – flamande – chez les jeunes, même issus de l'immigration.

— Fallait s'y attendre... Après la guerre de religion, certains nous préparent la guerre communautaire.

Bart rejeta les canards sur la table, loin de lui, en soupirant. Il finit sa bière, une pils banale, de fabrication danoise ou hollandaise à en croire la couleur presque transparente.

— Et maintenant, on fait quoi ?

— Là, tout de suite, rien. Nous avons droit à quelques heures de repos, merde !

De repos, peut-être, mais Martial se demandait pourquoi diable il s'attardait sur cette place ceinte de barbelés, assiégée par une troupe en armes, au lieu de rentrer chez lui.

— Vous avez raison. Tout de même, je dirais bien deux mots à cette Ingrid Mertens... Elle a l'air d'en savoir long.

— Sur quoi ?

— Ben, son malheureux fiston, le chanoine et ses comparses...

L'inspecteur réfléchit à l'incident du parking d'autoroute auquel il avait pris une part active. Sa réaction de militaire surentraînée l'agaçait. L'aurait-il préférée plus vulnérable ? Une chose était sûre, depuis la mort de son fils adoptif, cette pétroleuse traînait dans la nature sans qu'on puisse lui mettre la main dessus. Restaient ces fichus croisés.

— À quoi jouent ces miliciens du bon Dieu ? s'interrogea-t-il à voix haute.

— À foutre le bordel, ça, c'est clair, chef !

— Je ne te contredirai pas sur ce point, mais finalement, en quoi sommes-nous concernés ? Je veux dire, au-delà de notre condition de simples citoyens ?

— Il y a tout de même cet assassinat. Les croisés gravitent autour... C'est signé.

— Signé ? Ah bon ? Où tu vois une signature ?

— On lui courait après, le Jérémie ! Vous avez vu dans quel état on l'a trouvé ? La belle coïncidence...

L'insistance de son adjoint commençait à exaspérer Martial.

— D'abord, nous ne l'avons pas trouvé, Léo s'en est chargé à notre place. De plus, le bonhomme était à l'état de macchabée. Et les macchabées sont du ressort de la criminelle, pas du nôtre !

Bart tenta une autre ouverture.

— Vous n'avez pas l'impression qu'on nous manipule ? Pour être certain qu'on n'ira pas fourrer notre nez dans cette affaire, on nous affecte aux permanences judiciaires. Ordre militaire ! Un peu facile, non ? On approche de la vérité et on nous jette sur une voie de garage...

— Tu exagères, nous ne sommes pas les seuls dans ce cas. Ces dernières heures, on a côtoyé pas mal de nos collègues qui turbinaient comme nous pour donner un semblant de légalité aux rafles gouvernementales.

— Et l'autre galonné, là, vous l'oubliez ? Athlan ! C'est lui qui a signé notre ordre de réquisition. Lui qui vous a engueulé après la perquisition chez les croisés.

— Une perquise assez pourrie, reconnais-le.

Découragé par la mauvaise volonté de son supérieur, Bart réclama une nouvelle tournée. Le garçon vint leur apporter leurs bières d'un pas alerte, heureux d'encaisser enfin une commande. Martial trempa ses lèvres dans la mousse de la trappiste tout en se l'avouant : son adjoint n'avait pas entièrement tort. Mais avait-il envie d'aller là où ses réflexions risquaient de le conduire ?

— Je ne sais pas, mon vieux. Si tu as du temps à perdre, adresse-toi à l'employeur d'Ingrid, la grande muette, pour en apprendre un peu plus sur elle. Tu as un contact là-bas ?

Comme de juste, Bart admit connaître quelqu'un qui connaissait quelqu'un, etc. Il s'éloigna pour téléphoner, préférant toujours laisser son patron dans l'ignorance de l'identité précise de ses gorges profondes. Il leur devait un anonymat complet que seuls peuvent garantir les liens de famille ou, au minimum, ceux de la solidarité villageoise. Il se dirigea donc vers le centre de la Grand-Place, à bonne distance des guerriers qui veillaient sur sa tranquillité. Le pavé monumental était totalement désert. Même sur les terrasses, les rares badauds avaient interrompu leur pause éphémère et étaient partis retrouver leur place dans la chaîne de production judiciaire ou médiatique. Une quinzaine de minutes plus tard, Bart revint en courant.

— Vous n'allez pas le croire !

— Si tu m'expliquais... Assieds-toi et calme-toi.

— Mon contact à l'armée a été obligé de me passer les fantômes du SGRS.

— Le SGRS ?

— Les barbouzes du service de renseignement militaire.

— Quoi, nous avons éveillé l'attention de nos espions en képi ?

— Nous n'y sommes pour rien. Mais Ingrid Mertens a volé un fusil d'assaut.

— Ils en sont sûrs ?

— Son badge a été utilisé pour entrer dans l'armurerie. La procédure d'identification est assez rigoureuse, donc, le forfait est signé.

— C'est pas encombrant comme machin ?

Martial maîtrisait les armes de poing, mais sa science du matériel proprement militaire restait limitée. Malgré tout, il était capable de s'imaginer qu'une arme de guerre se caractérise par une taille imposante, une maniabilité relative et une discrétion nulle.

— Pas du tout, elle a piqué un FN P90. Une sorte de pistolet-mitrailleur, très court, facile à dissimuler. Plutôt une arme de défense.

L'amertume de la trappiste prit le dessus dans la bouche de Martial. Le comportement de cette énergumène lui échappait. Et l'inquiétait.

— Elle est folle, vous croyez ? dit Bart. Elle veut dégommer le chanoine ? Attaquer le quartier général des croisés ?

— Et pourquoi pas le palais royal ? Trop de questions, on n'arrivera à rien à ce stade. De toute façon, on nous a retiré toute légitimité.

— Je vous concède le point, chef. Si on intervenait, on nagerait carrément dans la fiction juridique.

— Comme tout le pays actuellement.

Martial renonça à commander une troisième trappiste. Visiblement, ces croisés chipotaient son adjoint. Au point d'en devenir monomaniaque à leur sujet, comme l'était Léo. Il ne leur donnait pas tort, ni à l'un ni à l'autre, mais se sentait paralysé par l'absence de cadre légal dans lequel agir. Sans compter que leur mission en cours, aussi rébarbative fût-elle, allait réclamer de leur part toute leur énergie dans les prochains jours. Restait ce flingue qu'Ingrid avait empaumé. Mais en quoi cela les concernait-il désormais ? Un dernier regard aux festons de pierre, aux pignons dentelés de la place et aux barbelés acérés qui en barraient les accès.

— Levons le camp, dit-il, soudain pressé de passer à la douche avant de reprendre le carrousel des vains interrogatoires qui lui étaient imposés.

28

La lecture des journaux du matin en faisait perdre à Isabelle le goût du café. La presse bourgeoise se contentait d'apporter un commentaire sentencieux : « Mesures exceptionnelles pour restaurer la sécurité ». D'autres ne cachaient pas leur joie : « Bottez-leur le cul ! », annonçait fièrement un quotidien populaire. Certains étaient simplement informatifs : « Les paras sont dans la rue ». Les communicants du ministère de la Défense avaient bien travaillé. Tous les canards rappelaient les faits d'armes du régiment de para-commandos dont le 2e bataillon commando et le 3e bataillon de parachutistes étaient les dignes héritiers. Le Congo, l'opération triomphale de Stanleyville en 1964 pour libérer des compatriotes pris en otages par de féroces rebelles. Le Rwanda aussi avec ces dix soldats lynchés par les génocidaires. Une logorrhée martiale du plus bel effet dans un pays en voie de délitement rapide. Partout, le gouvernement précisait les missions de ces hommes surentraînés : protéger les installations sensibles, patrouiller, se montrer, aider la population, procéder aux arrestations nécessaires pour lesquelles ils avaient reçu un mandat frisant l'inconstitutionnalité. Bref, donner un grand coup de balai dans la fourmilière des islamistes afin de sauver la Belgique. *To serve and protect*, ricana Isabelle, agacée par ces incantations tout juste bonnes à masquer les maigres reliefs de la puissance de l'État.

Après avoir jeté son café dans l'évier, elle enfila une tenue pratique, un jean, des baskets, un soutien-gorge confortable, un tee-shirt blanc et une veste légère. Ni sac ni bijou, un maquillage estompé, comme si l'urgence lui commandait d'adopter une présentation sobre, propre à affronter toutes les situations du champ de bataille bruxellois. Elle avait rendez-vous à l'autre bout de la ville pour participer à une réunion que les sbires du ministre de l'Intérieur auraient certainement qualifiée de conspirationniste. Avec quelques-uns de ses contacts, et une poignée de citoyens écœurés, elle s'était mis en tête d'organiser la résistance aux mesures liberticides du gouvernement. Le programme ? Contester les arrestations massives, fournir une assistance juridique aux internés, mobiliser la population. Cette poignée d'irréductibles s'en rendait bien compte : par les temps qui couraient, cette noble mission avait peu de chances de soulever l'enthousiasme de la populace...

Dans les rues de la commune, vidées de tout trafic, les volets des commerçants étaient toujours baissés. Même les cafés avaient calfeutré leur vitrine. Un passant se glissa dans l'un de ces établissements. La porte s'entrouvrit et l'aspira à l'intérieur, comme s'il ne lui était pas tolérable de s'attarder dehors une minute de plus. Sur le boulevard, où la circulation était plus fluide encore qu'à 3 heures du matin, quatre gardes armés protégeaient un supermarché. Un fourgon bardé d'acier, de ceux dont on se sert habituellement pour convoyer des fonds, leur fournissait un appui. Peu de voitures étaient garées dans le parking. Quelques clients retardataires se préparaient au pire et chargeaient des caddies d'eau minérale, de papier de toilette, de pâtes et de boîtes de conserve. Au milieu de la voie rapide qui descendait vers le canal avant de remonter vers la basilique de Koekelberg, un Lynx, véhicule blindé sur roues, fonçait à pleins gaz. Le pilote devait avoir fait ses classes dans les rues de Kaboul ou de Kandahar et se laissait prendre par l'ivresse des grands espaces.

En roulant, un violent sentiment d'abandon saisit Isabelle. Les poubelles n'étaient plus ramassées. Certaines déversaient leur contenu sur le trottoir. Des chiens errants ou des renards avaient déchiqueté quelques sacs et une odeur de pourriture se répandait entre les maisons, attisée par la chaleur de cette fin d'août. Au coin d'une avenue, presque au milieu du carrefour, une vieille camionnette avait brûlé quelques jours plus tôt. Des fleurs de rouille étaient déjà visibles. Des morceaux de brique tapissaient le bitume, du verre brisé s'étalait sur la chaussée. Pourtant, les troubles n'étaient pas remontés dans le quartier. Ces ordures, ces gravats étaient le signe d'un relâchement généralisé. De la part de la population mais aussi de sa bourgmestre et de son nouvel adjoint en uniforme.

Quelques centaines de mètres plus loin, elle fut contrainte d'arrêter sa Mini Cooper. Des policiers avaient installé un barrage, avec chevaux de frise et tapis clouté. Trois jeunes hommes en treillis, béret rouge sur le crâne, montaient la garde. Ils se tenaient en retrait, la crosse de leur fusil d'assaut sur le haut de la poitrine, le canon tourné vers le sol. L'un scrutait les voitures. Le regard des deux autres ne cessait d'aller et de venir dans toutes les directions. Isabelle dut couper son moteur, montrer ses papiers, sortir de l'habitacle sous l'œil attentif d'un militaire puis ouvrir son coffre. Une fois l'inspection achevée, le factionnaire l'autorisa à continuer son chemin d'un ton rogue. Deux types dont la camionnette avait été rangée sur le côté attendaient, assis par terre, menottes dans le dos. Le rituel recommença deux fois avant qu'Isabelle n'atteignît sa destination. Arrêt complet. Descente du véhicule. Papiers. Palpation. Fouille de la Mini, arme pointée sur le visage. Profond ennui des flics de service qui se traduisait par une brutalité dans les gestes et les voix. Retour dans la bagnole avec, au ventre, le poids amer de l'humiliation.

Au moment de s'engager dans la rue où devait se tenir la réunion séditieuse, elle aperçut plusieurs voitures de la police fédérale, accompagnées d'une jeep blindée de l'armée. Elle se gara à une certaine distance et, malgré l'éloignement, vit sortir ses contacts, menottes aux poignets. Des flics en civil leur enfilèrent une cagoule sur la tête, avant de les jeter dans une camionnette aux vitres teintées. Quatre paras, fusil d'assaut en bataille, condamnaient l'accès à la zone.

Pour mieux voir, Isabelle descendit de sa Mini. Ce mouvement attira l'attention d'un policier qui pointa un doigt dans sa direction et rameuta ses collègues. Trois jeunes types, baskets, jean, sweat-shirt, Smith & Wesson au poing, fondirent sur elle. Mise en joue avec agressivité, canon d'un pistolet enfoncé entre les seins au mépris des règles de sécurité et de bienséance, elle fut projetée au sol et menottée dans le dos. Relevée sans ménagement, la prisonnière arriva en titubant devant le petit attroupement de flics parmi lesquels trônait le commissaire Athlan.

— Dites, vous avez la testostérone qui vous démange ? Ça ne vous suffit plus de vous en prendre à de pseudo-terroristes ? Vous vous attaquez aussi aux femmes maintenant ?

L'un des balèzes lui envoya un coup de coude dans le ventre. Pliée en deux, Isabelle sentit les larmes lui monter aux yeux.

— Parle pas sur ce ton au patron ! ajouta la brute.

— Mon subordonné n'a pas tort, la politesse est le miel des rapports humains, intervint l'officier. Trêve de plaisanterie, vous aviez rendez-vous avec nos suspects ? Vous avez de drôles de fréquentations, ma chère.

— Mes occupations ne vous regardent pas.

— Détrompez-vous ! Vous n'avez pas lu les journaux ? Nous sommes en guerre. Et plus personne ne peut se retrancher derrière ses petits secrets. Surtout si on commence à frayer avec des agents de l'ennemi.

Elle essaya de se dégager de l'emprise de ses gardiens.

— Je vous ordonne de me relâcher ! Appelez ma bourgmestre, elle se portera garante de moi.

— Votre bourgmestre, je m'en cogne. Allez, soupira Athlan, j'en ai assez entendu, embarquez-moi ça à la caserne.

Isabelle fut jetée dans une berline banalisée. Ses bras menottés dans le dos lui faisaient un mal de chien. Le conducteur rejoignit les grands boulevards à toute allure, sirène hurlante. Un gyrophare posé à l'intérieur de l'habitacle sur la planche du tableau de bord renvoyait des reflets bleus sur le visage fermé du commissaire. Le voyage dura moins d'une dizaine de minutes, la voiture finissant par s'arrêter dans la cour d'une ancienne école de la gendarmerie.

Tirée hors de la voiture, hissée en haut des quelques marches d'un perron de pierre, elle arriva dans un hall, solidement encadrée par ses accompagnateurs. Elle ne passa par aucune formalité d'écrou. Pas de prise d'empreinte, pas de photo. Personne ne releva son nom sur un registre. Des pognes peu délicates la poussèrent vers une double porte, cadenassée par deux barres d'acier. Six hommes casqués, revêtus des protections antiémeute réglementaires, en gardaient l'accès. Pas d'armes à feu visibles, mais des matraques massives et des cartouches de gaz CS accrochées à leur baudrier. Dans un renfoncement, un petit poste de garde abritait trois flics dans la même tenue. Ceux-là avaient un riot gun à portée de main. Après quelques manipulations, les lourdes barres de fer furent dégagées. Une bourrade, et Isabelle fut propulsée dans la pièce, avec une telle force qu'elle eut du mal à conserver son équilibre.

Elle se retrouva dans un gymnase, un rectangle d'une trentaine de mètres sur quarante. À vue de nez, plusieurs centaines de personnes étaient parquées là. Les prisonniers étaient assis sur le sol, certains couchés de tout leur long. Une odeur de sueur, d'urine et de peur épaississait l'air, le rendant presque irrespirable.

— Pose ton cul par terre ! Grouille ! hurla une voix provenant d'un haut-parleur.

— Obéissez-leur, chuchota un jeune type accroupi à côté d'elle.

— Et si je refuse ?

— Ces salauds vont entrer et dans ces cas-là, ils frappent au hasard autour d'eux.

De nombreux regards fixaient l'intruse. Des regards effrayés, peu amicaux.

— Vous êtes ici depuis longtemps ? demanda-t-elle à son voisin.

— Trois jours.

— Trois jours ? Vous avez été interrogé ? Vous avez vu un juge ?

Son interlocuteur ricana.

— Vous êtes débile ou quoi ? Y a pas de magistrat, pas de justice. On est juste enfermés, point barre.

— Mais vous avez bien fait quelque chose pour atterrir ici ?

Haussement d'épaules.

— Des flics en civil ont débarqué à la maison avec une liste. J'étais dessus... Pourquoi ? J'en ai pas la moindre idée.

À propos, je m'appelle Ali et non, j'ai pas de casier. J'ai même du boulot, je suis informaticien. Ah, un détail, je ne me rends jamais à la mosquée, mes parents non plus d'ailleurs.

— On vous a dit combien de temps on allait vous garder ?

— Personne ne m'a adressé la parole.

— Mais bon sang, on ne peut pas arrêter les gens sans motif ! Vous êtes sûr de n'avoir aucun lien avec un groupe un peu limite ? Je ne sais pas, vous avez des copains qui se sont radicalisés ? Partis en Syrie ?

— Vous êtes dans quel camp ? Vous voulez me tirer les vers du nez ? Vous bossez pas pour les flics par hasard ? J'ai rien à vous dire, je n'ai absolument aucune accointance avec ces tarés d'islamistes.

Furieux, le jeune homme se retourna. Isabelle tenta de renouer le contact.

— Désolée, je ne cherchais pas à vous vexer. Et non, je ne travaille pas pour la police.

Mais Ali resta muet. L'échange n'était pas passé inaperçu et ses compagnons d'infortune lui tournèrent le dos. Des murmures l'accusaient déjà d'être une balance. Elle entendit quelqu'un la traiter de pute des keufs. Par-dessus les odeurs d'urine s'incrustait une incontestable puanteur de merde. Un haut-le-cœur secoua Isabelle qui n'osa pas identifier la substance molle, un peu liquide, qui recouvrait le sol. Impossible de s'éterniser. Elle commençait à se lever quand son nom résonna dans le parlophone. Une voix lui ordonna de se présenter devant la porte. Les barres cliquetèrent, les gardiens dégagèrent la voie. Un inspecteur en civil la saisit par le bras plutôt gentiment. Après de multiples détours dans les couloirs du bâtiment, il la conduisit dans une pièce nue, meublée seulement d'une table et de deux chaises. Le commissaire Athlan attendait en fumant, un verre d'eau à côté de lui. La vision de ce verre assécha aussitôt la bouche d'Isabelle.

— Je peux en avoir un ? dit-elle en s'asseyant sans y avoir été invitée.

— Plus tard, peut-être, répondit l'officier en ouvrant une chemise contenant quelques papiers d'apparence officielle.

Il fit mine de lire les documents.

— Je résume votre dossier. Au moment où vous avez été interpellée, vous vous apprêtiez à transmettre des informations sensibles à un réseau terroriste.

Isabelle sentit d'un coup l'angoisse de ces dernières heures s'envoler. Elle aurait presque ri de cette accusation ridicule, qu'aucune preuve n'étayerait jamais.

— Décidément, c'est une obsession. Faudra voir à soigner votre paranoïa.

— Et vous, ma petite dame, redescendez sur terre ! Vous êtes soupçonnée de complot contre la Sûreté de l'État. En vertu des nouvelles dispositions légales, je peux vous garder une semaine sans en référer à quiconque. Faites-moi confiance, au bout de ce délai, je dénicherai un juge qui sera ravi de vous inculper.

L'inquiétude vint mordre Isabelle par surprise.

— Je vous trouve bien expéditif, se défendit-elle. Vous allez devoir démontrer que mes supposés complices sont des terroristes. Vous aurez du mal, je les connais bien et ils sont au-dessus de tout reproche.

— Laissez à mon équipe la responsabilité de procéder aux vérifications nécessaires. Et commencez par me donner le nom de tous ces citoyens modèles...

La colère s'empara maintenant d'Isabelle.

— Je refuse de répondre à vos questions. Mais avant de me taire, je vous avertis que je vais déposer plainte. Les conditions de détention que vous appliquez ici sont scandaleuses. Tiens, à propos, vous réservez le même traitement aux croisés, vous savez, ceux qui attaquent les mosquées et les musulmans ? À moins qu'ils ne bénéficient de passe-droits ?

Athlan se leva posément et asséna à sa victime une gifle d'une force telle qu'elle en tomba de sa chaise. Elle se releva, l'œil mauvais.

— Vous dépassez les bornes ! Attendez que je sorte et vous pourrez dire adieu à vos galons !

— La conne ! On n'en tirera rien, souffla alors le commissaire à son adjoint, le petit inspecteur qui avait conduit Isabelle dans la pièce. Menotte-la et fous-la au frigo ! On reprendra cette charmante conversation demain quand cette mal-baisée sera calmée.

Ce fut avec moins de prévenance que le flicaillon lui tordit les bras dans son dos. Il enfila un lien en plastique sur ses poignets et serra fort, jusqu'à mordre les chairs. Poussée sèchement, Isabelle refit le chemin inverse et arriva devant le poste de garde du gymnase. Un des matons cracha à ses pieds pendant que son compère déverrouillait la porte. En même temps, son cerbère trancha ses liens avec une pince coupante avant de la propulser d'une bourrade dans la salle. Les captifs la reconnurent, ils s'écartèrent pour la laisser passer, tournèrent le dos à celle qu'ils prenaient pour une collabo, une chèvre chargée de les espionner. Isabelle ne vit en face d'elle qu'un espace vide, elle saisit rapidement pourquoi personne ne l'occupait. Les latrines étaient situées juste à côté et dégageaient une puanteur infâme. Résignée devant les groupes compacts qui lui interdisaient tout autre accès, elle s'assit, le dos au mur. Il était déjà tard, elle était tenaillée par la soif, son estomac grinçait, mais elle comprit qu'elle ne devait attendre aucun réconfort. Dans un coin, quelques adultes s'étaient agenouillés pour prier, une prière du soir, un murmure apaisant, pas un prêche vengeur. D'ailleurs provenaient des sanglots, des pleurs d'enfants, des paroles consolantes aussi. Puis ces bruits s'atténuèrent et cessèrent. Isabelle s'allongea tant bien que mal, elle se mit sur le côté, replia un coude sous sa tête en guise d'oreiller.

Terrassée par la fatigue nerveuse, elle s'assoupit en rêvant à Léo, leur escapade à Florence, cet endormissement dans l'avion sur son épaule, presque dans ses bras. Elle eut encore le temps d'avoir une dernière pensée pour leur dîner raté au restaurant. Aurait-il jamais lieu ? Curieusement, elle eut la certitude à cet instant qu'elle le retrouverait très vite. Qu'il viendrait la sauver de ce cloaque.

29

Je me garai à trois rues de l'ancienne école de la gendarmerie. Impossible de m'arrêter plus près, la hantise de l'attentat à la voiture piégée interdisait tout stationnement à cent mètres à la ronde. Des dépanneuses rôdaillaient dans le quartier pour traquer les véhicules en infraction. Sur le boulevard, des blindés légers, revêtus de leur camouflage sable, continuaient leurs patrouilles. Les paras fonçaient sur la chaussée, s'offraient le plaisir de zigzaguer comme pour jouer à éviter le tir d'une roquette. Et sur la tourelle, l'affût de leur canon, actionné de l'intérieur, virait en tous sens, prêt à riposter à la moindre menace d'où qu'elle vînt. À les voir caracoler, la nostalgie des montagnes afghanes, théâtre de leur baptême du feu, semblait leur démanger la carapace.

En m'approchant à pied, j'aperçus deux postes de guet élevés sur le trottoir par les services du génie de l'armée. Sacs de sable et tôle pare-éclats au-dessus de leur tête, des soldats en battle-dress montaient la garde. Chaque fortin abritait une mitrailleuse en batterie, bande engagée dans la chambre. Une foule contenue par des barrières Nadar s'alignait le long du mur d'enceinte. Aucun policier en tenue, matraque tournoyant au poignet, pour maintenir l'ordre dans la queue ; la présence menaçante des deux mitrailleuses y suffisait largement. Nées sur les rives de la Senne ou de la Méditerranée, une trentaine de femmes transpiraient sous leur voile. Les regards se fuyaient, les bouches restaient closes. Les corps se frôlaient, mais par inadvertance, et ce bref contact engendrait aussitôt un mouvement de recul qui renvoyait chacun dans sa solitude. Je me rangeai sagement dans la file à l'ombre de cette caserne transformée en blockhaus.

Comme je me l'étais promis dans l'avion qui nous ramenait de Florence, j'avais prévu de dîner avec Isabelle la veille. Le centre étant en proie aux jets de gaz lacrymogènes et de projectiles contondants, je m'étais rabattu sur un restaurant de la périphérie. J'avais attendu, mon attente s'était prolongée au-delà du raisonnable. Isabelle n'était jamais venue. Au bout d'une heure et demie, je m'étais résigné à plier bagage, l'âme en peine. Chez moi, atteint d'un abattement en phase exacte avec celui qui empoisonnait la ville, j'avais eu du mal à m'endormir, ressassant cette absence inexplicable, sans même un mot pour me prévenir. Bien sûr, elle avait pu être réintégrée dans l'équipe de sa commune. Les événements requéraient peut-être sa présence dans un poste de commandement sécurisé, interdite de toute communication avec l'extérieur. D'ailleurs, son téléphone était branché directement sur la messagerie. Le sommeil avait fini par me gagner, un sommeil bercé par les sirènes et, de temps en temps, par l'éclatement d'une grenade lacrymogène ou d'un pétard.

En me réveillant ce matin-là, mon humeur n'était plus maussade mais préoccupée. Réflexion faite, le silence d'Isabelle me paraissait plutôt inquiétant. Toujours aucun signe de vie de sa part. En désespoir de cause, je m'étais tourné vers la bourgmestre de Saint-Josse qui, sur mon insistance, avait accepté de me parler. La presse conservant quelques droits, elle s'était résignée à m'informer que son adjointe était en détention administrative, en application des nouvelles dispositions antiterroristes. Le commissaire Athlan l'en avait avertie pendant la nuit.

— Enfin, m'emportai-je, vous la connaissez, ces soupçons sont odieux !

— J'en suis consciente, mais dans le contexte actuel...

— Vous ne pouvez pas essayer de la sortir de là ?

Mon interlocutrice avait grommelé une vague excuse où il était question de la raison d'État, de sa propre paralysie face à l'appareil policier, tout-puissant ces jours-ci, des erreurs d'appréciation dont sa collaboratrice s'était rendue coupable.

— J'ai des responsabilités, je ne veux pas m'engager dans un combat perdu d'avance.

J'avais raccroché sèchement, horripilé par cette démonstration de couardise politicienne. Abandonner Isabelle dans les griffes des flics ? Je m'y refusais. Mais comment lutter ?

Yves me donna quelques marques de réconfort et me promit de tirer certaines ficelles dans les couloirs de la machinerie policière qu'il maîtrisait mieux que moi. Mais sans optimisme démesuré. Martial, lui, semblait bien placé mais se sentait coincé par la bureaucratie secrète installée depuis l'attentat.

— Je vais tenter l'impossible, m'avait-il dit. Ces arrestations sont contrôlées par un département spécial de la police fédérale, dirigé conjointement par la Sûreté de l'État.

J'avais encore réfléchi pendant toute la matinée, mais sans trouver d'autre levier sur lequel m'appuyer. L'attente s'était prolongée, café après café. J'étais sorti courir un peu mais l'ambiance débilitante de la ville m'avait cassé les jambes. J'avais rebroussé chemin dare-dare. La délivrance était d'abord venue de Martial en début d'après-midi. Son acolyte, Bart Vandekasteel, avait joué de ses relations aussi innombrables qu'adroitement ventilées dans l'appareil répressif du pays. Et un cerbère fort poli du centre de détention numéro 27, précision inquiétante par la quantité de camps du même acabit qu'il sous-entendait, avait fini par m'appeler. La personne visée par l'ordre d'élargissement allait se présenter à la sortie de l'ancienne école de la gendarmerie soixante minutes plus tard. Toujours poliment, le factotum s'était fendu d'un commentaire acerbe. Il regrettait que certains passe-droits débouchent sur la libération prématurée d'individus censément dangereux pour la sécurité du pays. Je n'avais pas relevé, me contentant de le remercier. Puis j'avais foncé en direction de la caserne.

Et maintenant, Isabelle sortait par une petite porte en fer percée dans le mur d'enceinte, à l'écart de la queue. Les deux bras croisés sur la poitrine, comme pour se protéger d'un froid qu'elle était seule à ressentir. La température devait dépasser les 25 degrés et le soleil donnait à la vieille caserne une allure sud-américaine. Elle ne m'avait pas encore vu et semblait vouloir s'éloigner le plus rapidement possible. Dans la file, des envieux l'observaient, une lueur de reproche dans le regard. Elle obliqua brusquement et traversa le boulevard, franchit les rails de tram et se réfugia de l'autre côté. Je dus courir pour la rejoindre, coupai moi aussi la chaussée, heureusement déserte. Les barrages incessants et la peur avaient figé tout trafic. En m'entendant, Isabelle se retourna avec un geste de surprise puis me sourit d'un air pincé. Au moment de l'embrasser, j'eus un mouvement de recul à cause d'une odeur désagréable. L'odeur laissée par une nuit de cachot, transpiration aigre mêlée à des relents de soupe surie, de moisissure, de sueur de ses compagnons d'infortune. Je me repris et l'étreignis, pour marquer son retour dans la communauté humaine. Pour lui témoigner aussi mon soulagement de la retrouver et mon espoir que ces retrouvailles dureraient longtemps.

— Alors, c'est toi qui m'as sauvée de ce merdier ?

Elle se dégagea plus brusquement que je ne l'eus souhaité, mon élan de tendresse semblait quelque peu hors de propos. Ses yeux irradiaient une volonté féroce d'en découdre avec le monde, à commencer par ceux qui l'avaient flanquée au mitard.

— Pour être honnête, non, c'est Martial qui s'en est chargé, son adjoint plus précisément. Comment était-ce, là-dedans ?

— Je te raconterai tout à l'heure si tu veux bien. Raccompagne-moi chez moi, je rêve d'un bain. Rejoins-moi dans deux heures. Et on rattrapera la soirée d'hier, c'est promis.

Et elle eut un sourire vaillant. Je la pris par la main, elle me laissa la guider vers la voiture. Pendant le trajet, nous subîmes plusieurs contrôles tatillons. Les paras se montraient particulièrement soupçonneux devant le document attestant de la libération de ma compagne, un simple tirage d'imprimante avec un vague cachet. À deux reprises, ils lancèrent un appel radio pour vérifier l'authenticité du papelard. Le voyage fut tendu, Isabelle ne desserra pas les dents, même pas pour répondre aux militaires. Je me perdis dans la contemplation de la ville. Les traces de suie, les épaves de voitures incendiées, cette soldatesque agressive, les visages fermés des passants rendaient Bruxelles lugubre. La joie de cette victoire sur l'État policier s'estompait.

30

Je déposai Isabelle chez elle. Dès mon arrivée au bureau, je fus assailli de questions de la part d'Yves.

— Alors, ta copine est libre ? Tu as des détails sur ses conditions de détention ? C'est vrai ce qu'on dit, c'est l'enfer là-dedans ?

— Laisse-la respirer, mon vieux, rigolai-je, amusé par sa combativité. Elle ne veut pas s'épancher tout de suite, ce soir sans doute.

— Ouais, ne la lâche pas. Faut en faire un papier, dénoncer ces centres d'internement. Le public a le droit de savoir, même si nos veaux de concitoyens s'en contrefichent.

— Quoi de neuf, sinon ? Tu as dégotté tes terroristes ?

— Je suis dans une impasse, ces mecs sont insaisissables.

Je comprenais sa frustration, il s'était épuisé à bousculer son réseau d'informateurs sans résultat palpable. Du sable entre les doigts...

— Autre chose, reprit-il, je pensais à un truc... Tu te souviens, au moment de notre enquête sur les Black Cobras, on utilisait un dispositif un peu spécial pour communiquer avec Jérémie. Tu as vérifié s'il ne nous a pas transmis un message ?

De fait, Yves et moi avions parodié le système des boîtes aux lettres mortes, chères aux romanciers de la guerre froide. À l'heure des messageries électroniques sécurisées, ce dispositif avait un petit air désuet qui nous amusait. En même temps, il était d'une fiabilité absolue : les Black Cobras ne possédaient pas les mêmes références. Ils ignoraient tout des contre-filatures et autres techniques imaginées par les maîtres-espions du KGB ou du MI6. Alors qu'un téléphone pouvait toujours être piraté par ces experts des jeux vidéo...

Je laissai Yves planté là et courus vers notre boîte aux lettres fantôme. D'abord, le repère. Quand il déposait un message, Jérémie devait tracer deux traits de craie bleue sur une certaine façade, un V de la victoire, encore un témoignage de notre fantaisie. Était-il possible que des marques aussi fragiles aient résisté aux agressions des émeutiers ? Le cœur battant, je tournai le coin. Et vis le signal. Je filai vers la boîte aux lettres proprement dite, un casier dans une salle de sport publique auquel nous avions tous les deux accès. Vingt minutes plus tard, je déverrouillais l'armoire, y trouvant une simple feuille de papier avec un mot, Frateschi, et une adresse du côté du canal de Willebroek. Une clé y était jointe.

J'appelai Yves pour le prévenir de cette avancée que j'espérais décisive. Puis je filai chez Isabelle, nous étions à peu près à l'heure de notre rendez-vous. Elle m'ouvrit, une serviette nouée autour de la taille, une autre recouvrait ses épaules et sa poitrine.

— Je m'habille et je suis à toi, me dit-elle, d'un ton guilleret, comme si rien ne pouvait plus lui faire plaisir que de me revoir aussi vite après l'épisode de la caserne.

Je fus surpris de cet accueil chaleureux, nous nous étions quittés sur une note renfrognée deux heures plus tôt. Je mis ce revirement sur le compte d'un bain réparateur. Et sur sa gratitude de l'avoir tirée de ce qu'elle appelait un merdier. C'est donc le cœur léger que je traînai dans son appartement, meublé de rééditions d'œuvres célèbres, dessinées par des artistes des années septante. Beaucoup d'inox et de cuir écru, un pouf gonflable en forme de lèvres, d'une couleur abricot réjouissante, et des cubes en plastique servant de bibliothèque. Au mur, seule faute de goût à mes yeux, la reproduction d'une croûte de Vasarely.

Isabelle revint rapidement, les cheveux humides, brillants, son teint clair rehaussé par une touche de maquillage, vêtue d'un jean moulant et d'un pull dans une laine très fine. Elle m'embrassa, deux bises sur les joues. Décidément, sa libération avait installé une proximité entre nous qui me ravissait. Je me secouai et lui exposai ma découverte. Elle accepta immédiatement de m'accompagner, convaincue, elle aussi, que Jérémie nous avait réservé quelque révélation posthume d'importance. Nous montâmes dans sa Mini pour foncer vers la zone du canal.

Foncer... Un bien grand mot puisque nous dûmes nous arrêter à trois barrages, exhiber nos cartes d'identité, offrir le contenu du coffre au regard méfiant des flics, parlementer avec eux, patienter devant des paras acariâtres. Mais d'un commun accord, nous ne montrâmes plus le document infamant servant de levée d'écrou à mon amie. Nous ne supportions plus d'être soumis à leurs soupçons et à leur mépris.

Nous finîmes par nous parquer dans un terrain industriel sur la rive est du canal, à l'opposé du quartier général des croisés. Nous nous trouvions à l'entrée d'un ensemble de garages fermés ; une cinquantaine de boxes s'étendaient le long d'une allée centrale. Trois cents mètres plus loin, le port de Bruxelles était tombé en léthargie depuis les événements.

Les portiques étaient figés dans des postures grotesques, comme si on avait poussé sur un bouton d'arrêt d'urgence en pleine manœuvre. Sur l'eau étale du canal, pas une péniche à l'horizon, pas la moindre barge.

— Ce n'est pas dangereux de violer les secrets des croisés ? me demanda Isabelle. Pouvons-nous vraiment nous introduire sans risque dans l'une de leurs planques ?

Ses appréhensions n'étaient pas sans fondement. Après tout, l'endroit était peut-être placé sous surveillance. Avec des détecteurs camouflés, une alarme silencieuse, ou des gardes armés en faction. Je la rassurai, notre visite n'allait pas durer plus de quelques minutes. Et nous prendrions toutes les précautions nécessaires pour vérifier que nous étions bien seuls.

Nous nous approchâmes du box dont Jérémie avait reporté le numéro sur le papier. Fermé par une porte battante en acier, robuste au point de paraître blindée. Après avoir regardé autour de moi une fois encore sans déceler aucune activité suspecte, j'insérai la clé dans la serrure et m'aperçus qu'elle différait de ses voisines. Neuve, massive, elle semblait difficilement crochetable. Je repérai aussi des renforts dans la porte, suffisamment solides pour la prémunir contre les tentatives d'arrachage.

Après un dernier regard aux alentours, personne ne nous observait, nous nous faufilâmes à l'intérieur. Je rabattis la porte puis allumai une lampe de poche. Nous nous trouvions derrière une Porsche Cayenne gris foncé.

— Ça ressemble furieusement à la bagnole des croisés lors de la bastonnade de la manif, non ? Tu te souviens, quand nous nous sommes rencontrés...

Je m'approchai de la vitre du conducteur. Rien sur les sièges. Je me retournai, le long du mur du fond, des livres et des classeurs s'alignaient sur des étagères. Je pris un volume au hasard. L'ouvrage traitait de guérilla urbaine. Isabelle sortit un dossier et l'identifia aussitôt : il s'agissait des procédures de sécurité en vigueur dans la police fédérale, avec la liste des barrages routiers à positionner en cas de pépin grave, les fréquences radio utilisées, les unités engagées et leur temps de réaction. Un autre registre contenait les instructions à suivre pour les actions de maintien de l'ordre, nomenclature des compagnies mobilisables, tactiques, ordres opérationnels.

— Enfin, c'est insensé, ces trucs sont confidentiels. Seuls les flics ont accès à ces documents. Et encore, pas tous !

— Ces types ont sans doute de bons contacts. Mais à quoi ça sert réellement ?

— Tu as tout : les barrages, les contrôles. Bref, tu peux t'enfuir, par exemple après un hold-up, en évitant d'être coincé. Et puis, regarde le reste... Tous ces bouquins parlent de terrorisme, de contre-terrorisme, de renseignement. Ce n'est pas toujours du domaine du secret, je vois beaucoup de littérature généraliste, mais ça peut t'aider à te former, à avoir une idée précise de ce que les flics et les services spécialisés ont dans la tête.

— L'islamisme radical les intéresse visiblement, dis-je en pointant un rayonnage où s'alignait une dizaine de livres sur le sujet.

Je furetai encore puis réfléchis à voix haute.

— Les locataires de ce garage ont des hobbys très particuliers. Mais s'agit-il vraiment des croisés ? Ou des Frateschi ?

Je me retournai vers la voiture et, sur une impulsion, actionnai la poignée de la portière. Elle n'était pas verrouillée. Je m'assis à la place du conducteur, ouvris la boîte à gants. Je regardai sous les sièges, me penchai à l'arrière de l'habitacle. Rien. Je redescendis et me dirigeai vers le coffre.

— Nom de Dieu, souffla Isabelle.

Surpris, je le fus aussi. Le coffre contenait deux fusils à pompe et surtout, une kalachnikov bien graissée, avec quelques chargeurs. La balle retrouvée par Ingrid dans la poche de son fils provenait-elle de ce stock ? Un tee-shirt plié était posé au fond, avec l'emblème des croisés imprimé sur le cœur. Un paquet de tracts était rangé près du vêtement. J'en parcourus un rapidement : cette littérature nauséabonde hurlait sa haine des musulmans et réclamait des mesures brutales. La moindre n'était pas le renvoi de l'autre côté de la Méditerranée de tous ceux qui avaient une origine exotique, fussent-ils nés en Belgique et de nationalité belge. Isabelle avisa une petite mallette, l'ouvrit et en sortit un appareil électronique.

— Ça alors ! dit-elle. C'est une radio qui se branche sur le réseau sécurisé de la police. Introuvable dans le commerce. Ils ont dû corrompre quelqu'un pour se la procurer.

— On en a assez vu. Filons prévenir Martial.

— Et on abandonne tout ce matériel ?

— Inutile d'alerter ces mecs en raflant des trucs. De toute façon, à quoi nous servirait un fusil d'assaut ?

31

J'avais pris le volant de la Mini et je manœuvrais pour sortir du complexe de garages quand Isabelle voulut appeler Martial pour l'informer de notre découverte.

— Attends, lui dis-je, depuis tes ennuis avec Athlan, ta ligne est certainement surveillée. Je préfère que nous le voyions en personne.

Au moment de m'engager sur la chaussée, j'aperçus, tapi au coin de la rue, un véhicule en tous points semblable à celui que nous venions de trouver dans le box. Un coup d'accélérateur lancé au point mort fit vibrer sa carrosserie, fauve à l'arrêt rassemblant son énergie avant de sauter sur sa proie.

— Merde, ce sont eux, s'exclama Isabelle. Le hasard, tu crois ?

— Ou alors, leur planque était bien équipée d'une alarme silencieuse.

Au moins, me dis-je, mon amie avait choisi la variante sportive de la Mini, une Cooper S. J'éprouvai la pédale des gaz, le moteur répondit immédiatement. Si la bagnole suspecte était identique à celle du box, elle risquait néanmoins d'être impossible à semer. Seule l'agilité du kart dont je tenais le volant avait une chance de distancer le monstre de puissance allemand. L'ennui, c'est que je roulais maintenant au beau milieu d'un boulevard, désert comme toutes les voies de circulation depuis les troubles. La perspective d'exploiter la vivacité de notre voiture était inexistante.

— On se trompe peut-être. Je vais taper dans les tours, on verra bien.

Je rétrogradai, provoquant une pétarade d'une sonorité cristalline, comme un clairon annonçant le déclenchement des hostilités sur la piste. À six mille tours par minute, je passai la vitesse supérieure. Un coup d'œil dans le rétro, la Cayenne collait son allure sur la mienne. Le moteur de la Mini commença à émettre une stridulation suraiguë, 195 km/h, pas question de maintenir cette cadence très longtemps.

— Attention, cria Isabelle, là-bas, un barrage !

Je me mis debout sur la pédale de frein, la voiture zigzagua légèrement mais tint son cap. Derrière, la Cayenne ralentit avec souplesse. Mon estomac retrouvait tout juste sa position normale quand un planton me fit signe de contourner le camion des paras, garé en travers de la chaussée. Je m'arrêtai dix mètres plus loin, devant un agent de la police locale, embarrassé par le pistolet-mitrailleur qu'il portait en bandoulière.

— Dites donc, vous m'aviez l'air bien pressés ?

Coup de chance, le flic semblait du genre débonnaire.

— À votre place, j'en aurais fait pareil, hein, c'est tentant, avec votre petit bolide et ces rues désertes. Allez, n'y revenez plus et filez-moi vos papelards, vous connaissez la musique.

— Hé, Gus, n'oublie pas le coffre tout de même, lança l'un des collègues du flic sympa.

— Vous l'avez entendu, faut tout me montrer, braves gens.

Je sortis et me dirigeai vers l'arrière de la Mini. Je vis la Cayenne, stoppée à la hauteur du blindé des paras. Un soldat pointait son flingue sur l'habitacle, son acolyte examinait l'intérieur, le doigt sur la queue de détente.

— Armes en vue, hurla-t-il en dégageant la sécurité de son SCAR dans un léger cliquetis.

Je m'immobilisai, la main sur le coffre. Les agents avaient perdu leur sourire et tentaient d'actionner le levier de leur vieux pistolet-mitrailleur UZI, hérité de la gendarmerie et extrait des réserves en catastrophe. Ils se précipitèrent vers la Cayenne. Les militaires aboyèrent aux occupants l'ordre de quitter leur véhicule. Les quatre portières s'ouvrirent et les croisés en descendirent, mains en évidence. D'un ton calme, le conducteur s'adressa au lieutenant parachutiste.

— Contactez le commissaire Athlan, nous sommes en mission.

L'officier ne parut pas impressionné par ce nom lancé comme un sésame.

— À plat ventre sur le sol, mains derrière la nuque. J'appelle le QG.

Le flic sympa me fit un signe du canon de son UZI pour me signifier de dégager pendant que le lieutenant parlait dans sa radio, les croisés toujours sous bonne garde.

— Tu as entendu ? me dit Isabelle. Ils se réclament d'Athlan. Ils travaillent avec lui ? Ou pour lui ?

— On verra plus tard, l'essentiel est de foutre le camp.

Je démarrai doucement, puis j'accélérai pour me diriger vers le ring de Bruxelles. Mon idée ? Rejoindre le plus rapidement possible l'abri de mon quartier. Loin des menées des Porschistes, probablement bloqués pour un bout de temps. Blanc-seing accordé ou non par Athlan, ils allaient avoir du mal à se dépêtrer des paras. Je débouchai sur l'autoroute. Le trafic sur les trois voies était dense. Ici, personne ne semblait se soucier des événements qui brutalisaient la ville de l'autre côté du rail de protection. Camionneurs et automobilistes devaient se sentir rassurés par les barrages qui contrôlaient les sorties vers le reste du pays et endiguaient la propagation des troubles. Bruxelles s'en voyait doublement assiégée, par ce blocus policier et par cette ceinture de véhicules qui fonçaient dans toutes les directions, sauf vers son centre.

Mes réflexions n'étaient pas de nature à me mettre d'humeur joyeuse, du moins me pensais-je en sécurité. De son côté, Isabelle, très concentrée, scrutait l'horizon derrière nous. Brusquement, elle se redressa.

— Accélère, me cria-t-elle.

— Ne me dis pas que tu les as aperçus ?

— Je crois bien, derrière un camion, à deux ou trois cents mètres.

Je regardai dans mon rétroviseur. Elle avait raison. Les croisés nous avaient rattrapés après avoir réussi à franchir le barrage avec une facilité déconcertante. Je pris de la vitesse, louvoyai entre les voitures pour tenter de décrocher la puissante allemande. Peine perdue. Nos poursuivants fonçaient sur nous, grands phares allumés, klaxon sonnant à tout rompre. La calandre, dessinée par un ingénieur sadique, semblait prête à nous mordre. L'un des occupants passa la tête par le toit ouvrant. Il se redressa, le milieu de son corps encaissait maintenant le souffle du vent à pleine vitesse. Dans ses mains, une arme à canon long.

— Il va tirer, hurla Isabelle.

— Couche-toi !

Je me rabattis sèchement devant un camion, espérant trouver une protection contre les balles. J'avisai la bande d'arrêt d'urgence, et l'empruntai sans hésiter. Je doublai une file par la droite, m'insérai dans un espace libre et parvins à revenir au milieu de l'autoroute.

— Où sont-ils ?

— Derrière, sur ta gauche, à cent mètres. Nom de Dieu, ça tire.

Une, deux, puis trois balles claquèrent. Je n'entendis pas les coups de départ mais ressentis l'impact des projectiles dans la carrosserie, qui envoyèrent une trépidation dans le volant. En changeant de voie au débotté, je provoquai aussitôt l'écrasement d'une voiture particulière contre un autocar. Ce dernier avait dû mettre en branle toute la puissance de ses freins pour ne pas nous heurter. Je réussis à maintenir la Mini dans une trajectoire qui nous évita de buter contre un obstacle.

Tout à ma conduite périlleuse, je ne vis pas ce qu'Isabelle contemplait avec stupéfaction et peut-être même, un peu de joie. Elle devait me raconter plus tard le déroulement des événements, me livrant une moisson surprenante de détails alors que tout s'était passé en quelques fractions de seconde.

La Cayenne fit d'abord une violente embardée, comme pour chercher à se soustraire à une menace imminente, et manqua emplafonner une petite berline contenant une famille entière. Le conducteur redressa la course de son bolide en toute dernière extrémité, avec un mouvement de panique dans sa manœuvre, mal ajustée. La Porsche resta sur ses roues, freina un bon coup et déboîta sèchement, pratiquement derrière nous.

— C'est quoi, ce bordel ?

— Je ne sais pas, notre tireur s'est retourné, il a l'air de viser quelque chose derrière lui. Ah, ça tire encore !

En baissant la vitre, j'entendis effectivement des détonations sans plus percevoir le choc des perforations dans notre carrosserie. Comme me le dit plus tard Isabelle, l'adversaire des croisés était très adroit parce qu'il fit mouche. Impossible de deviner où la balle s'était plantée, un pneu ou un organe mécanique essentiel. Le véhicule heurta la glissière de sécurité centrale. En essayant de corriger sa trajectoire trop brutalement, le pilote, peut-être touché, aggrava la situation. Dans un grand bruit de ferraille et de caoutchouc martyrisé, la Cayenne, comme si son train avant avait buté contre un obstacle, se dressa sur la calandre puis retomba pesamment et roula sur elle-même deux ou trois fois. Elle termina sa course sur un terre-plein herbeux, campée sur ses quatre roues mais de guingois, toutes ses glaces éclatées, les tôles défoncées.

Des deux côtés de l'autoroute, la circulation sembla se figer instantanément à cause des cabrioles de la Porsche. Les hurlements des pneus torturés et du métal écrasé envahirent le ring. Devant nous, le trafic avait ralenti puis recommença sa cavalcade sans fin, comme pour fuir au plus vite les malheurs qui s'étaient produits sur ses arrières. Je m'alignai sur le mouvement sans m'inquiéter des conséquences de l'accident.

Quelques kilomètres plus loin, une petite Volkswagen se porta à notre hauteur et klaxonna, presque aussi furieusement que la Cayenne tout à l'heure. Je jetai un coup d'œil de biais et fis un écart qui manqua nous envoyer dans le rail de sécurité. Une femme était au volant et brandissait une sorte de mitraillette courte. Elle nous adressait des signes impatients, comme pour nous indiquer de la suivre. Je la regardai de plus près tandis qu'Isabelle s'était rencognée contre sa portière. Tout d'un coup, je me calmai et réagis à ses gesticulations en levant le pouce. La conductrice nous doubla et se rangea paisiblement devant nous et nous mena vers la première sortie dans la direction de Bruxelles. Nous nous garâmes dans le parking d'une grande surface bondée, les gens continuaient à accumuler les provisions à cause des émeutes.

Ingrid Mertens descendit de sa GTI, l'habitacle sentait très fort la poudre. Elle avait laissé son arme à l'intérieur.

— Merci de nous avoir tirés d'affaire, dis-je, mais avouez-le, vous avez eu la main lourde.

32

Dans la minuscule cuisine d'Yves, le silence était complet. Ingrid Mertens nous avait accompagnés ici, seul refuge auquel j'avais réussi à penser après nos carambolages sur le ring. En arrivant, la soldate avait posé son arme sur la table, un FN P90, un pistolet-mitrailleur belge à la forme compacte, comme un taureau sans cou. Le canon dépassait à peine du châssis, lui donnant cette silhouette ramassée. Puis elle l'avait démonté avec dextérité avant de parachever son travail avec un chiffon, une sorte d'écouvillon et quelques gouttes d'huile tirées d'une burette.

Yves, à qui j'avais raconté les derniers événements à grands traits, essaya de nous requinquer en nous servant une rasade d'un vin tout juste bon pour la messe.

— Allez, on ne va pas se laisser boulotter le moral par quelques cathos dévergondés, risqua-t-il.

Sa tentative maladroite de soulager notre angoisse tomba à plat.

— Une chose m'intrigue, dis-je à Ingrid après quelques minutes de silence. Pourquoi vous êtes-vous rendue dans ce parking, le soir où vous nous avez filé entre les pattes ?

— J'avais contacté Dillens. J'avais envie de lui parler, voir ce qu'il avait dans le ventre. Je reste convaincue qu'il a ordonné l'assassinat de Jérémie.

— Évidemment, il était venu accompagné. Et il ne semblait pas animé des intentions les plus charitables. Nous vous avons tiré d'un mauvais pas, vous ne croyez pas ?

— Merci, mais des zigotos de cet acabit ne m'ont jamais fait peur. Je me sens de taille à me défendre toute seule.

Je devais admettre qu'elle n'avait pas tort, même si elle oubliait un peu vite cette arme pointée sur sa tête. Cela dit, son comportement m'avait paru beaucoup plus maîtrisé que les gesticulations matamoresques de Martial.

— Après, je me suis intéressée aux manifs. Je voulais savoir s'ils ne les infiltraient pas pour embraser la rue, causer le plus de dégâts possible tout en rejetant la faute sur les protestataires.

— Nous pensons aussi qu'ils jouent les agents provocateurs, dit Isabelle. Vous êtes tombée sur des éléments probants ?

— Négatif. Alors, j'ai commencé à leur coller au train. C'est en les filant que j'ai repéré le box près du canal. Ce coup-là, je vous ai vraiment sortis d'une foutue embrouille. Sans moi, vous y passiez !

— Revenons sur nos découvertes dans le garage, dis-je.

— Qu'avez-vous trouvé ? demanda Ingrid.

— De la littérature raciste, des manuels policiers et militaires, des armes également, une kalachnikov et deux fusils à pompe.

— La kalach était fonctionnelle ? Ou c'était une réplique ?

— Une réplique ? Cette mitraillette m'avait tout l'air d'être une vraie. Maintenant, savoir si cet engin était effectivement capable de tirer...

— N'oublions pas le récepteur radio, souligna Isabelle. Il prouve une complicité avec la machine policière. À haut niveau, je crois.

Yves haussa les épaules. Nos allures complotistes commençaient à l'agacer.

— Pas de quoi fouetter un chat. Cette radio, vos copains ont pu la dérober quelque part, dans un commissariat, ou chez le fabricant...

— Pas d'accord, dit Isabelle. Chaque appareil possède un identifiant unique. Il est envoyé sur le réseau lors de toute connexion. Une radio volée, même en simple mode écoute, est immédiatement signalée. Et dès la découverte du vol, elle peut être bloquée, exactement comme un téléphone portable. Elle devient alors complètement inutile.

Ingrid Mertens suivait cet échange distraitement.

— Au fait, je suis allée voir l'endroit où Jérémie a été abattu, dit-elle à brûle-pourpoint.

Le silence revint s'installer dans la pièce, comme si nous tenions à respecter un moment de recueillement en souvenir du supplice de son fils.

— Je suis tellement désolé de ne pas être arrivé plus tôt, finis-je par dire.

Isabelle prit ma défense.

— Si tu avais été plus rapide, nous aurions eu deux morts à déplorer. Les croisés n'ont pas l'air spécialement miséricordieux.

— Les croisés... Comment pouvez-vous l'affirmer ? Vous avez des preuves ? s'emporta Yves.

— Des preuves, je pourrais bien en avoir !

Ingrid raconta alors son intrusion dans l'ancienne brasserie quelques jours auparavant, son exploration de la scène de crime, l'étendue de sang poisseux.

— J'ai trouvé une munition d'une facture pas banale. Une balle dum-dum, elle a été moulée à la main. Je l'ai confiée à un collègue de la caserne. On devrait pouvoir identifier sa provenance. Peut-être même le tireur.

J'exultais. Nous tenions enfin un indice susceptible d'incriminer les croisés. Martial n'allait plus pouvoir se dégonfler devant nos révélations. Mais Yves fit la moue.

— Cette balle, ça ne prouve rien aux yeux d'un juge. D'ailleurs, on peut imaginer qu'il en a déjà une, celle qui a tué Jérémie. Chère Ingrid, la vôtre, il devra constater qu'elle a été ramassée dans des conditions douteuses, il sera obligé de l'écarter. De plus, un élément essentiel nous manque : l'arme qui a tiré cette munition. Sans elle, impossible de faire le lien avec vos croisés. Léo, tu peux toujours en parler à Martial. Mais ne te fais aucune illusion sur son verdict.

J'appelai néanmoins mon ami pour lui présenter la découverte d'Ingrid. Comme Yves me l'avait annoncé, il s'empressa de doucher mon enthousiasme.

— Je suis prêt à admettre que ta copine a bien dégotté cette balle. Mais la chaîne des preuves est totalement corrompue. Comment établir sa provenance avec certitude ?

— Je te trouve bien formaliste tout à coup.

— Tu espères quoi, mon vieux ? Tu ne vois pas qu'avec le bordel autour de nous, un peu de formalisme, comme tu dis, n'est pas le bienvenu ? Tu préférerais que j'aille embarquer ces croisés et hop, au trou comme les autres, jusqu'au moment où je déciderai qu'ils peuvent sortir ? Désolé, on essaie de me faire bouffer de ce pain-là, mais je ne l'avale pas.

— Donc, tu refuses d'intervenir ?

— En tout cas, pas dans ces conditions, pas avec des détectives amateurs qui polluent les scènes de crime. Ou des justicières acharnées à régler leurs comptes toutes seules.

— Tu abuses.

La voix de Martial se radoucit.

— Je m'excuse, je suis crevé et on me confie des tâches détestables. Et puis, tu m'inquiètes. J'ai entendu parler d'un sacré chambard sur le ring de Bruxelles il y a quelques heures. Une fusillade, en pleine circulation, un mort et deux blessés dans un état grave. On a retrouvé des armes dans leur épave. Tu n'y es pas mêlé, j'espère ? Même de loin ? Ne va pas m'annoncer que c'était une bagnole des croisés, hein ?

— Non, non, je n'y suis pour rien, mentis-je, certain qu'un aveu de ma part aurait déclenché une explosion de colère.

Je le croyais capable de dépêcher ses sbires pour une arrestation immédiate et sans motif défini malgré son plaidoyer en faveur de l'État de droit. J'étais prêt cependant à reconnaître que sa motivation première serait d'assurer ma protection...

— J'aime mieux ça, répondit-il, mais son ton laissait transparaître une bonne dose de scepticisme. Ah, encore une chose, ton Ingrid, tâche de la convaincre de m'appeler. Nous avons deux ou trois points à creuser ensemble. La Sûreté militaire la cherche aussi...

— Vous la prenez pour l'ennemie publique numéro un ? Et les croisés, alors ?

— Fous-moi la paix avec tes grenouilles de bénitier.

Et Martial raccrocha.

— Tu ne lui as pas parlé du récepteur radio ? me demanda Isabelle une minute plus tard, avec une nuance de reproche.

— Comment aurais-je pu lui expliquer les circonstances de notre découverte ? Franchement, il est mal luné, notre Martial. Et pas dupe. Il pense même très fort à nous pour les cabrioles de la Porsche sur l'autoroute.

Ingrid haussa les épaules.

— Si ce n'était pas de la légitime défense...

— Je veux bien le croire, dit Yves, mais avant de le prouver, vous allez devoir batailler ferme contre la machine judiciaire. Or, les magistrats me paraissent peu enclins aujourd'hui à entendre les protestations d'innocence.

— Tu proposes quoi, alors ?

Mon ami me semblait de plus en plus timoré.

— Je n'en sais rien, vous avez à peu près fait le tour, non ?

— Comment une équipe de flics s'y prendrait ? demanda Isabelle tout à coup. Ils n'interrogeraient pas l'un des protagonistes pour essayer de le faire craquer ?

— Ouais, ça, c'est la solution de la dernière chance, répondit Yves. Vous n'avez pas de munitions et vous secouez un bonhomme en espérant qu'il va s'allonger ? Si le gars est un peu professionnel, vous foncez droit dans le mur.

— Nous avons quelques biscuits, intervins-je. Nos découvertes dans le box, l'action des croisés dans les manifs, la balle d'Ingrid...

— Admettons, mais ce qui vous manque par-dessus tout, c'est un papier en bonne et due forme pour en obliger un à s'asseoir devant vous.

Ingrid jeta un regard peu amène sur notre assemblée, visiblement déçue par le défaitisme d'Yves. Elle soupira, tendit la main vers son P90 et en éprouva deux ou trois fois le ressort d'armement. Le claquement était sec, mais le mécanisme bien huilé, nettoyé par ses soins une demi-heure plus tôt, rendait un son soyeux, doux, métal contre métal mais avec comme un chuintement.

— Les croisés sont hors de notre portée, mais un type comme Athlan ? reprit Isabelle.

— Le commissaire ? Vous déraillez ? s'inquiéta Yves.

Je marquai mon accord avec Isabelle.

— Il joue un jeu trouble. Rappelez-vous les croisés arrêtés au barrage. Ils ont des armes plein leur bagnole, balancent son nom et passent comme des fleurs.

— Ça ne prouve rien.

— Tu deviens aussi incrédule que Martial. On n'y arrivera pas si on baisse les bras.

Je sentis un regard approbateur de la part d'Ingrid. Yves ne décolérait pas.

— Quoi ? La théorie du complot ? Un officier félon qui jette de l'huile sur le feu ? Mais dans quel but ? Déstabiliser le pays ? En faveur de quels sombres intérêts ? Un coup d'État policier ? Et puis, vous voulez faire quoi ? L'inviter à prendre le thé ?

— On n'a qu'à l'enlever, répondit Ingrid.

— Un kidnapping ? Je rêve. Et vous allez le torturer pour le forcer à se déballonner ?

— Hors de question, précisai-je. Procédons autrement. Isabelle, tu le connais. Tu peux lui fixer un rendez-vous dans un endroit public, le bar d'un hôtel par exemple. Et on le confronte à nos trouvailles dans le box.

— Je préfère ça, se tranquillisa Yves. Mais vous n'arriverez à aucun résultat. À la limite, je veux bien croire qu'Athlan utilise en sous-main des nervis pour augmenter la tension dans les manifs. Le coup des casseurs complices des forces de l'ordre est un grand classique. Et puis, ça s'arrête là. Même cette petite entourloupe, vous ne parviendrez jamais à la lui faire avouer.

33

Isabelle et moi étions garés à deux pas d'un grand hôtel du centre. Nous attendions depuis près d'une heure et le doute commençait à nous gagner. Une bonne partie de la journée avait été consacrée à régler les détails de notre opération. Elle avait appelé Athlan pour le menacer de révéler le vrai rôle des croisés dans les événements récents. Pour mieux l'appâter, elle avait parlé de nos découvertes dans le box. Et l'officier avait mordu à l'hameçon, acceptant du bout des lèvres de la retrouver au bar de cet hôtel à 22 heures. Nous avions pu compter sur Ingrid Mertens qui était en planque à deux rues de là, chargée d'accourir à la rescousse en cas d'imprévu. Yves, lui, avait refusé de nous accompagner, persuadé de l'inutilité, voire de la dangerosité, de notre démarche.

— Le voilà, dit Isabelle. Il semble seul.

Athlan avançait d'un pas rapide, une gabardine sur le dos, entrebâillée sur un veston sombre. Son regard passa sur la Mini. Nous étions trop loin, il ne pouvait nous identifier. On ne lui voyait aucune arme mais d'après mes informations, il en avait toujours une dans un étui de hanche. En arrivant devant l'hôtel, il s'arrêta et échangea quelques mots avec les policiers locaux affectés à la protection des précieuses personnalités hébergées par l'établissement. Hommes d'affaires osant faire le voyage jusqu'à Bruxelles ou hauts fonctionnaires venus en renfort pour mater les troubles. Le concierge lui ouvrit la porte avec déférence et le salua.

— Bon, je me lance, dit Isabelle en frémissant. Donne-moi un quart d'heure comme prévu.

Les flics, qui travaillaient pour elle il y a quelques jours encore, la reconnurent, mais leur salut fut plus réservé que celui auquel Athlan avait eu droit. Quand, quinze minutes plus tard, ce fut mon tour de me présenter devant le piquet, je ne bénéficiai d'aucun égard. Au contraire, l'un des cerbères me demanda mes papiers avec brusquerie. J'obtempérai sous la menace du canon d'un fusil d'assaut tenu par un para suspicieux. Pour franchir le barrage, je dus me plier à une palpation insistante qui n'épargna aucun recoin de mon anatomie.

Malgré l'heure tardive, le hall de l'hôtel ne montrait pas trace de l'apathie morbide qui régnait à l'extérieur. Des clients étaient confortablement assis dans de profonds fauteuils en cuir et sirotaient des cocktails en attendant la suite de leurs réjouissances. Des éclats de rire provenaient du bar, situé en contrebas du lobby. En entrant, impossible d'ignorer une jeune femme en grande tenue, robe de soirée largement fendue sur la hanche. Son décolleté couvrait encore suffisamment ses seins pour lui éviter d'être arrêtée séance tenante pour activité prostitutionnelle non déguisée. Je me sentis décalé dans mon jean et mon blouson, et même mes pompes paraissaient bien pâles face aux coûteuses paires que j'apercevais aux pieds des hommes. Au fond de la pièce, je vis Isabelle et Athlan, tête contre tête, comme s'ils se susurraient des mots doux. Mais de là où j'étais, je pouvais voir le visage fermé du commissaire, celui d'un amant furieux murmurant une répudiation brutale. L'officier s'éloigna d'Isabelle, eut un geste vif pour écarter le verre déposé sur la table par un serveur empressé. Je m'engageai plus avant dans la salle pour m'interposer ; la situation me semblait près de déraper. J'eus l'impression qu'Athlan se disposait à sortir son arme. Sa main s'était rapprochée de sa ceinture et ses doigts se serraient et se desserraient compulsivement comme pour se préparer à la prise de la crosse. Il se leva brusquement, tourna les talons et se dirigea à grands pas vers moi.

— On ne s'est pas déjà rencontrés quelque part ? me demanda-t-il en s'arrêtant.

— Je ne crois pas, non, grommelai-je, fort embarrassé.

Le commissaire haussa les épaules et s'en alla sans autre commentaire. Je rejoignis Isabelle, toujours assise devant les deux verres intacts.

— Alors ?

— Je n'ai pas pu en placer une. Je voulais faire pression sur lui, comme nous l'avions décidé, lui parler du box des croisés et de leurs activités. Mais il m'a coupé la parole immédiatement.

— Échec sur toute la ligne, donc ?

— Oui. Il m'a fait une promesse, celle de m'enfermer dans un cul-de-basse-fosse avec une paire de délinquants sexuels de la pire espèce. J'ai eu droit à la description trop détaillée des sévices qui me seraient réservés.

— Et laisse-moi deviner, tu échapperais à ce sort funeste si nous arrêtons de marcher sur les plates-bandes du chanoine et de ses moinillons ?

Isabelle avala d'un grand trait un verre d'un alcool blanc où traînait un misérable glaçon. Elle eut un frisson.

— Léo, ce salaud était sérieux. Mortellement sérieux. Je me sens sale, tu ne peux pas savoir.

— Pardon, dis-je en lui prenant la main.

Je me reprochai mon ironie trop facile, tout en me réjouissant une fois de plus de l'intimité inespérée qui prospérait entre nous. En même temps, j'étais furieux. Nous avions abordé l'officier avec une naïveté dangereuse. Soudain, j'en eus marre de nos hésitations, de notre irrésolution.

— On aurait dû le kidnapper comme le proposait Ingrid.

Isabelle acquiesça vigoureusement.

— D'accord avec toi. Même si je ne vois pas comment on aurait pu s'y prendre.

Notre reddition en rase campagne empirait ma frustration mais j'avais beau tourner et retourner le problème dans ma tête, je ne distinguais pas d'issue. Mon téléphone sonna, des buveurs d'une table voisine m'envoyèrent des regards courroucés. Justement, Ingrid se rappelait à notre bon souvenir.

— Où êtes-vous ? Rejoignez-moi tout de suite. Je tiens Athlan.

— Athlan ?

Je baissai la voix. Malgré le bruit ambiant, rires toujours, entrechoquement de verres, cris de ravissement trahissant le plaisir d'échanger entre pairs, des oreilles indiscrètes auraient pu saisir cette conversation de plus en plus compromettante. L'intrépide militaire semblait nous avoir pris au mot. Je ne pus contenir mon excitation.

— Vous avez mis la main sur lui ?

— Je l'ai chopé à deux rues de l'hôtel. Pas un client facile. Maintenant, ça va mieux, il est tout à fait calmé.

— Comment avez-vous fait ?

— Quand je l'ai vu sortir, j'ai compris que vous vous étiez plantés. Notez, je m'y attendais. Vous n'avez pas l'envergure pour forcer un type comme lui à se mettre à table, juste pour vos beaux yeux.

— Merci bien ! Mais je ne vous donne pas tort, nous n'avons rien pu en tirer...

J'étais ravi du tour que prenait notre affaire. En même temps, je sentis poindre une sourde inquiétude. Enlever un officier de la police fédérale en pleine rue, au beau milieu d'une parano antiterroriste... Avec la soldatesque qui rodait... Je ne pouvais m'empêcher de redouter les conséquences judiciaires de ce coup d'audace. D'un autre côté, si nous réussissions à faire parler Athlan, et Ingrid me paraissait suffisamment remontée pour y parvenir, le volet répressif de l'histoire se retournerait contre lui...

— Ne vous en faites pas, continua Ingrid. Je gère. Bon, on se retrouve dans quinze minutes ?

— À quel endroit ?

— Je suis dans un appart à Saint-Josse, la tour Pacific, vous connaissez ?

— Oui, bien sûr, c'est l'un des seuls gratte-ciel de la commune...

— Sonnez quand vous y serez. Je vous ouvrirai le parking. Ensuite, c'est au vingt-troisième étage.

Je me demandais comment Ingrid en avait la clé. Elle n'attendit pas ma question pour y répondre.

— J'ai réquisitionné un ancien logement de fonction de l'armée, perdu dans les méandres du cadastre des propriétés militaires. Oublié de tous.

Vingt minutes plus tard, Isabelle et moi entrions dans l'ascenseur de la résidence Pacific. En réponse à notre coup de sonnette, la porte du parking souterrain s'était ouverte en grinçant. J'avais encore un souvenir très vif de la brochure promotionnelle de ce complexe construit au tournant des années 1960. Quand j'étais enfant, elle traînait dans le salon, apportée par mon père dont la banque prêtait son concours au financement du projet. Les adjectifs utilisés – *cosy, fashionable* – me fascinaient. Comme ce shopping center prévu au rez-de-chaussée, idée toute neuve à la fin des années 1960 à Bruxelles, importée en droite ligne des États-Unis. Le rêve américain présidait alors à l'aménagement de tout le quartier, jusqu'à la gare du Nord en contrebas. Dans le dépliant, le bourgmestre se fendait d'un plaidoyer vibrant, imaginant ces rues transfigurées par l'utopie moderniste. Le rêve s'était fracassé sur les crises successives des décennies suivantes : la commune s'était installée dans les dernières places du classement des territoires les plus pauvres du pays. Et la tour, dressée au centre de l'agglomération, avait perdu son ambition de devenir un phare de la modernité. Assiégée par une misère galopante, luttant pour ne pas chuter dans les abysses du logement social, elle décrépissait lentement.

34

Le cauchemar de la tour se perpétuait depuis des années, le nôtre commença au vingt-troisième étage. À l'instant précis où nous sortîmes de l'ascenseur.

Athlan nous attendait au détour du couloir, le pistolet-mitrailleur d'Ingrid dans la main droite. Ce n'était pas exactement la prise académique recommandée par les maîtres d'armes, même si un manchot aguerri pouvait aisément s'en débrouiller. Manchot, l'officier ne l'était pas. Aguerri, il en avait suffisamment l'air pour me convaincre de me figer sur-le-champ. De son côté, Isabelle se précipita, trop tard, vers la cabine dont les portes venaient de se refermer dans un grincement.

— Allons, pas de bêtise, entrez et dépêchez-vous, commanda le commissaire.

Du canon de son arme, il nous indiqua l'appartement où nous avions rendez-vous. Au moment de franchir le seuil, un réflexe me fit saisir le bras d'Isabelle, comme pour la protéger. Si seulement j'en étais capable ! Ingrid elle-même n'avait pas réussi à dompter notre adversaire. Je la vis, allongée dans le coin d'un salon entièrement vide, près d'une porte-fenêtre largement ouverte sur la nuit bruxelloise. Terrassée par une force plus puissante qu'elle.

Athlan s'avança de quelques pas rapides et donna un coup de pied dans le ventre de sa victime qui n'eut aucune réaction. En l'observant de plus près, j'aperçus des contusions au bras et un énorme bleu violacé à la mâchoire. Son poignet gauche était enflé et saignait doucement sur le linoléum. L'une de ses baskets manquait, dévoilant une chaussette au talon râpé par une abrasion récente. Du sang sourdait au travers du coton.

— On ne peut pas la laisser dans cet état, m'alarmai-je.

— Vous occupez pas de ça ! Votre copine est peut-être une championne en armes à feu mais elle vaut que dalle dans le combat rapproché.

Athlan sortit de sa poche deux lanières en plastique. Il força Isabelle à s'écarter de moi et je dus me coucher par terre, contre le mur du fond, à l'endroit le plus éloigné d'Ingrid.

— Les mains dans le dos ! Allez ! plus vite !

Et pour faire bonne mesure, il me lança son pied dans le flanc. Je sursautai de douleur. Le coup asséné à Ingrid était encore plus violent, la pauvre devait être dans une sorte de coma pour n'avoir pas même tressailli. J'obéis et me retrouvai promptement entravé. Puis je l'entendis s'occuper d'Isabelle, rembarrée à l'autre bout de la pièce. Ce type aimait régner sur son monde, mais en gardant de saines distances avec ses frères et sœurs humains.

— Alors, c'est quoi, votre scoop sur les croisés ?

Au moins, sur ce plan, notre astuce avait fonctionné. En me tortillant, j'essayai d'apercevoir l'officier, peine perdue. Dans cette position qui commençait à me donner des élancements dans les articulations, je parvenais à voir Ingrid, toujours dans les vapes. D'Isabelle, seule la nuque apparaissait dans mon champ de vision. Elle tentait de trouver une situation moins inconfortable et poussait de petits cris, des grognements de colère. Pour ma part, inconscience ou non, je n'avais pas vraiment peur. Je ne pouvais imaginer qu'un commissaire de police de haut rang puisse nous flinguer tous les trois de sang-froid. Fût-ce dans un appartement dont personne ne conservait le moindre souvenir.

— Vous n'avez rien à dire ? Vous bluffez, c'est évident.

— On en sait bien assez pour vous envoyer là où vous m'avez enfermée, ragea Isabelle.

— Ne vous rebellez pas devant la volonté divine, la sermonna Athlan. Au moment de paraître en face de votre Créateur, le plus sûr réconfort est de se tourner vers Lui. Puisse le Seigneur vous pardonner votre vie de péché. Puisse-t-Il aussi me pardonner le chemin périlleux que j'ai emprunté pour lui rendre toute Sa gloire.

Un silence, comme si l'officier se recueillait.

— Mon Dieu, reprit-il, quand ils dresseraient contre moi leurs camps, mon cœur ne serait pas ébranlé, car Vous êtes ma force et mon refuge, et, à cause de Votre nom, Vous me conduirez et me nourrirez.

Ces paroles me glacèrent. Je reconnaissais la conclusion du dernier sermon de Savonarole, son testament en somme, que nous avait lu le dominicain de Florence. J'entendis le commissaire se secouer puis chercher quelque chose dans sa gabardine. Ses doigts effleurèrent l'écran d'un téléphone. Et sa voix avait retrouvé toute son assurance quand il s'adressa à son correspondant.

— Tout est en place pour tout à l'heure ?

Je n'osais pas me retourner pour le regarder, mais je voyais toujours Ingrid. Il me sembla qu'elle avait bougé légèrement.

— Parfait. De mon côté, j'ai eu un petit contretemps. Mais c'est en passe d'être réglé. À ce propos, demande à notre ami de la Sûreté de préparer une note de renseignement, il l'antidatera. Une cellule radicalisée à Saint-Josse. Dis-lui de bidouiller quelques noms, on a assez de types à notre disposition. Ouais, ces salauds ont flingué trois malheureux citoyens, un journaliste qui enquêtait sur eux, une fonctionnaire de la commune et une militaire. Je lui enverrai les identités dans une heure. Pour la bidasse, soigne son *curriculum*, invente-lui une mission d'infiltration pour les services de l'armée, je te fais confiance.

Athlan lança un autre appel.

— Bonsoir, mon père. Nous sommes prêts. Nous continuons comme prévu. Aucun obstacle ne se dresse sur la voie que Jésus-Christ nous a choisie, fût-elle semée d'épines.

Un silence.

— Je garde la foi, mon père, reprit Athlan. Avant midi, la Belgique sera morte et le Royaume de Dieu régnera sur notre pays.

Ingrid ouvrit alors les yeux, son regard balaya la pièce, du moins ce qu'elle pouvait en voir sans changer de position. Elle me fixa et, à l'éclat de ses prunelles, je compris que la soldate avait retrouvé toutes ses forces. Sur son bras, son tatouage s'anima, le lion belge écrasa les emblèmes communistes. J'eus très peur qu'Athlan ne se rende compte qu'elle avait repris connaissance. Le flic était prodigieusement sûr de lui, au point de ne pas avoir pris la peine de lui lier les mains. Je me trémoussai pour l'aborder de front.

— Vous ne pouvez pas faire ça, lui dis-je en tentant de détourner son attention.

Je voulais donner suffisamment de temps à Ingrid pour réagir. Je l'avais vue passer à l'offensive sur l'autoroute, elle allait nous sortir du piège d'une façon ou d'une autre. Je m'accrochai à ce fol espoir.

— Vous ne pouvez pas faire ça, bordel ! criai-je.

Du coin de l'œil, j'observai Ingrid replier lentement sa jambe et bientôt sa cheville fut à la portée de sa main. Quels que fussent ses projets, je décidai de ne plus braquer mon regard sur ses mouvements de peur de la signaler à l'attention d'Athlan. Les mots se bousculèrent maladroitement dans ma bouche.

— Comment un croyant peut-il s'abaisser à tuer ? Le Christ ne l'a-t-il pas dit ? Ceux qui prendront l'épée périront par l'épée ?

Isabelle grogna dans son coin.

— Vous êtes un monstre, hurla-t-elle en tentant de se libérer les poignets.

— Vous nous devez des réponses, vous ne pensez pas ? insistai-je.

Athlan finit par réagir. Il s'accroupit près de moi, le FN P90 toujours en main. Son haleine était chargée de haine, pour la première fois, je compris que la haine avait une odeur. Je ne pus réprimer un geste de recul.

— À vous, je ne dois rien. Mais à mon Seigneur, je dois tout. Et je lui offrirai tout, même ma vie.

Son regard était flou et, paradoxalement, apaisé, heureux. Il donnait l'impression de contempler le visage de Dieu lui-même. Ou alors, un paysage béni, une douce vallée dans laquelle, comme le disaient les Écritures, coulaient le lait et le miel. Ses pupilles étaient dilatées par une extase incompréhensible. Toute son attitude attestait sa volonté de nous éliminer, une réalité aussi tranchante que l'épée dont je venais de parler. Une épée ! À l'instar de celle maniée par les fous sanguinaires de l'État islamique pour égorger leurs victimes. Était-ce la mort qu'il nous réservait ? Une vague d'angoisse m'envahit. Je ne regardais plus dans la direction d'Ingrid et j'espérais qu'elle s'apprêtait à sauter sur ce dingue pour le mettre hors d'état de nuire. Je repris mon courage et tentai d'articuler des mots, n'importe lesquels. Et ma gorge réussit à en faire passer un chapelet, je ne parvenais plus à m'arrêter. Je ne cherchais même plus à camoufler les éventuels préparatifs d'Ingrid mais j'essayais à toute force de retarder l'échéance qui m'apparaissait désormais inéluctable. Je me sentais beaucoup trop jeune pour mourir déjà.

— Vous avez tué Jérémie ? Vous n'avez donc aucune pitié ? Pourquoi voulez-vous la mort de la Belgique ? Mais répondez, bon sang ! Vos actes ne suffiront pas à venger le massacre des pèlerins de Beauraing. Vous y pensez, à ces malheureux ? Vous croyez leur donner le repos en nous flinguant ? En assassinant d'autres personnes encore ?

Dans un geste qui me fit frémir de la tête aux pieds, l'officier me caressa la joue avec une tendresse glaçante. Puis il se releva, le pistolet-mitrailleur toujours fermement tenu en main. Sa tête s'inclina, ses yeux se fermèrent.

— Ô Seigneur, bénis ces trois misérables pécheurs qui s'apprêtent à comparaître devant Toi. Ils sont comme les saints Innocents, leur sacrifice nous rapprochera de la restauration de Ton règne. Tu le sais, le chemin qui conduit à Toi est réservé à Tes soldats les plus intrépides. Guide mon bras, empêche-le de trembler.

Le regard rivé sur Athlan, refusant de me résigner à mourir à cet instant-là, je ne vis pas défiler ma vie, kaléidoscope infernal qui eût mêlé mon père, ma mère, ma compagne des années 1990, les enfants que je n'avais jamais eus, Martial, Yves, et tous ceux qui m'avaient été chers. Mais je vis clairement une éclaboussure rouge apparaître sur le front de notre bourreau, de la taille d'une pièce de cinq centimes environ, rien de spectaculaire, et j'entendis un coup de feu qui devait être simultané mais je le perçus avec comme un dixième de seconde de retard. Sa tête s'abaissa doucement en arrière, une sorte de fontaine, un jet plutôt fin, gicla de son crâne. Je vis avec horreur son pistolet-mitrailleur tressauter, envoyant dans toutes les directions plusieurs projectiles, sept ou huit, puis ses fonctions motrices se déconnectèrent. Définitivement, me sembla-t-il.

Je me trémoussai pour me redresser. Ingrid criait.

— Léo ! Vite !

Je finis par me mettre debout et me retournai en direction du hurlement. Je vis d'abord Ingrid, un minuscule pistolet dans sa main. Et je vis Isabelle, le torse détrempé, elle avait glissé contre le mur jusqu'à s'y incruster. Ses yeux s'étaient fermés et un dernier flot de sang jaillit de sa poitrine, l'écoulement ralentit puis s'arrêta. Comme mon propre cœur.

Ingrid avait ouvert le chemisier ensanglanté d'Isabelle, tentait un bouche-à-bouche acharné et s'échinait à compresser le thorax dans un massage cardiaque frénétique. Elle se releva.

— Aucun espoir, c'est terminé.

Les mains toujours liées, je m'approchai de la dépouille et tombai à genoux. Les tentatives de sauvetage d'Ingrid avaient dénudé la poitrine d'Isabelle. Et j'apercevais l'orifice d'entrée du projectile, juste sous le sein gauche, violacé dans son pourtour, boursouflé, comme si un poinçon avait été enfoncé à travers sa peau. J'avais commencé à aimer la femme recroquevillée au milieu d'une étendue carmin, aux reflets laqués, à rêver d'un nouveau départ avec elle. J'eus envie d'enfouir mon visage dans ses cheveux, de sentir sa peau qui ne palpiterait jamais plus, de l'enlacer malgré mes menottes en plastique. Cette dépouille désolée, je voulais rester près d'elle et m'abîmer dans une détresse débordante. Je fus distrait dans mon chagrin par Ingrid qui se penchait sur le cadavre de l'officier et le tâtait du bout du pied pour en éprouver la résistance.

— Rien à faire pour lui non plus. Ce con prétentieux ne m'a même pas fouillée, dit-elle avant de sortir un couteau de sa poche pour couper les liens qui m'entravaient toujours les poignets.

À peine libre, je m'effondrai. Saisi d'un vertige insoutenable, je dus m'accroupir contre le mur. Je pris ma tête entre les mains, je respirais de plus en plus difficilement.

Et une vague de larmes partant du bas du ventre m'envahit. La tristesse me transperçait aussi sûrement que la balle dont Isabelle avait été frappée. J'avais peur aussi des conséquences des récents événements. Ne devait-on pas appeler les flics ? Mais pour leur dire quoi ? Désolé, nous venons de tuer un commissaire ? Ne tomberions-nous pas sur ses complices dans l'appareil policier ? Mais fuir sans signaler le drame, n'était-ce pas signer notre culpabilité ? Et Isabelle, avais-je le droit de l'abandonner sans la veiller plus longtemps, sans même lui accorder le respect dû à ma chère défunte ? J'allais la laisser sans sépulture, comme si nous nous en étions débarrassés quelque part au fond d'une cave ou dans une décharge ?

Ingrid me secoua. Je me relevai péniblement, assailli par une nausée contenue à grand-peine. Elle m'agrippa le bras et me poussa vers la sortie. Au moment de pénétrer dans le hall, je lançai un ultime coup d'œil à Isabelle. Et je compris pourquoi Antigone voulait à tout prix, sans égard pour sa vie même, offrir une sépulture à son frère. J'aurais désiré l'imiter, malgré ma peur, malgré la poigne impérieuse d'Ingrid. Mais la crainte des conséquences judiciaires de nos actes était plus forte que l'horreur superstitieuse, religieuse presque, engendrée par mon incapacité à prendre soin de sa dépouille. Et je filai comme un voleur, incroyablement plus lâche qu'Antigone, fuyant les sentinelles invisibles, bataillons de flics, complices d'Athlan, juges, qui m'interdisaient l'accès au corps d'Isabelle, gisant là à côté du cadavre de son assassin.

Je montai dans la camionnette d'Ingrid comme un somnambule. Elle jeta dans l'espace de chargement une sacoche dans laquelle étaient empaquetés le pistolet-mitrailleur coupable d'homicide par accident, une minuscule arme de poing, celle qui avait tué très délibérément l'officier, et le revolver qu'Athlan conservait dans son étui de hanche.

Dans le lointain, le vacarme avait repris. Explosion sourde des grenades lacrymogènes, vrombissement du moteur des autopompes, fracas de verre brisé, grondements de colère sur lesquels se superposaient des ordres rageurs hurlés au mégaphone. Et déjà, à deux rues de la tour Pacific, une sirène semblait s'approcher à petite vitesse, sans se presser, comme si le conducteur savait que plus rien ne pouvait être sauvé. L'alerte était-elle donnée ? Ingrid n'attendit pas de le vérifier et démarra en souplesse. Elle se tourna vers moi :

— Où on va ? Tu as une idée ?

Je n'envisageais à nouveau qu'un seul refuge, l'appartement d'Yves. Je le lui dis d'une voix mal assurée.

35

Yves nous ouvrit au premier coup de sonnette. Ingrid dut pratiquement me porter jusqu'à la cuisine.

— Bon Dieu, quelle tête vous faites ! Où est Isabelle ?

Je me laissai tomber sur une chaise, secoué d'une crise de tremblement. J'étais incapable d'avouer à mon associé les horreurs dont j'avais été témoin. D'une main hésitante, je déléguai à Ingrid le soin de lui expliquer succinctement la situation.

— Vous avez flingué un officier de la police fédérale ? Vous êtes devenus fous ? cria-t-il, gagné par la panique.

Il bombarda Ingrid de questions sur le rapt du commissaire. Quelqu'un nous avait vus ? Et les caméras de surveillance, les empreintes, les traces ADN ? Avions-nous fait le ménage méticuleusement ? L'appartement de la tour Pacific était-il réellement intraçable ? Ingrid n'avait pas eu l'air impressionnée par cet interrogatoire en rafale.

— J'ai commis une erreur, une seule, se contenta-t-elle de lui répondre. En arrivant sur le palier, je ne me méfiais plus, je pensais l'avoir maîtrisé. Il s'est dégagé par surprise et m'a projetée contre la porte. Je me suis écrasé le crâne contre la poignée, ça m'a fait un mal de chienne. En attendant de récupérer, j'ai décidé de faire la morte.

Je le compris alors, le sang qui couvrait la moitié gauche de son visage était le sien, pas celui d'Isabelle. Une marque violette, à peine coagulée, partait de sa mâchoire jusqu'à sa tempe.

— Merde ! Vous auriez pu vous y prendre autrement au lieu de l'assassiner de sang-froid.

— La légitime défense, ça vous dit quelque chose ? Si je n'avais pas abattu ce salaud, votre pote, là, serait mort. Et moi aussi.

Elle sortit le revolver nickelé d'Athlan, fit basculer le barillet et en retira une balle du bout de son pouce.

— Et ça, c'est quoi ?

Yves saisit la munition avec répugnance.

— Regardez bien, c'est un étui recyclé. Et l'ogive... Elle a été fondue et moulée de façon artisanale... Une dum-dum... On voit bien les rainures au bout...

Ingrid laissa mon associé contempler l'objet.

— Exactement le modèle que j'ai trouvé sur les lieux de l'exécution de Jérémie, commenta-t-elle. Là-dessus, méditez tant que vous voulez. Je vais me coucher une heure ou deux, je suis crevée. Je réquisitionne le canapé du salon.

Et Ingrid, son sac sous le bras, quitta la pièce d'une démarche rapide qui ne dénotait aucune fatigue de sa part. Peut-être était-elle simplement excédée par l'effondrement d'Yves, après avoir subi le mien.

De mon côté, mon instinct de survie peinait à reprendre le dessus. J'étais toujours traversé par la vision du corps d'Isabelle, cette poitrine déchirée, ce poinçon mortel au cœur, tout ce sang dont elle s'était vidée, sa bouche à demi ouverte, figée dans une expression de surprise, son regard aveugle... Cette fois-ci, je laissai les larmes se déverser, un flot ininterrompu, elles coulaient avec le même débit que celui du sang d'Isabelle qui ruisselait de sa blessure. Je ne sanglotais pas, je pleurais, plus exactement, mes yeux se liquéfiaient. Je fondais dans une mer de chagrin, je me demandais stupidement pourquoi du liquide ne s'écoulait-il pas de tous mes orifices, du bout de mes doigts même. Avec toute cette flotte qui filait, c'était un peu de ma douleur qui s'en allait. Un tout petit peu. Mais suffisamment pour que je reprenne pied. Je revoyais l'affreuse scène de la tour Pacific, seconde après seconde, avec son effroyable apogée, disons qu'elle m'apparaissait maintenant plus floue. Brouillée par mes larmes, elle entrait dans le domaine du rêve, du cauchemar en fait. Je ne m'éveillai pas au sens propre, je ne quittai pas les sombres profondeurs du chagrin, je retrouvais néanmoins un contact moins embrumé avec la réalité. L'épisode aqueux dura dix bonnes minutes. Yves était resté debout à me regarder, hagard, ses bras ballaient. À le voir, je pris conscience des conséquences potentielles du drame pour nous. Nous devions agir, nous extirper de notre défaitisme maussade. Comme le noyé qui revient à la surface, je respirai un grand coup, non sans avaler une tasse de larmes. Je me levai, me passai le visage sous le robinet de l'évier, l'eau fraîche chassa la dépression.

— Faut qu'on se bouge, dis-je à Yves, toujours dans un état proche de la catalepsie.

Il n'en sortit que pour se rebiffer.

— Bouger, tu me fais marrer, pour faire quoi ? Vous êtes coupables d'un enlèvement qui s'est soldé par la mort de deux personnes, dont un flic... Quand ils vont te choper, et ça ne va pas tarder, tu te retrouveras aux assises, c'est plié !

Comme pour vérifier que les forces spéciales n'avaient pas entrepris le siège de son appartement, il se dirigea vers la fenêtre de sa cuisine et regarda attentivement la rue.

— On en a déjà parlé, Ingrid n'a pas eu le choix. Athlan s'est montré limpide : il voulait nous exécuter tous les trois. Il a même ordonné à un complice, visiblement un membre de la Sûreté de l'État, de monter toute une histoire pour légitimer notre assassinat. Ingrid a attendu le moment propice, elle a saisi sa chance.

— Vous avez mis au point cette version tous les deux ?

— Ah, ça suffit ! Je n'ai aucun intérêt à te bidonner l'affaire. Si tu n'as pas confiance, dis-le. Je m'en irai aussitôt.

— Je me demande si cela ne vaudrait pas mieux. Je n'ai pas envie qu'on me colle une inculpation pour complicité dans une entreprise terroriste.

— J'ai compris, je fous le camp, dis-je en me levant.

Yves me regarda en face puis baissa les yeux.

— Rassieds-toi, je me suis mal exprimé. Après tout, je les emmerde. Tiens, buvons un coup pour oublier tout ça.

Il ouvrit son frigo et en sortit une bouteille de blanc. J'acceptai un verre. Je le goûtai du bout des lèvres alors qu'il vidait le sien d'un trait et se resservait dans la foulée. La deuxième ration suivit le même chemin, dans un tempo désespéré.

— Quand même, nous sommes dans un putain de merdier.

Et il avala une troisième dose à grandes lampées.

Je tentai alors de lui présenter les quelques informations obtenues pendant notre confrontation avec l'officier, sa complicité avec les croisés, ses imprécations mystiques, sa détermination inflexible, sa volonté de mourir pour son Dieu. J'eus droit à un commentaire lapidaire et décourageant.

— Personne n'y croira, à ces conneries ! Ce mec ne vous a rien révélé de compromettant pour lui. Et puis, les déclarations d'un mort...

— Mais son intention de nous flinguer était bien réelle !

— Comment comptes-tu le prouver ?

La nuit était très avancée et les troubles avaient fini par se calmer dans la ville. Les combattants s'étaient retirés pour panser leurs plaies, prendre un peu de repos comme Ingrid. Pas de fumée au loin, pas de lueurs rougeâtres, pas de hurlements de sirènes ni d'éclatements de pétards. Mais cette accalmie n'enlevait pas le goût amer qui macérait dans ma bouche. Yves avait raison, j'étais dans de sales draps. Et je me reprochai de me préoccuper de mon sort. Je revis en un flash l'épouvantable blessure d'Isabelle. Et une phrase me revint. « Avant midi la Belgique sera morte et le Royaume de Dieu régnera sur notre pays. » Ces mots tournoyaient dans ma tête d'autant plus vite que nous étions le jour même où cette prédiction devait se réaliser.

Je me retournai, Yves avait le regard vide, aussi vide que la bouteille. Il ne semblait pas avoir l'énergie de se lever pour en chercher une autre.

— Bon sang ! Secoue-toi ! Athlan s'en est vanté devant nous : il a prédit la mort de la Belgique pour aujourd'hui. C'est sûr, ces malades mitonnent un sale coup !

— Mais quoi ? murmura-t-il.

— Je ne sais pas, on peut commencer par réfléchir, non ?

— À ta reconversion quand tu sortiras de taule ? C'est-à-dire dans quinze ou vingt ans ?

— Tu ne dramatises pas un peu ?

Pour toute réponse, Yves amorça un mouvement hésitant pour se relever.

— Ah, non ! Plus de pinard, mon vieux.

— Ce n'était pas dans mon intention, je vais me doucher. Tu as raison, nous devons nous remuer. Et puis, fais-moi un café.

Le journaliste revint dix minutes plus tard, les cheveux mouillés, l'œil plus vif. Je lui servis une tasse.

— Je m'excuse, la mort d'Isabelle m'a anéanti. Et celle de ce salaud d'Athlan me fout une sainte trouille ! Mais soit, je crois que nous n'avons pas d'autre choix, nous devons réfléchir.

Pendant qu'il buvait son café et qu'il reprenait ses esprits, je lui en voulus un instant de la désinvolture de son oraison funèbre. Puis je mobilisai mes forces pour m'extraire du gouffre du chagrin qui s'ouvrait devant moi, le deuil et ses affres. Il me fallait refuser l'effondrement, là, sur la table de la cuisine d'Yves, un verre de chardonnay à portée de main, puis deux, puis trois. Au lieu de me laisser tenter par l'ivresse désespérée, je bus moi aussi le café brûlant, à petites gorgées.

— Réfléchir, donc. Quel était l'objectif d'Athlan ? Où voulait-il conduire ses croisés ? Comment le gang des Frateschi s'articule-t-il avec eux ? Quel est le rôle du chanoine ?

— Aïe, trop de questions à la fois, mon vieux, soupira Yves. J'en attrape mal au crâne. Revenons au point de départ. À quoi servent ces croisés ? À crisper la situation ? Pour justifier une riposte plus dure des flics ? Mais dans quel but, à part se donner le plaisir de matraquer des manifestants ?

Pour ma part, j'en étais persuadé, le programme d'Athlan et de ses sbires était beaucoup plus ambitieux.

— Et le coup d'État, tu y songes ?

— Ah, n'exagère pas. Moi, tu sais, les théories du complot...

— D'accord, imaginer un renversement du gouvernement, c'est un peu excessif... Mais un raidissement du régime, comme celui auquel nous assistons actuellement, plus durable, orienté contre la menace islamiste. Des lois d'exception qui deviennent permanentes, un contrôle strict de la population musulmane, des expulsions massives, tu as le choix...

— Ouais, et tu nous ajoutes quoi ? Une heure de catéchisme tous les jours dans les écoles ? Le port de la croix obligatoire en rue ? Et la prière du matin au bureau avant de commencer à bosser ?

— Vu comme ça, évidemment… Cela dit, ses complices préparaient quelque chose aujourd'hui. Sa conversation téléphonique était claire.

— Quelles étaient ses paroles exactes ?

Je lui répétai la phrase qui tournait dans ma tête depuis tout à l'heure, comme un sinistre mantra.

— La Belgique sera morte ? Mais ça veut dire quoi ? Comment tuer un pays ? Cet abruti a réussi à persuader les Flamands de déclarer leur indépendance ? Fichue migraine, ressers-moi du café.

— Je pense à un attentat énorme.

— Comment une bombe dans un supermarché ou dans une mosquée pourrait faire vaciller la Belgique ? Regarde Beauraing. Parler d'unité nationale me paraît excessif, compte tenu de notre contexte belgo-belge. Mais tout le monde serre les rangs derrière l'armée. L'unanimité est faite contre les extrémistes. Et grâce à sa réaction musclée, le gouvernement ne donne pas l'impression de devoir tomber d'un jour à l'autre…

Yves se prit la tête dans les mains.

— Maintenant, c'est sûr, si on parvenait à démontrer qu'Athlan était au cœur d'une conspiration, Ingrid et toi, vous seriez largement dédouanés. Mais sa mort signifie sans doute l'arrêt de l'opération qu'ils projetaient. Dans ce cas, pour remonter la filière, ça va être coton. À ton avis, à qui promettait-il cette fatwa ?

— À Dillens, je crois. C'était un religieux en tout cas.

— Ce fichu chanoine !

— Oui, le chanoine. La clé du mystère est probablement dans cette religiosité maladive qui fait écho à celle des djihadistes de Beauraing.

— Des représailles, alors ? Une bombe dans une mosquée ?

— Peut-être, d'ailleurs nous sommes vendredi, jour de la prière chez les musulmans.

— Assassiner quelques fidèles de l'autre bord, c'est venger le sang versé par les catholiques. Mais je ne comprends toujours pas comment la Belgique finirait par en trembler sur ses bases.

— Il nous manque un élément. Je vais appeler Martial, ne fût-ce que pour voir comment on réagit à la mort d'Athlan.

— En pleine nuit ?

— Il doit être de permanence pour préparer les dossiers des internés.

Je formai son numéro, un peu en désespoir de cause, devais-je me l'avouer. Martial décrocha à la deuxième sonnerie.

— Désolé de te réveiller...

— Penses-tu, je suis debout depuis deux heures.

— Ah, radio-flic annonce quelque chose d'exceptionnel ?

— On nous a envoyé une nouvelle fournée de suspects, j'ai une masse de procédures sur mon bureau. Sinon, rien de spécial, à part deux cents arrestations administratives chez les émeutiers, une trentaine d'interpellations judiciaires, des vitrines brisées, des bagnoles flambées, des pompiers caillassés, des agents à l'hôpital. Et une recrudescence inquiétante de vente de stups, à croire que nos protestataires se dopent pour tenir le coup.

— Bref, la routine, lui répondis-je, soulagé d'apprendre que la nouvelle de la mort d'Athlan et d'Isabelle ne s'était pas répandue.

— La routine, la routine, c'est une façon de voir les choses. Mais dis-moi, pourquoi ces questions ? Tu es au courant d'un fait délictueux ? Tu veux porter une infraction à ma connaissance ? Tu y serais mêlé peut-être ?

Je battis en retraite, aucune envie de lui annoncer le drame de la tour Pacific.

— Tu n'y es pas du tout. J'ai cependant quelque chose pour toi. Mais je dois protéger ma source, impossible de te révéler d'où me vient le tuyau.

— Encore une de tes élucubrations ? soupira Martial.

— Je n'ai pas de détail précis, mais le renseignement est de première main, je t'assure. Un attentat d'une ampleur exceptionnelle va avoir lieu aujourd'hui.

— Les islamistes ?

— Non, je parle des croisés.

— Toujours tes culs bénis ? Cela devient une obsession.

— C'est très sérieux pourtant.

— Si tu dis vrai, comment veux-tu qu'on devine où tes guignols vont frapper ? Ils peuvent avoir déposé un colis piégé dans une gare, préparer une action dans un cinéma.

— Ou dans une mosquée...

— Ça, ça m'étonnerait. La moitié des fidèles croupit dans des camps et l'autre est étroitement surveillée. Impossible de sortir un canif sous peine d'être fusillé sur place.

— C'est beaucoup plus grave que tu ne le crois, les croisés ont des relais chez les flics.

— Des taupes chez nous ? Mais comment peux-tu l'affirmer ?

Je me maudis de ne pouvoir lui donner d'éléments supplémentaires, à commencer par cette radio dont la malheureuse Isabelle pensait qu'elle prouvait des connexions dans l'appareil policier. Mais j'étais pris dans un entrelacs de mensonges, d'actes délictueux dont j'étais l'auteur ou le complice, et avant tout la victime impuissante. Et je n'avais aucune envie de devoir m'expliquer devant un juge ou une batterie d'enquêteurs. Pas à ce stade. De plus, je ne savais pas si parmi ces enquêteurs ne se trouverait pas un comparse d'Athlan. Son correspondant de la Sûreté par exemple.

— Tu dois me faire confiance.

— Je vais diffuser ton message, on verra bien, dit Martial. Bon, je te quitte, je dois rejoindre mon poste. Figure-toi que je suis affecté à la protection du roi. Sa Majesté va assister à une messe d'hommage aux martyrs de Beauraing à la cathédrale Saints-Michel-et-Gudule. On manque vraiment de personnel à cause des émeutes et on mobilise le ban et l'arrière-ban. Jusqu'à de simples troufions comme Bart et moi. Tiens-moi au courant si tu as des tuyaux un peu moins fumeux.

Et Martial raccrocha sans me laisser le temps de lui répondre.

Ingrid entra dans la cuisine, d'un pas ferme, portant son sac. Rien ne permettait de deviner qu'elle avait pu être ébranlée par les récents événements. Elle s'assit et sortit d'abord un pistolet de poche, celui qui avait tué Athlan.

— C'est quoi, votre truc ? lui demanda Yves.

— Oh, un vieux Beretta 950. Minuscule, plus petit qu'une main. Ce con d'Athlan ne l'avait pas repéré.

Et cela lui fut fatal, me dis-je, en regardant Ingrid démonter son pistolet-mitrailleur de la FN, une véritable obsession chez elle. Je détournai la tête, je ne voulais pas voir cette arme horrible, coupable de la mort d'Isabelle et dont les organes s'étalaient là, plastique et métal froids, dérisoires dans leur apparence, des ressorts, des tiges, des bouts de matière composite inoffensifs jusqu'à leur assemblage final. Dans leur dessin compliqué, ces pièces trahissaient une volonté glaçante de performance.

— C'était votre copain Martial ? demanda-t-elle en continuant à s'activer sur son engin. Elle se servait d'une sorte d'écouvillon pour nettoyer le canon et d'un chiffon comme pour lustrer une argenterie assassine.

— La conversation n'était pas très concluante. En tout cas, l'info sur la mort d'Isabelle et d'Athlan n'a pas encore filtré.

— Ça viendra inéluctablement, dit-elle sans paraître s'en préoccuper outre mesure. Sinon, votre super flic va prendre des mesures pour prévenir l'attentat dont parlait ce fumier ?

— Pas vraiment, il va faire passer le mot, mais nous n'avons pas d'informations très précises. En fait, on ne peut pas compter sur lui, me décourageai-je. Il est fort occupé, une messe à la cathédrale à laquelle le roi doit assister. Il est de piquet pour renforcer le dispositif de protection.

Yves eut une étincelle dans l'œil mais n'eut pas le temps de s'exprimer, Ingrid le devança.

— Le roi, voyez-vous ça !

— Oui, dit mon ami. Une cible idéale.

L'idée s'imposa à mon cerveau fatigué. Le roi ! La Belgique ! La fin de la Belgique ! La prophétie d'Athlan prenait tout son sens.

36

Immédiatement après la révélation qui nous avait saisis tous les trois, une révélation d'une intensité dont seul saint Paul donnait un exemple dans l'histoire la plus reculée, je rappelai Martial. Contre toute attente, cette fois-ci, l'inspecteur m'écouta avec une patience magnanime. Déjà, le doute s'insinuait jusqu'à ébranler ses certitudes de fonctionnaire, bornes apparentes de son horizon de pensée ces derniers temps. Je lui parlai de cette commotion violente, fatale peut-être, portée à la Belgique. S'attaquer à son institution la plus sacrée était un objectif ambitieux, mais justement, si le projet réussissait, nous aurions été condamnés à nous incliner devant le coup de maître de ces croisés fanatiques, avides d'imposer leur loi religieuse. Je n'étais pas très clair dans l'exposé de l'enchaînement de leur programme sournois. Voulaient-ils renverser le gouvernement ? Nommer des ministres en soutane ? En appeler au pape pour placer le pays sous sa protection ? Je n'avais pas osé m'avancer plus avant. Martial glissa sur ce flou dans mon argumentation, se promettant d'y réfléchir plus tard. Comme contaminé par notre illumination, mon ami commençait à voir dans l'assassinat du roi une menace crédible, ténue certes, mais nous avions tout à gagner à ne pas l'écarter d'un revers de la main. Et l'impatience d'agir le pénétrait. Il s'engagea à mobiliser d'anciens collègues de la criminelle. Ces flics au-dessus de tout soupçon constitueraient une sorte d'escadron de sauvegarde de seconde ligne. Je réussis même à le convaincre de ne pas informer sa hiérarchie. Il me semblait en effet évident que la conjuration devait s'appuyer sur des complicités au plus haut niveau. Malgré sa mort, le réseau d'Athlan avait toutes les chances d'être toujours opérationnel.

— Vous divaguez à plein tube, lança Yves quand j'eus raccroché. Plus j'y réfléchis, plus vos théories me paraissent insensées. Le risque que pourrait courir le roi... Enfin, comment des régicides pourraient-ils fédérer une opinion publique et se présenter comme de preux sauveurs ? C'est invraisemblable, on les considérerait inévitablement comme des assassins, des comploteurs à la petite semaine, coupables de flinguer un symbole tutélaire, le dernier qui parvienne encore à maintenir la cohésion du pays.

Cette marche arrière fit bondir Ingrid.

— Dans ce genre d'opérations, on recourt aux techniques de camouflage, à l'intoxication bien enroulée, aux manipulations vicieuses... Imaginez qu'ils rejettent la responsabilité de leurs actes sur les islamistes... Là, après Beauraing, vous aurez une conflagration nucléaire. Mes collègues militaires sont déjà dans la rue, ils pourraient bien refuser de rentrer dans leurs casernes. Et vous trouverez des foules de bons citoyens pour réclamer l'installation d'un pouvoir musclé. Religieux ou pas, à vous de voir.

J'abondai dans le sens d'Ingrid.

— Un coup à double détente ? Quand j'étais dans la pub, j'ai organisé des campagnes de cet acabit. Vous faites une promo dans un supermarché sur un produit, par exemple, du charbon de bois pendant la saison des barbecues, et vous margez à mort sur la saucisse et la merguez...

— Un peu trivial, ton exemple, tu crois pas ?

Le silence s'appesantit dans la cuisine. Yves se renfrognait, toujours aussi hostile à nos thèses, pourtant de moins en moins farfelues à mon estime. Ingrid avait marqué un point. Une opération de camouflage, brandir l'épouvantail des djihadistes pour secouer la Belgique jusqu'à signer son arrêt de mort : les menées complotistes des croisés, ou de leur cénacle secret, les Frateschi, trouvaient une signification effrayante. Attiser les troubles, faire monter la pression dans la rue, durcir les réactions des forces de l'ordre, grâce à quelques complices bien placés comme Athlan, les pousser vers les rafles massives. Et, en feu d'artifice, le sacrifice royal.

— Écoute, Yves, Ingrid a raison. L'assassinat du roi dans un tel contexte, on peut imaginer que la Belgique que nous connaissons disparaîtrait dans la foulée. N'oublie pas les nationalistes flamands qui n'en feraient qu'une bouchée. Je t'en fiche mon billet, ils saisiraient l'occasion pour se détacher du joug fédéral. Et les francophones se retrouveraient sous la coupe d'un régime d'essence religieuse.

Cette idée folle, j'étais persuadé qu'elle pouvait se concrétiser. À un détail près : nous avions déjoué le complot. Je ne me sentais pas dans la peau d'un héros mais cette perspective atténuait la douleur de la perte d'Isabelle, donnait même un sens à sa mort.

— J'ai tout de même beaucoup de mal à l'avaler, reprit Yves. Un gouvernement de curés, faut être dingue pour imaginer ça.

Je ne savais pas si mon ami me visait moi, capable d'avoir envisagé à ce mobile, ou les auteurs délirants de ce projet chimérique. Puis je pensai à ce que l'ermite de Florence nous avait dit.

— Rappelez-vous Savonarole !

— Savonarole ? demanda Ingrid.

— Notre chanoine est fasciné par cette figure florentine, paraît-il. Savonarole a renversé la dynastie des Médicis pour établir sa république chrétienne et religieuse. Laurent le Magnifique n'était pas roi mais sa stature n'en était pas si éloignée.

— Oui, soupira mon associé, tu pratiques le raccourci historique... Les choses sont plus compliquées... Mais soit, je comprends ton point de vue.

— Bon, on y va ? dit Ingrid.

— On lève le camp, approuvai-je. Prochaine halte, la cathédrale.

37

Cette matinée n'était pas d'une fin d'août mais de printemps, quand le soleil encore indécis annonce le renouveau, promet que la vie va se remettre à flamber. Un vent frais nettoyait Bruxelles, dissipait les émanations des gaz incapacitants, allégeait les fumées grasses des feux d'hydrocarbures allumés çà et là par des manifestants vindicatifs. Cette aube vivifiante exacerbait notre excitation. Même Yves avait quitté son air ronchon. Prétendre qu'il siffloterait serait excessif, mais l'angoisse dont son regard s'était terni pendant la nuit semblait avoir laissé la place à un pétillement d'espoir. Il conduisait avec une prudence extrême pour ne pas attirer l'attention des militaires qui quadrillaient toujours la ville. Nous venions de passer devant des paras, abrités derrière des sacs de sable aux abords d'un bâtiment administratif. Nous empruntions maintenant un large boulevard vierge de toute circulation, mais bientôt, les premières voitures allaient s'y engluer malgré les restrictions de mouvement qui enfermaient Bruxelles dans une gangue débilitante.

— Nous pouvons compter sur Martial, dis-je. Avec sa bande de la crime, je n'ai aucune crainte. Le roi est sauvé.

— À condition de ne pas nous tromper de cible, maugréa Yves, dont l'ardeur retombait.

— On en a déjà parlé, intervint Ingrid. C'est la conclusion la plus logique de toute cette histoire.

— Nous aurons la réponse tout à l'heure.

Yves avait évité la rue Royale et ses ministères, cœur de la zone du pouvoir de la Belgique fédérale, et prenait de petites rues pour gagner la cathédrale. Dans l'habitacle, chacun s'était retranché dans ses pensées. Mon bel enthousiasme s'écroula comme un soufflé. Brusquement, l'idée de donner un sens à la mort d'Isabelle m'apparut dans toute son imbécillité. Sa mort n'avait aucun sens, seule sa vie en aurait eu un, une vie que j'aurais pu passer à ses côtés. J'eus un haut-le-cœur, le chagrin me cannibalisait à nouveau. Pour aggraver mon état d'esprit, par-delà mes certitudes affichées, je commençais à douter. Et si la mort d'Athlan avait envoyé aux comploteurs le signal de la retraite… Dans ce cas, le double homicide de la tour Pacific me reviendrait comme un boomerang. Et si au contraire, les conspirateurs réussissaient, malgré les efforts de Martial, à atteindre le roi… J'allumai la radio pour me distraire de ces réflexions déprimantes. Le premier grand journal du matin. Le journaliste avait le ton entraînant des lève-tôt chargés de réveiller les autres. Avec des trémolos enjoués, il racontait qu'Élisabeth, la princesse héritière, devait faire une apparition dans une mosquée. Il rappelait l'objectif politique de cette visite, rassurer la communauté ciblée par le ressentiment des Belges d'origine. Mais avec, maintenant, une pointe de componction habilement simulée dans la voix, il parla d'opération œcuménique. La princesse prierait avec les fidèles et recevrait le sacrement de la communion des mains du chanoine Dillens, conseiller de Mgr Dubois. Le commentateur prenait bien soin de préciser que ce rituel serait organisé dans une pièce séparée, non sacralisée, de la mosquée.

— Le côté fondamentalement religieux du truc m'emmerde, dit Yves. Mais je comprends l'idée, calmer les esprits, encourager la solidarité entre toutes les croyances. Ça se défend, mais on baigne dans les bondieuseries...

Et pour faire bonne mesure, nous entendîmes à la radio que la sœur du roi allait également se rendre dans une synagogue.

J'eus un pâle sourire.

— Ni dieu ni maître.

— Attendez, êtes-vous sûrs que le roi est visé ? coupa Ingrid. Ou plus exactement qu'il est le seul visé ?

Je ressentis aussitôt un profond malaise.

— Ces salauds ne pourraient pas faire coup double ? insista-t-elle. Assassiner le roi et, dans la foulée, son héritière ? Le choc serait énorme, le chaos total. Et vous avez entendu ? Le chanoine sera à la mosquée.

Yves eut une moue désapprobatrice.

— Organiser deux attentats au même moment, ça réclamerait une sacrée logistique !

Je sentis mes derniers doutes se rompre, dans un bruit pareil au déchirement du voile sur la vérité nue. Bientôt, à force de me laisser submerger par mes intuitions, j'allais me prendre pour Moïse descendant de sa montagne, les tablettes de la révélation sous le bras.

— Là, c'est sûr, la Belgique ne s'en relèverait pas, dis-je. Comme le prophétisait Athlan, cette paire royale tuerait certainement le pays.

Yves donna un grand coup de frein peu discret, les pneus crissèrent sur le bitume.

— Une minute, réfléchit-il. Le choc psychologique, je suis d'accord. Mais d'un point de vue constitutionnel, la succession est bien réglée. La princesse disparue, son petit frère régnerait à sa place. Et on nommerait un régent, probablement la sœur du roi. Ou alors, ce sont les deux chambres qui exerceraient les pouvoirs royaux jusqu'à la majorité de l'héritier de la couronne. J'en ignore les détails, mais le processus est orchestré aux petits oignons. Où voyez-vous la possibilité d'un coup d'État ? Le renversement des institutions ? La mort de cette foutue Belgique ?

Assise à l'arrière, Ingrid se pencha vers moi.

— Léo, votre pote est vraiment un vieux con ou il fait semblant ?

Je devais donner raison à Yves sur un point : les précautions juridiques prises pour garantir la continuité des institutions. Mais quelle légitimité pouvait avoir le frère de la princesse héritière ? Une altesse dont personne ne connaissait le prénom, à part quelques lectrices de *Point de vue*.

Je me tournai vers mon ami.

— Yves, on ne peut pas rester les bras ballants à écouter la radio en attendant le flash fatidique.

Justement, l'un de mes confrères déroulait son billet sur la visite de la princesse à la mosquée. Par demande spéciale du palais, entendis-je, les mesures de sécurité allaient être allégées, afin de soulager les tensions entre les communautés. L'idée était de témoigner un geste d'apaisement à l'égard des musulmans durement éprouvés ces derniers jours. Les experts de l'antiterrorisme avaient approuvé cette requête, persuadés que les islamistes ne frapperaient jamais la plus grande mosquée du pays.

— Nous n'avons plus le temps, je préviens Martial. À lui de prendre ses responsabilités.

Mon associé haussa les épaules.

— Fais ce que tu veux, mon vieux.

Je tombai sur sa messagerie. Je déclinai mon nom et le pressai de me rappeler avant de réessayer quelques minutes plus tard. Toujours aucune réponse. Je m'acharnai, de plus en plus angoissé, mais l'inspecteur demeurait aux abonnés absents, trop occupé sans doute à mettre en place son dispositif de secours. Ou alors, ses communications ne passaient plus par son mobile mais par une radio sécurisée.

— Martial est inaccessible. Et maintenant ?

Yves tapotait des doigts sur son volant. Tout le reste de son corps était immobile, figé dans une posture dont la tension était perceptible, la tension de l'attente d'un événement, d'une idée, pour sortir de son inertie. Cette inspiration, il sembla brusquement la recevoir. Il arrêta de pianoter, souffla profondément.

— Un vieux con, hein ? Regardez ce qu'il fait, le vieux con...

Et il entama deux manœuvres rapides pour faire demi-tour.

— J'ai du mal à croire à vos fantasmes mais je l'admets, vous m'avez rendu parano. La seule solution, c'est d'aller dans cette fichue mosquée et de tenter de convaincre quelqu'un du service d'ordre que la princesse est en danger. Ça ne va pas être coton, faites-moi confiance.

Un quart d'heure plus tard, nous approchions du parc où se nichait la grande mosquée de Bruxelles. Ingrid avait vérifié longuement l'état de son pistolet-mitrailleur, cet horrible engin qui avait coûté la vie à Isabelle. Yves et moi la laissâmes dans la voiture et nous nous dirigeâmes vers le lieu de culte. Le dispositif de sécurité avait été allégé comme l'annonçait la radio, mais il restait impossible d'entrer sans montrer patte blanche. Les invités devaient exhiber leur carte d'identité, la présence de leur nom sur une liste était consciencieusement contrôlée et je vis un vieil Arabe expulsé manu militari par deux jeunes flics en battle-dress. C'était clair, nous n'allions pas pouvoir pénétrer dans le bâtiment. Yves me demanda de l'attendre et s'approcha du barrage.

Je le vis tenter de s'adresser à l'un des gardes, sans résultat apparent. Il insista et, pour toute réponse, le policier brandit un pistolet électrique capable d'envoyer plusieurs milliers de volts à quelques mètres.

— Ces têtes de mules ne veulent rien entendre, me dit-il en revenant. Allons chercher Ingrid, on va vérifier si on peut entrer par-derrière.

Après avoir récupéré la militaire qui avait camouflé son arme sous son blouson, nous fîmes le tour de l'imposante bâtisse en passant par le parc. Nous traversâmes un espace gazonné, planté de quelques bouquets d'arbres, et nous arrivâmes contre une haie de thuyas qui ceignait la façade. L'endroit était inexplicablement dépourvu de toute protection, pas un flic à l'horizon.

— Il n'y a personne, m'inquiétai-je.

— C'est un peu surprenant, mais ça colle avec ce que disait la radio, me répondit Yves. Cette issue est sans doute verrouillée de l'intérieur. Le dispositif de sécurité doit être maintenu dans un cercle très étroit. On devrait au moins voir des rondes, mais ça peut se justifier, je ne sais pas.

Nous parvînmes à franchir la haie haute de plus de trois mètres en nous insinuant par une trouée pratiquée par des chiens en maraude. Nous nous retrouvâmes au début d'une impasse, obturée à gauche par les thuyas. Sur notre droite s'étendait la mosquée dont on distinguait le dôme à une certaine distance. En face de nous, un perron s'ouvrait sur des locaux de service. Un conteneur, trois poubelles métalliques et quelques palettes vides s'entassaient dans un coin. La fourgonnette d'un traiteur fermait l'horizon.

Au moment où nous allions nous diriger vers cette entrée, espérant enfin trouver une oreille indulgente qui aurait accepté d'écouter nos mises en garde, j'aperçus un mouvement. Deux hommes et une jeune fille sortirent de ce qui était peut-être une arrière-cuisine. Le premier était cagoulé.

Je reconnus instantanément le deuxième : Dillens qui maintenait fermement la princesse Élisabeth dont les bras étaient entravés. Elle se débattait pourtant et il devait utiliser toute sa force pour la conserver sous son emprise. Excédé, le chanoine finit par balancer une gifle sonore à la demoiselle.

— Arrêtez, criai-je en m'avançant hardiment.

Un autre type descendit de la camionnette. Il portait une arme de poing et tira immédiatement trois coups dans ma direction. Son réflexe était maladroit, précipité, il avait déchargé son pistolet au hasard.

Je m'étalai de tout mon long sur le gravier de l'allée alors qu'Ingrid tombait sur un genou, armait son pistolet-mitrailleur et expédiait deux balles très rapprochées. L'agresseur malchanceux s'effondra sur place, tassé sur lui-même, les yeux grands ouverts mais déjà incapables d'observer la progression de la scène. Une écume rosâtre suintait entre ses lèvres.

Puis, dans un roulé-boulé impressionnant, la militaire traversa le chemin et se réfugia contre le perron. Le chanoine qui tenait la princesse comme un bouclier la jeta violemment dans la camionnette par la porte latérale puis s'engouffra à sa suite. Le comparse de Dillens essaya d'aligner Ingrid mais n'eut pas le temps de sélectionner sa cible. Elle tira deux balles rapides, comme quelques secondes plus tôt. Elles firent mouche l'une après l'autre, dans un intervalle si court qu'elles semblèrent percer son manteau, puis sa cage thoracique, au même endroit. L'homme tomba en arrière et émit un cri qui ressemblait à un feulement sous l'effet de l'air chassé brutalement par la compression de ses poumons.

J'entendis la porte de la camionnette s'ouvrir, le chanoine rompait le combat et s'enfuyait. Ingrid contourna prestement le véhicule. Le moteur d'une voiture s'emballa, elle arriva à temps pour la voir démarrer sous son nez. Elle était déjà à une trentaine de mètres quand elle se mit dans une position académique, bras tendus, genoux fléchis, visa un dixième de seconde et envoya une courte rafale. Plus tard, elle devait s'avouer peu satisfaite de ce tir précipité, avec une arme peu faite pour cet exercice, me confiant cependant qu'elle avait aperçu nettement un projectile au moins perforer la malle arrière.

J'étais demeuré couché pendant cette brève fusillade dont aucun détail ne m'avait échappé. Je me relevai et courus vers la camionnette. Je pénétrai dans le fourgon. La princesse était bâillonnée et attachée à la diable par un ruban adhésif. Je coupai rapidement le papier collant, enlevai son bâillon, elle était sauve. Je la serrai contre moi pour la réconforter même si la jeune fille, par la grâce de son éducation ou de la gravité de son destin de future reine, restait d'une dignité de marquise de l'ancien régime. Alors que je la pressais sur ma poitrine, je sentis néanmoins un frisson lui traverser le corps.

Ingrid me rejoignit quelques secondes plus tard, Yves dans son sillage, ébahi par les événements.

— Ça va ? La princesse est blessée ?

Je n'eus pas le temps de répondre : mon téléphone sonnait. Je pris la communication, écoutai mon correspondant et devins blanc. Je raccrochai et attirai Yves à l'écart.

— C'était Martial. Il a échoué. Le roi est mort.

Ultime oraison

Toujours à l'extérieur de son bureau, l'inspecteur boit une autre gorgée de vodka dont la morsure vient contrebalancer la brûlure de la cigarette. Il s'accoude au balcon, corbeille sans spectacle à contempler. Coincé dans une sorte de cour intérieure, il n'a droit ni à la vue sur l'esplanade de jardins à l'arrière du bâtiment ni au passage bruyant des trams de la rue Royale. À une quinzaine de mètres devant lui, des rangées de fenêtres pareilles à la sienne. Pas âme qui vive, les vitres sont traitées pour empêcher le regard de les traverser. Le policier réfléchit, le tabac et l'alcool peinent à ordonnancer les idées qui s'enchevêtrent dans sa tête. Pénétré d'une allégeance ascétique aux règles de la chaîne de commandement, hanté par le secret comme le ver ronge le fruit, il s'efforce de réfréner d'insupportables questions. Elles virevoltent cependant. Quand on est flic, même à la section politique, faut pas s'étonner de toujours chercher à additionner deux et deux. Les massacreurs de Beauraing, des djihadistes comme le prétend la ligne gouvernementale ? Vraiment ? Et ce curé, alors, avec son appel à la sainte colère de son dieu ?

Il jette son mégot dans la cour. Une pluie d'escarbilles jaillit lors de l'atterrissage. Elles s'éteignent aussitôt, comme les pensées malsaines et séditieuses qui commençaient à s'épanouir dangereusement sous son crâne. Il lui faut tout le poids de sa formation et de son expérience, toute la force contraignante de cette deuxième peau qui colle aux fonctionnaires des services de sécurité, l'obéissance, pour l'empêcher d'aller trop loin. Oui, au regard de la raison d'État, de la protection du régime démocratique en place et de la sauvegarde des institutions, la parole officielle est la seule vérité à endosser. La vérité tout court. Il retourne s'asseoir devant son écran et reprend le déroulement de l'enregistrement du chanoine.

— Et par-dessus cette misérable Belgique qui se cherche toujours une existence, se vautrent les traîtres ultimes envers la Nation : les membres de la maison royale. Tous les rois dont la Belgique a été affligée sont coupables. Le premier, d'avoir fait son marché dans les couronnes à rafler, préférant d'abord le sceptre grec, se rabattant finalement sur notre pauvre contrée. Par facilité. Par paresse. Parce que Bruxelles est toute proche des bordels parisiens. Comme tant d'autres dans sa descendance, ce premier roi sera plus attiré par les exaltations perverses du lit que par les affaires de l'État. Race de fornicateurs ! Engeance de pornocrates !

Mutisme prolongé. Quatre-vingt-quatre secondes, chronomètre le flic. Il en viendrait presque à se réjouir d'entendre ce flot d'injures déversées sur les ors du palais royal. À croire que l'attitude vétilleuse de son supérieur tout à l'heure a entamé son respect naturel pour la hiérarchie...

— Malgré sa conduite scandaleusement volage, Léopold Ier a montré une autorité certaine en imposant ses vues à une clique d'hommes politiques obnubilés par leurs intérêts égoïstes. De ce point de vue, son fils, Léopold II, marchera dans les mêmes traces. Mais de cet assassin aux mains rougies par le sang de celles qu'il a fait couper, je ne veux plus parler.

Le religieux s'essouffle, note l'inspecteur. Nouvelle pause, puis les imprécations redémarrent.

— Mensonges ! La dynastie belge est coupable d'une collection inconcevable de mensonges, d'hypocrisies, de fantasmes construits pour l'édification du bon peuple. Et de tout temps, les braves sujets de Leurs Majestés ont avalé ces bobards sans broncher. La royauté leur donne le sentiment d'appartenir au concert des nations du monde, leur procure une impression de légitimité, leur apporte de fausses idoles à adorer. Tenez, le fameux Roi-Chevalier, le héros de la petite Belgique agressée par son cousin consanguin, l'empereur Guillaume ! Le hardi soldat qui s'est dressé pour défendre la patrie en danger ! Le couteau de tranchée dans une pogne, le fusil dans l'autre ! Qui, parmi mes concitoyens, se souvient que les Alliés devaient l'empêcher par tous les moyens de négocier une paix séparée avec les infâmes Teutons ? Qui sait encore qu'il rampait devant l'Allemagne pour lui soutirer la promesse de continuer, une fois la France et la Grande-Bretagne vaincues, les affaires du royaume sous la bienveillante protection de l'Empire ?

Le flic lève un sourcil. Pourparlers discrets, soit, mais pour la bonne cause. Chercher une voie de repli dans la boucherie sans nom dans laquelle la patrie avait été entraînée à son corps défendant, était-ce si indécent ? Il prend le temps de se détendre les doigts avant de relancer l'enregistrement.

— Son fils, Léopold III, n'a pas démérité, lui qui serra la main de Hitler sans vergogne, un Montoire honteux, loin des photographes officiels, bien à l'abri dans le nid d'aigle du dictateur. Notez, les politicards de l'époque n'étaient pas tellement plus valeureux, prêts à sacrifier la troupe aux panzers pour assurer leurs prébendes et donner des gages aux Franco-Britanniques. Ceux-là, dès la certitude de la défaite, s'empresseront de se réfugier en Grande-Bretagne pour attendre peinardement la fin du conflit.

L'OPJ doit faire appel à toutes ses ressources d'abnégation pour ne pas jeter son ordinateur par la fenêtre. La haine perceptible depuis le début de cette retranscription doit sérieusement chambouler les pouvoirs de réflexion du bonhomme. Renvoyer dos à dos deux factions aussi irréductiblement inconciliables, collabos contre résistants, on en perdrait son bréviaire politique belge.

— Ah, Baudouin, le saint Baudouin. Lui, au moins, sa pratique religieuse n'était pas feinte. Elle ne se limitait pas aux Te Deum en grande pompe dans la cathédrale, prière de louange hypocrite entonnée par les lèvres fourbes des corps constitués. Mais au lieu de prendre à bras-le-corps son espérance en Jésus-Christ pour guider la Nation sur la voie de la régénérescence, au lieu d'opposer la Sainte Croix aux menées délétères des politiciens corrompus, il préférait se retirer dans le secret de ses conversations avec Dieu. La foi est un glaive ardent, Baudouin a toujours eu peur de s'y brûler. Réfugié dans ses oraisons contemplatives, il a refusé de croiser le fer pour laisser, lui aussi, le pays se déliter. C'est sous son règne lâche que les nationalistes flamands ont marqué leurs premiers points, conduisant la Belgique dans le gouffre.

Le pieux Baudouin, roi des bondieuseries, ricane le fonctionnaire qui s'amuse maintenant du casse-pipe verbal auquel s'adonne le gaillard. Tout en s'inquiétant de la longueur du laïus encore à retranscrire. À ce train-là, il va passer en revue toute la dynastie et ses nombreux rejetons… C'est le thème qu'aborde désormais le curé avec sa balourdise coutumière.

— Baudouin se prenait pour le père de la Nation mais n'a jamais été fichu de donner un fils à son peuple. Comment mieux résumer sa catatonie, sa paralysie ? Son impuissance ?

Un arrêt.

— Impuissance… Un épisode tout de même relie ce saint homme à son sanguinaire arrière-grand-oncle, Léopold l'enragé. Quand les États-Unis ont confié à la Belgique le soin de se débarrasser de Lumumba, le premier patron du Congo libre, pour le remplacer par le beaucoup plus docile – et ami du palais – Mobutu, notre catholique fervent n'a pas eu l'ombre d'une réaction. Sauf celle de Ponce Pilate… Il s'est lavé ignominieusement les mains pendant que sa soldatesque assassinait le leader de la nouvelle Afrique, celle qui aurait définitivement fait payer leurs crimes aux prévaricateurs coloniaux.

Le retour de ce couplet anticolonialiste hérisse l'inspecteur. Mais quel objectif poursuivait cet exalté à balancer un tel torrent d'inepties, à revisiter à sa façon, partisane et imbécile, l'histoire du pays ? Et il remet ça…

— Le successeur de Baudouin, père de notre roi actuel, n'a rien fait pour freiner les velléités séparatistes des Flamands. Lui aussi est coupable de trahison. Prisonnier volontaire et indolent de la classe politique, il préférait le soleil du Midi et les joies du yachting. Et si la noblesse sous ses ordres a laissé choir la Belgique, ce superbe parasite a accompagné le mouvement, se contentant d'un croc-en-jambe nonchalant. L'État central, jamais très fort dans ce pays, parce que soumis aux intérêts particuliers des cliques dominantes, s'est dissous dans l'océan d'indifférence de ses administrés. Au point de ne plus exister que sur le petit écran quand un ministre quelconque y va de sa rodomontade, se vante de mettre fin à la crise économique, de créer des emplois, toutes promesses aussi vaines que leur auteur. La seule raison d'être du gouvernement fédéral est de distribuer des prébendes, de lever des impôts afin de rembourser les emprunts souscrits pour pallier son impéritie ou de faire semblant du bout des lèvres d'honorer des engagements internationaux. Quant à l'amour de la patrie, il vivote dans les stades de foot, entretenu à grands frais par les télévisions publiques, les feuilles populaires et les marchands de bière.

Dans son délire, remarque l'officier de police judiciaire, le prêtre revient à son point de départ en un cercle vicieusement absurde. Reste le cas de feu Sa Majesté. Bingo !

— Après que son père a abdiqué pour profiter d'une oisiveté de millionnaire, son fiston a endossé un costume trop large pour lui. Sexagénaire obtus, il observait d'un regard qui se voulait avisé le manège de la camarilla politicarde, conscient de n'être qu'une marionnette entre ses mains. Rien, cet empoté n'a rien fait pour freiner les velléités séparatistes des Flamands. Et il s'est bien gardé d'outrepasser les limites de sa fonction, se contentant de couper les rubans et de compatir quand survenait une catastrophe. Son œil vague semblait survoler le spectacle du monde en regrettant de ne pas pouvoir le contempler à l'abri du fauteuil en cuir d'un club à l'anglaise ou dans la quiétude d'un établissement de thalassothérapie. Et s'il ouvrait la bouche, c'était pour bafouiller quelques mots aussi incompréhensibles en français qu'en flamand, langue dont il possédait une connaissance toujours fragmentaire malgré des décennies de leçons particulières. Au titre de son incompétence, ce roi était un traître. Comme ses aïeux. Et sa trahison, comme celles de ses ancêtres, méritait amplement le châtiment suprême.

Commettant une infraction grave aux lois du peuple belge, le flic allume une cigarette dans son bureau, sans prendre la peine de s'avancer jusqu'à son balcon. Le meurtre du chef de l'État béni *urbi et orbi* ! Mais alors, la revendication serait signée ? Malgré toutes les consignes, malgré le culte du secret auquel il se voue corps et âme depuis son entrée dans la carrière, n'en déplaise à son supérieur, il en aurait presque envie d'empoigner son téléphone pour communiquer l'information à quelqu'un. N'importe qui. La révélation l'écrase. Comme le sentiment qu'une analyse plus fine de ce qui s'est tramé depuis l'attentat de Beauraing aurait permis d'éviter le drame. Mais d'abord, en finir avec la corvée. Il sait le terme proche, très proche.

— Mon Dieu, reprend le chanoine, accueillez-moi, pauvre pécheur, dans Votre demeure. Vous le savez, mon Père, vous m'avez guidé dans mes prières sur ce chemin semé d'épines. N'y voyez pas d'orgueil de ma part mais j'en ai la certitude : Vous partagiez ma conviction. Mais à l'heure de comparaître devant Vous, un doute affreux m'étreint. Ai-je agi conformément à Votre volonté ? Ne m'aviez-Vous pas montré la voie en acceptant, avec la plus profonde commisération, le sacrifice des saints Innocents ? Mon Dieu, pardonnez-moi. Pardonnez-moi encore pour le dernier péché que je m'apprête à commettre.

Le scribe est incapable de retranscrire les paroles suivantes, prononcées à voix basse, à toute vitesse, dans une langue qu'il finit par reconnaître comme étant du latin. Le premier mot seulement lui évoque vaguement quelque chose, un mot venu d'un autre âge, *confiteor*. Cette litanie semble ne jamais devoir s'arrêter jusqu'au moment où le débit devient de plus en plus saccadé puis se transforme en un murmure où s'égrènent quelques syllabes. L'enregistrement fait alors entendre un son métallique qu'identifie immédiatement le policier, celui de la culasse d'un pistolet que l'on fait glisser pour actionner le chien. Puis une détonation, le coup de départ d'une arme de poing. Aucun doute à avoir, d'autant qu'il a lu le compte rendu de l'autopsie. Le curé ne s'est pas raté, la balle a pénétré dans son crâne sous un angle parfaitement compatible avec le suicide. Un bruit de corps qui se tasse, pas plus sonore qu'un froissement de feuilles mortes. Et ne reste plus que la musique qui tourne en boucle depuis le début, *In my time of dying*.

Après avoir jeté un regard à l'horloge de l'ordinateur, l'inspecteur se pose fugacement une question : devrait-il rédiger un rapport sur ce qu'il vient d'apprendre ? Dans ce cas, ne contreviendrait-il pas au secret qu'il s'est engagé à respecter ? Ses derniers doutes durent à peine, un simple frémissement à la surface de sa conscience. Par lassitude, par servilité, le devoir l'emporte désormais sans combat. Plus d'atermoiements. Il actionne le programme de cryptage et sauve le fichier sur une clé USB avant d'effacer les traces du fichier *Savonarole* sur son disque dur. Il range la clé et la puce dans son coffre-fort. Un coup de téléphone à l'officier de sécurité pour lui signaler qu'il a terminé son office. Et il s'en va, apparemment impassible, fonctionnaire détaché des choses de sa fonction, serviteur de l'État sans état d'âme, grand commis insensible à tout ce qui ne relève pas de sa mission. L'odeur de tabac froid et le vague relent de vodka sont là pour démontrer le contraire. De même que la légère hésitation dans sa démarche quand il sort du bureau. Un trébuchement imperceptible. Comme si sa cheville cédait sous le poids du délire régicide de ce prêtre.

38

— Comment avez-vous eu cette intuition saugrenue mais si tragiquement fondée ?

Toujours sous le choc des récents événements, Martial se reprochait de n'avoir pu prévenir l'assassinat du roi. Exploit impossible comme devaient le révéler les détails du traquenard concocté de main de maître par les terroristes. Pour discuter de cet échec, il nous avait convoqués, Yves et moi, au domicile de Bart Vandekasteel, son adjoint, quelque part dans la campagne du Payottenland, à un jet de pierre de Bruxelles. Martial se posait aussi beaucoup de questions sur notre rôle. Personne ne l'avait chargé de la moindre enquête officielle, prestement confisquée par d'autres services de l'État. Néanmoins, nous étions face à lui, soumis à un interrogatoire serré. « Pour satisfaire mon insatiable curiosité », nous avait-il dit en tentant de jouer la carte de l'amitié. Ami, il l'était, je voulais bien en convenir, mais flic, notre homme le demeurait jusqu'au fond des tripes. Et je n'avais aucune intention de me déballonner, de lui confier mon implication, même indirecte, dans les morts d'Isabelle et d'Athlan. Donc, au lieu de répondre, je laissais mon regard divaguer dans la pièce où nous étions confortablement installés. Pièce banale dans son aménagement du reste, un bric-à-brac de meubles d'un autre âge, chêne foncé, velours vert et pompons dorés. Par la fenêtre, on distinguait une enfilade de serres utilisées par les maraîchers.

— Note, me dit Martial, tu aurais pu être un peu plus précis. Après ton appel prémonitoire, on s'attendait à un kamikaze ou à un commando armé d'armes de guerre. Au lieu d'une attaque frontale, nous avons eu droit à un coup de Jarnac.

— Tu as des détails ? lui demandai-je, sa curiosité n'était pas la seule à vouloir être rassasiée.

— Ces types n'ont rien laissé au hasard, répondit Bart Vandekasteel, désireux d'épauler son patron dans son entreprise de maïeutique. Vous le savez, le roi a été tué par une bombe placée sur le trajet de son convoi. Les terroristes ont travaillé sur la façade d'un immeuble abandonné, évidant une cavité d'un mètre carré environ. L'arrière était renforcé par une plaque de tôle épaisse, solidement boulonnée. Ils ont bourré le trou d'explosif et de shrapnells avant de camoufler leur piège en remontant un rang de demi-briques. Indécelable.

— Le coup a dû être préparé de longue date, commenta Yves.

— Ça m'en a tout l'air, dit Martial. De plus, ils ont utilisé un explosif militaire. Toute la puissance de la déflagration a été dirigée vers la rue, à la hauteur d'une personne assise dans une voiture. Le blindage de la limousine n'a pas résisté. La portière a été soufflée à l'intérieur de l'habitacle.

— Une portière de près de cent kilos, précisa Bart. Le roi n'avait aucune chance, son aide de camp non plus.

Ces informations me laissaient perplexe.

— Tout de même, ce dispositif est très ingénieux. On a retrouvé l'artificier ?

— Je l'ignore. Ce petit génie est vraisemblablement depuis longtemps au Proche-Orient ou au Sahel.

— Ce degré de sophistication est surprenant, non ? Les islamistes sont plutôt abonnés aux actions de basse technologie. Ici, on pourrait presque croire à l'intervention de militaires...

Martial leva les yeux au ciel.

— Je ne vois aucun mystère, mon cher Léo. Ces fanatiques ont une grande maîtrise des engins explosifs. L'armée américaine en a fait les frais pendant des années en Irak. Inutile de fantasmer sur d'improbables sicaires payés par un improbable gouvernement. Non, c'est signé, les djihadistes, encore et toujours eux.

Je n'étais pas convaincu, Yves non plus.

— Mais que leur rapporte le décès du roi ?

L'inspecteur commençait à s'exaspérer.

— À quoi ont servi tous les attentats commis depuis cinquante ans, de l'IRA aux Brigades rouges ? À pas grand-chose, si vous voulez mon avis. Ça n'empêche pas ces malades de s'obstiner.

— L'assassinat du roi a même été contre-productif, intervins-je. Jamais la Belgique n'a été aussi unie. Sauf, peut-être, à l'occasion des funérailles de Baudouin en 1993.

— Les Belges adorent se rassembler autour de la dépouille de leur souverain, ricana Yves. Ça leur donne le grand frisson nostalgique de l'unité nationale, mais ça ne dure jamais.

Martial leva les mains au ciel.

— Vos délires me fichent le bourdon. Bart, sers-nous quelque chose !

Quelques minutes plus tard, l'inspecteur revint avec son épouse, une petite blonde fluette, d'une apparence effacée qui contrastait avec la bonhomie rugueuse de son mari. Et qui ne ressemblait décidément pas à Maria de Medeiros, constata Martial. Elle portait un plateau avec quatre bouteilles de trappiste et leurs verres idoines, calices au blason de l'abbaye. Bart déposa une assiette contenant des cubes de fromage, provenant du même monastère que la bière, avant de prendre en main la cérémonie du versage du précieux liquide. La mousse vint se gonfler au niveau exact du bord des verres dans lesquels la lumière du salon mettait comme des poussières d'étoiles.

— Et vous, vous en êtes où dans l'enquête ? demanda Yves comme à regret. L'extase provoquée par la douce amertume de la bière semblait rendre incongrues des questions aussi triviales.

Ce fut Bart qui répondit.

— Nous sommes éjectés de la procédure.

— Logique, ajouta Martial comme pour tempérer l'aigreur perceptible dans la voix de son adjoint. Nous n'avons aucune légitimité pour enquêter sur l'assassinat du chef de l'État.

— Patron, vous oubliez le coup de fil du parquet fédéral. Interdiction, sous peine de poursuites pénales, de nous approcher du dossier. Nous sommes carrément placés en congé d'office. Et pour une durée illimitée.

Rien ne semblait devoir entamer l'humeur affable de Martial, pas même le souvenir douloureux d'une mise à l'écart si brutale.

— Exact, mais notre traitement continue à nous être versé. Je compte bien en profiter pour prendre du bon temps. Ces derniers jours m'ont épuisé.

Madame Vandekasteel, de retour avec une nouvelle tournée de trappistes, rebondit sur les propos du patron de son mari.

— Oui, d'ailleurs, nous séjournerons en Normandie pendant quelques semaines.

— En Normandie ? demanda Yves. Pourquoi ? À cause du calva ?

Bart reposa son verre avec force sur la table, faisant osciller dangereusement la couche de mousse de sa bière.

— Calva ou pas, nous n'avons pas eu l'aumône d'un pot d'honneur. Nous avons tout de même averti les péquenots de la Sûreté ! Un peu tard, je veux bien l'admettre, mais on aurait pu nous remercier.

— Les messagers du malheur sont rarement appréciés à leur juste valeur, sourit Yves.

Bart était toujours aussi remonté, un peu jaloux même.

— Vous, évidemment, vous avez sauvé la princesse. J'imagine qu'un torrent de champagne et quelques kilos de médailles vous attendaient.

— Détrompez-vous ! Léo, Ingrid et moi, nous avons été soumis à un débriefing musclé de la part de la police fédérale. Nous avons été finalement relâchés pour une seule raison : ça aurait fait mauvais genre de nous embastiller. Mais ils étaient à deux doigts de le faire.

— On nous a servi une version grotesque, précisai-je. Les croisés auraient voulu protéger la princesse après avoir appris qu'une menace directe pesait sur son insigne personne. Ces messieurs admettent du bout des lèvres que nous avons agi de bonne foi, en légitime défense même. Nos adversaires se seraient crus attaqués, pensant avoir affaire aux terroristes dont ils redoutaient l'offensive. Bref, nous aurions participé à une épouvantable bavure sur laquelle il convient de jeter le voile au plus vite. Et comme vous, nous avons eu droit au couplet sur l'obligation de la fermer. Un magistrat pète-sec du parquet fédéral est venu nous le confirmer.

— Tiens, et notre militaire, s'enquit Martial, où est-elle passée ?

— Elle est aux arrêts dans sa caserne, lui répondis-je. Interdiction de sortir et de communiquer. Une procédure disciplinaire pèse sur ses épaules, on lui reproche d'avoir volé une arme.

Bart était ulcéré.

— Mais c'est elle qui a sauvé la princesse ! Grâce à ce flingue justement !

— Cette histoire de bavure, de preux croisés se portant au secours de l'héritière du trône, c'est risible, m'emportai-je.

— Je suis d'accord avec toi, insista Yves. Le gouvernement se donne beaucoup de mal pour verrouiller l'affaire. Mais dans quel but ? Pour cacher quoi ?

Bart jeta un œil vers son supérieur mais ne répondit pas. Il se plongea dans la contemplation des fines bulles de sa trappiste qui remontaient indéfiniment vers la surface.

Martial avala une gorgée puis soupira ostensiblement.

— Cacher, cacher… Le secret de l'instruction existe encore dans ce pays, bon sang ! Le dossier est sensible. Un régicide, ça ne se traite pas comme un vol de téléphone. De plus, vous écartez trop rapidement la théorie du sauvetage de la princesse par votre chanoine.

Je m'étranglai, crachant peu délicatement un peu de mousse.

— Martial, tu ne crois pas une seconde à ce bobard. Yves a raison, les zones d'ombre sont innombrables. Un vrai trou noir !

— Si je comprends bien, vous pensez que Dillens voulait enlever la fille du roi ? Mais quel était son projet ? Pourquoi organiser ce rapt ?

Bart haussa les épaules.

— Ce type était complètement fou, à quoi ça sert de chercher des motivations rationnelles à son comportement ?

— L'attentat est porté au compte d'islamistes radicaux, intervins-je. Yves a assisté à la conférence de presse du ministre de l'Intérieur cet après-midi. La version officielle est nette et sans appel. Mais personnellement, j'ai un doute. Et si le chanoine et ses hommes, sa fameuse cellule des Frateschi, avaient tout fomenté ?

Martial s'emporta, perdant toute sa bonhomie.

— Ah non, je ne vous suivrai pas sur ce terrain-là. Moi, je respecte la légalité démocratique. Si le ministre parle de terroristes musulmans, c'est que le parquet fédéral l'a informé. Et le parquet fédéral, ce sont des magistrats, mille sabords. Pas des zozos passe-muraille qui concoctent des coups tordus dans je ne sais quel objectif obscur.

— Bof, on aura déjà vu pire, lui rétorqua Yves. Les juges ne sont pas les derniers à procéder à quelques bricolages pour protéger la raison d'État. Ou pour couvrir quelques bassesses ministérielles. Non, Léo n'a pas tort. La mort du roi, c'est signé par les croisés. Ou les Frateschi si vous préférez.

Bart fit un geste d'assentiment.

— Ça ne me paraît pas si invraisemblable.

— Tu ne vas pas t'y mettre, mon vieux ?

— Martial, je te pensais plus combatif. Un policier n'a-t-il pas le devoir de concourir à la manifestation de la vérité, de toute la vérité ?

— Mais je vous emmerde ! Vous ne voyez pas la situation du pays ? Des camps d'internement, des blindés dans les rues, des émeutes... Ça ne vous suffit pas ? Il est urgent de remettre un peu d'ordre dans ce bordel, quitte à faire une entorse à votre sacro-sainte vérité. Une vérité à laquelle je n'adhère absolument pas.

— Notez, chef, certains connaissent le dessous des cartes. Je le sais grâce à l'un de mes contacts, le chanoine a enregistré ses dernières volontés. Une sorte de testament politique. Mais macache pour y avoir accès ! Ce truc est verrouillé, impénétrable.

J'insistai, même si je ne me sentais pas capable de convaincre mon ami.

— Rappelle-toi ces références constantes aux saints Innocents. Dillens, dans un prêche auquel j'ai assisté, n'avait que ces mots-là à la bouche.

— Ben voyons, ouvre les vannes, laisse-toi aller à ton délire hystérique… Ton curé a donc empoigné sa kalach pour dégommer ses propres coreligionnaires à Beauraing…

J'aurais voulu parler des ultimes paroles d'Athlan, peu avant la mort d'Isabelle, l'avènement du royaume de Dieu dans notre pays, la Belgique promise à la disparition le jour même de l'attentat. J'aurais voulu parler aussi de son visage quand il s'était décidé à se débarrasser de nous. Sa grimace extatique irradiait une foi sans faille, de cette foi du martyr prêt à tout sacrifier pour accomplir sa mission sacrée, tout sacrifier à commencer par sa vie et, oui, j'en étais persuadé, celle de ses coreligionnaires si son Dieu le lui commandait.

— C'est difficile à croire, mais cela pourrait s'expliquer en regard de ce que nous savons des projets de Dillens et de sa bande. Je me demande si ses plans n'allaient pas beaucoup plus loin qu'agiter simplement les peurs des braves Belges en exacerbant la haine dans les manifs. Le régicide serait alors le point d'orgue de son opération. Beauraing aurait pu en être les prémices.

Je n'eus pas beaucoup de soutien de la part d'Yves qui sembla battre en retraite.

— Tu l'as dit, c'est dur à avaler. Un prêtre, tuer des adeptes de la Vierge, cela me paraît scabreux.

Martial, lui, ne se priva pas de ricaner.

— Ouais, votre bonhomme assassine quelques fidèles, flingue le roi, enlève la princesse héritière et quoi, il la persuade d'appuyer un coup d'État religieux ?

— D'après mon contact à Florence, l'idole de Dillens, c'était Savonarole. On peut imaginer qu'il rêvait d'une sorte de théocratie sur ce modèle.

— Ah non, souffla l'inspecteur. On n'est plus au Moyen Âge, merde !

Yves se montrait toujours aussi circonspect.

— Je suis assez d'accord avec Martial. On est vraiment dans le domaine des spéculations les plus extravagantes. Rien, nous n'avons aucun élément pour crédibiliser ton hypothèse.

Je ne me tenais pas encore pour battu mais mes arguments se faisaient de plus en plus faibles.

— Tu l'as dit, nous n'avons rien parce que le gouvernement et ses services verrouillent toutes les informations.

— Mais où Dillens aurait-il trouvé les relais pour mettre en œuvre cette idée farfelue ? insista Martial. Parmi les ministres ? Dans l'armée ? La police ? Ou les syndicats, pourquoi pas ? Vous fantasmez. Et l'Europe, elle aurait laissé faire ? Et nos voisins ? Ce plan absurde était voué à l'échec. Imaginer une seconde que ce type ait eu un programme pareil, c'est le considérer comme le plus parfait imbécile. Et par politesse, je ne qualifierai pas ceux qui concevraient ce genre d'accusations gratuites.

Bart jouait avec son verre vide depuis quelques minutes, l'air absent.

— J'ai beaucoup de mal à y croire, patron, vous marquez un point. Mais vous savez, j'ai des informateurs à droite et à gauche dans les dédales des services de l'État. Une vaste opération de nettoyage a commencé. Dans certains milieux, chez nos collègues, à l'armée aussi. On m'a encore appris que les croisés ont été dissous par un arrêté ministériel couvert par le secret-défense. Et le nouvel évêque va démissionner pour assumer des fonctions obscures, bien planqué au Vatican.

Je jubilai.

— Ah, je vous le disais bien ! Des relais, Dillens en avait peut-être... D'où ce coup de balai annoncé...

— J'en ai assez, coupa Martial. Vous voyez des mystères partout. Moi, j'en vois un, un vrai : la mort d'Athlan et d'Isabelle Van Kessel. Tu es capable de nous éclairer, toi, le spécialiste des grands complots ?

— Absolument pas, répondis-je, peu désireux de me laisser entraîner dans cette direction oiseuse.

J'aperçus alors sur une pile de magazines son arme de service, sa carte d'identification plastifiée et une paire de menottes. Martial s'était montré amical jusqu'aux derniers arguments que je lui avais présentés et qui, je devais bien l'avouer, ne me paraissaient guère de nature à le convaincre. Il avait beau être en vacances, habillé avec décontraction d'un simple pantalon en toile, de chaussures de sport et d'un polo, il n'en restait pas moins inspecteur de la police judiciaire fédérale. De son côté, Bart me regardait avec une touche ironique dans l'œil. Une ironie inquiétante.

— Vous étiez pourtant inséparables, vous et cette malheureuse, me dit-il.

— Oui, son décès m'a beaucoup affecté. Je n'ai pas tellement envie d'évoquer ce sujet douloureux.

— Comme une de mes sources me l'a indiqué, ce soir-là, vous étiez avec elle au bar d'un hôtel du centre, glissa Bart. Et vous y avez rencontré le commissaire.

— Votre source est mal informée, je ne lui ai pas parlé.

— Des caméras de surveillance vous ont repérés aux alentours. Et les enregistrements vous montrent tous les deux sortir de l'hôtel peu après Athlan.

Acculé, je n'eus d'autre choix que d'acquiescer.

— C'est exact, nous voulions tenter de lui tirer les vers du nez. Mais ce fut un échec. Isabelle m'a quitté juste après.

Je détestais mentir à mon ami Martial. Mais je n'avais aucune envie de devoir justifier mes actes lors de cette nuit atroce. J'avais vu comment notre intervention au parc de la grande mosquée avait été interprétée par les services de sécurité. Je me sentais impuissant à me disculper de ces deux morts, j'étais certain d'être exposé à des suites judiciaires si je déballais toute l'affaire. Et je ne pouvais pas faire confiance à Martial dont le sens du devoir était l'une des qualités que j'admirais chez lui.

— Isabelle t'a quitté comme ça ? Sans t'informer de sa destination ?

Je pus compter sur le secours heureux d'Yves.

— Foutez-lui la paix. Léo vous l'a dit, cette mort horrible l'a anéanti.

L'inspecteur ne se laissa pas démonter.

— Mais vous lui vouliez quoi, tous les deux, à Athlan ? Vous ne le soupçonniez tout de même pas d'avoir abattu votre taupe chez les croisés ?

Je m'avançais en terrain miné, difficile de révéler que nous avions trouvé des munitions accusatrices dans le pistolet de l'officier.

— Je vous ai parlé de la balle dénichée par Ingrid. Elle était très spéciale, artisanale. Or, Athlan avait la réputation de recharger lui-même ses cartouches. On pourrait procéder à une comparaison balistique.

— Elle est où, ta balle fantôme ? Et l'arme de service de feu le commissaire ? On ne l'a pas retrouvée sur lui. Comment imagines-tu convaincre le juge d'instruction de réaliser cette analyse ?

— Oui, là aussi, tout est verrouillé, dus-je reconnaître. On tourne en rond.

— L'affaire a été classée, admit Bart. On a mis ça sur le compte d'une querelle d'amoureux, Athlan était connu pour avoir de nombreuses aventures. Juste un détail étrange, une balle encore : celle qui a tué votre amie était de facture assez particulière. Cette munition est utilisée exclusivement dans certains pétards de la FN. Avec quoi elle a dégommé le croisé de la mosquée, votre Ingrid ? Ce n'était pas une arme du même tonneau ?

Je ne vis pour seule défense qu'une riposte désespérée.

— Vous n'allez tout de même pas soupçonner Ingrid maintenant ?

— Nos soupçons n'ont aucun intérêt, en réalité, soupira Martial. Je te l'ai dit, nous sommes en dehors de toutes ces enquêtes. J'aurais simplement souhaité en avoir le cœur net.

— De la curiosité mal placée, si vous voulez mon avis, ajouta Yves. De toute façon, Léo ne peut visiblement pas vous aider.

Mon associé se leva. Je devinai qu'il préférait que nous prenions la fuite au lieu de laisser Martial nous engager dans une voie dangereuse pour moi.

— Je vous abandonne à vos divagations et je vais me coucher. Ou alors, on finit les excellentes bières de madame Vandekasteel et on ne pense plus à rien d'autre. Merde au chanoine ! Merde à Athlan.

Je vis Martial se détendre dans son fauteuil.

— D'accord avec vous, dit-il. Ces spéculations ne nous conduiront nulle part. J'en ai soupé, moi aussi, de cette affaire.

Cette démission parut satisfaire son adjoint.

— Buvons à la reine !

— À la reine ! se rendit Martial.

39

L'aurore s'amorçait déjà quand je pris le chemin de mon domicile après avoir quitté Martial et son acolyte. J'avais demandé à Yves de me déposer en pleine ville. Je voulais marcher pour purger mon organisme de l'amertume du houblon qui entrait en résonance avec celle dont cette histoire m'avait gorgé. J'avançais d'un pied sûr, agile, chaque pas allégeant un peu plus la balourdise instillée par l'alcool. Au fur et à mesure de sa dissolution, son effet pernicieux s'édulcorait pour devenir délicatement anxiolytique, euphorisant même.

J'empruntai des rues ordinaires, tristes dans leur banalité, désertes à cette heure-ci, et traversai le canal sans rencontrer âme qui vive, juste un couple de patrouilleurs de la police de Bruxelles roulant paresseusement, fenêtres ouvertes, bras détendus à la portière. Je passai devant des maisonnettes dont le cimentage beigeasse des façades s'effritait par plaques et dont les nombreuses sonnettes témoignaient d'une suroccupation alimentée par d'avides marchands de sommeil. Plus tard, quand le quartier se serait réveillé, il serait sillonné de femmes âgées en costume traditionnel, voile et djellaba. Leurs maris joueraient aux dominos en sirotant des verres de thé à la menthe, dans des cafés sans autre décor qu'une vue du port de Tanger ou d'une oasis du désert marocain. En longeant une boucherie, je fus assailli par des relents rances et agressifs, provoqués non par un défaut d'hygiène mais par la qualité de la viande servie, du vieux mouton exhalant le suint.

Au bout d'une demi-heure de cette marche dont le caractère revigorant ne devait rien au paysage déprimant, je débouchai place du Jeu de Balle, théâtre du classique marché aux puces. Le dimanche matin, mon père m'emmenait ici pour chiner des objets parfaitement inutiles. Un coucou dont la rusticité évoquait le style des buffets ardennais, une collection de papillons épinglés dans une boîte à chaussures, une enveloppe de billets de banque démonétisés, une carapace de tortue transformée en tabatière, avec sa charnière en cuivre oxydé, parfois un machin plus encombrant livré par la suite à la maison. Je me rappelais en particulier une lourde malle en bois affichant encore des marques au pochoir de villes exotiques, baptisées au nom de Léopold, d'Élisabeth ou de Stanley. Ma mère haussait les épaules quand nous revenions, agacée par cette nouvelle moisson d'ustensiles hétéroclites, souvenirs sans valeur ayant appartenu à des anonymes voués à le rester. Elle ne comprenait pas pourquoi son mari, banquier respectable, accumulait cette sorte d'inventaire à la Prévert, mais un Prévert qui aurait réservé ses visites aux brocantes de la zone, aux vide-greniers miséreux, au lieu d'emmener son fils dans les galeries d'art du centre de la ville.

Avant de rentrer, étape indispensable de ce cérémonial qui recommençait aux premiers beaux jours et se poursuivait rarement au-delà du mois d'octobre, nous faisions un détour par un bistrot de la place. L'établissement était toujours là aujourd'hui mais débitait désormais des spécialités à base de yaourt et des thés détoxifiants pour jeunes cadres surmenés. Une gargote montée tout exprès pour mériter des articles laudatifs dans les suppléments *life style* des quotidiens, avides d'ajouter un vernis chic à leurs pages du week-end.

Le bistrot était déjà ouvert et s'abaissait à pratiquer un commerce plus trivial, servant des cafés dans de grandes tasses et des bières à la pression aux brocanteurs matinaux ou aux derniers noctambules. À l'époque, mon père et moi nous installions invariablement à la même place, debout, devant le comptoir en bois. Le zinc avait disparu depuis longtemps dans les fonderies nazies et n'avait jamais été remplacé. La patine qui s'était formée depuis l'Occupation, entretenue par une cire d'abeille étendue jour après jour, donnait au chêne une surface étanche et presque aussi brillante que le métal.

Bock en main, mon père commençait alors son cours magistral. Il m'expliquait les soubresauts des taux de change, les mystères de l'inflation, le calcul de la masse monétaire et de la vitesse de circulation de la monnaie, le franc Poincaré, l'invention du dollar, l'étalon-or, Bretton Woods et Nixon, l'ÉCU qui préfigurait, s'enthousiasmait-il, la création d'une monnaie unique européenne. Pour lui, l'argent était un médium soumis à la loi de l'offre et la demande tout en étant aussi son arbitre. Une matière vivante capable de mouvements surprenants. Ces dimanches matin là, mon père s'attaquait à mon éducation pour me préparer au même métier que le sien, métier qu'il rêvait me voir perpétuer. Métier qui le remplissait de fierté, d'orgueil.

— L'argent est le carburant de l'économie, répétait-il, son sang, son oxygène, et mon rôle est de le faire circuler pour qu'il crée de l'activité et engendre, du même coup, des petits.

Cette sorte de parthénogenèse le fascinait, l'angoissait aussi. Il fallait devancer la locomotive infernale de l'inexorable dépréciation de l'unité monétaire, prendre des risques, mais les calculer, les encadrer, les contenir dans des limites raisonnables.

En l'écoutant, je buvais un bol de café brûlant. De temps en temps, une ambulance, parfois un camion, se frayait un passage, deux tons hurlant, en sortant de la caserne de pompiers située sur la place et transformée depuis longtemps en logements pour jeunes expatriés de l'Union européenne.

Au moment d'entrer dans le café, je me souvins que ces promenades dominicales avaient fini par s'espacer. J'étais devenu adulte et j'avais mes propres occupations le dimanche. Mais aussi, les discours enflammés de mon père à propos de l'argent étaient devenus de plus en plus tièdes. Les leçons enthousiastes s'étaient muées en recommandations de prudence. Peu après la disparition de ma mère, victime d'une longue et pénible maladie, elles avaient fini par prendre un tour amer, désabusé, franchement critique. Marxiste même dans certaines dimensions. Cette conversion précédait sa mort de peu et s'était accompagnée d'autres changements. Dans le café, par exemple, mon père ne commandait plus une simple blonde, mais du genièvre et il en avalait rapidement trois ou quatre verres avant de faire passer la brûlure de l'alcool avec une gueuze enfilée d'un trait.

Installé à une table du café, dont le décor à l'ancienne était conçu pour attirer les gogos, j'oubliai mon père et ses remords de banquier. Je lus un journal par-dessus la tête d'un consommateur matinal. Dans cette édition spéciale, les journalistes se félicitaient que la nouvelle de l'attentat contre le roi ait, paradoxalement, pacifié la situation. Comme s'il avait fallu une victime expiatoire pour nous rendre compte que nous étions allés trop loin. Le gouvernement avait immédiatement levé les mesures d'exception. Et le samedi soir, une foule s'était réunie spontanément devant le palais à

Bruxelles. Les citoyens avaient accouru pour manifester leur chagrin et clamer leur bonheur de voir la princesse saine et sauve et bientôt reine. Bart avait raison : jamais le peuple belge ne se sentait aussi soudé que dans la circonstance d'un deuil national. Je ramassai un autre quotidien abandonné. Je le feuilletai rapidement, sans trouver la moindre allusion au chanoine ni aux croisés. Même les djihadistes semblaient avoir disparu des radars de la presse, tout entière hypnotisée par le rassemblement populaire de la place Royale. Des attroupements avaient eu lieu dans toutes les villes du pays, en Flandre comme en Wallonie, dans les quartiers rendus sensibles par leur dominante musulmane comme dans les vieilles cités ouvrières abritant désormais surtout des chômeurs. Et d'après le journal, les loueurs de grands écrans étaient déjà dévalisés en prévision de la retransmission en mondovision, sur les places et dans les stades, des funérailles du roi prévues dans les prochains jours. Une communion fugace et très bientôt décomposée, j'en étais convaincu.

Le signal d'un message me sortit de mes réflexions. Je le lus rapidement sur mon téléphone. Il provenait de l'hôpital où j'avais rendu visite à la jeune amputée quelques jours plus tôt. On me prévenait que la victime avait succombé à ses blessures. Et que le père s'était donné la mort dans la chambre de sa fille. Le dégoût de la Belgique vint me frapper par surprise. Ce pays, où une fausse unanimité régnait, capable de refouler toutes les infamies commises ces dernières semaines, capable aussi d'oublier sans remords le meurtre d'un roi pour célébrer l'arrivée d'une reine, ne pouvait plus être le mien. L'attentat avait creusé deux tombes de plus. Isabelle était morte. Ma mère et mon père étaient morts. Et la ville qui m'avait vu vieillir était morte, elle aussi.

Votre livre est fabriqué en France sur un papier certifié PEFC,
pour une gestion durable de la forêt.

Ouvrage réalisé par Cédric Cailhol Infographiste

Achevé d'imprimer sur Roto-Page en août 2023
par l'Imprimerie Floch à Mayenne

Dépôt légal : octobre 2023 – Numéro d'impression : 103053
ISBN : 978-2-8126-2508-4

Imprimé en France